X

EEN KWESTIE VAN VERTROUWEN

DONNA LEON BIJ DE BEZIGE BIJ

Duister glas
Vriendendienst
Onrustig tij
Dood van een maestro
Bedrieglijke zaken
De stille elite
Kinderspel
Mijn Venetië
Dood in den vreemde
Droommeisje
Gezichtsverlies

DONNA

LEON

EEN KWESTIE VAN VERTROUWEN

VERTAALD DOOR
THEO SCHOLTEN

CARGO

2010
DE BEZIGE BIJ
AMSTERDAM

Cargo is een imprint van uitgeverij De Bezige Bij, Amsterdam

Oorspronkelijke titel *A Question of Belief*
Oorspronkelijke uitgever William Heinemann, Londen
Omslagontwerp Studio Jan de Boer
Omslagillustratie Jorg Greuel/Getty Images
Foto auteur Saskia van Osnabrugge
Vormgeving binnenwerk Adriaan de Jonge
Druk Bariet, Ruinen
ISBN 978 90 234 5910 1
NUR 305

www.uitgeverijcargo.nl

Voor Joyce DiDonato

L'empio crede con tal frode
Di nasconder l'empietà.

De schurk gelooft dat hij met bedrog
Zijn slechtheid kan verbergen.

Don Giovanni
Mozart

1

Toen ispettore Vianello zijn kamer binnen kwam, had Brunetti de wilskracht die hem achter zijn bureau hield zo goed als opgebruikt. Hij had een rapport over wapensmokkel in de Veneto gelezen, een rapport waarin met geen woord gerept werd over Venetië; hij had een ander rapport gelezen waarin werd voorgesteld om twee nieuwe rekruten over te plaatsen naar de Squadra Mobile, om er vervolgens achter te komen dat hij niet tot de mensen behoorde die dit moesten lezen, en nu had hij de helft gelezen van een ministerieel schrijven over veranderingen in de bestaande regelingen omtrent vervroegde uittreding. Althans, hij had de helft gelezen, als die omschrijving van toepassing was op de mate van aandacht waarmee Brunetti het hele document had gelezen. De papieren lagen op zijn bureau, en hij staarde door het raam naar buiten in de hoop dat er iemand binnen zou komen om een emmer koud water over zijn hoofd leeg te gieten, of dat het zou gaan regenen, of dat hij deel zou hebben aan de eerste opstanding en op die manier zou kunnen ontkomen aan de hitte in zijn kamer en de algehele ellende van Venetië in augustus.

Hij ervoer Vianello dan ook als een deus ex machina toen deze binnenkwam met de *Gazzetta dello Sport* van die dag in zijn hand. 'Wat is dat?' vroeg Brunetti, terwijl hij naar de roze krant wees en nodeloos de nadruk legde op het derde woord. Hij wist natuurlijk wat het was, hij begreep alleen niet hoe het in Vianello's bezit was gekomen.

De inspecteur keek naar de krant alsof hij zelf verbaasd

was die daar te zien en zei: 'Iemand heeft hem op de trap laten liggen. Ik wou hem mee naar beneden nemen, voor in de agentenkamer.'

'Ik dacht even dat hij van jou was,' zei Brunetti glimlachend.

'Nou, vergis je anders niet in de *Gazzetta*,' zei Vianello, en hij gooide de krant op Brunetti's bureau terwijl hij ging zitten. 'De laatste keer dat ik hem bekeken heb, stond er een groot artikel in over de poloteams in de buurt van Verona.'

'Polo?' zei Brunetti.

'Blijkbaar. Ik geloof dat er zeven poloteams in dit land zijn, of misschien is dat alleen in Verona en omstreken.'

'Met pony's en witte pakken en van die helmpjes?' vroeg Brunetti verbaasd.

Vianello knikte. 'Er stonden ook foto's bij. *Marchese* dit en *conte* dat, en villa's en *palazzi*.'

'Weet je zeker dat het niet door de hitte komt? Ben je niet in de war met iets wat je gelezen hebt in – tja, wat zal ik zeggen – *Chi*?'

'*Chi* lees ik ook niet,' zei Vianello stijfjes.

'Niemand leest *Chi*,' beaamde Brunetti, want hij was nog nooit iemand tegengekomen die zou toegeven dat hij dat roddelblad las. 'De informatie uit die artikelen wordt overgebracht door muskieten en komt in je hersenen terecht als je gestoken wordt.'

'En dan ben ík degene die last heeft van de hitte,' zei Vianello.

Een ogenblik lang zaten ze daar alleen maar, geen van beiden in staat de energie op te brengen die nodig was om het over de hitte te hebben. Vianello boog zich naar voren om zijn overhemd, dat aan zijn rug geplakt zat, los te trekken.

'Op het vasteland is het nog erger,' zei Vianello ten slotte. 'Die jongens in Mestre zeiden dat het gistermiddag 41 graden was in de kamers aan de voorkant.'

'Ik dacht dat ze airconditioning hadden.'

'Er is een of andere richtlijn uit Rome dat ze die niet mogen gebruiken vanwege het gevaar voor een stroomstoring, zoals ze die drie jaar geleden hebben gehad.' Vianello haalde zijn schouders op. 'Dus we kunnen beter hier zitten dan in zo'n blokkendoos van beton en glas waar zij in zitten.' Hij keek naar de ramen van Brunetti's kamer, die wagenwijd openstonden naar het ochtendlicht. De gordijnen bewogen lusteloos, maar ze bewogen tenminste.

'En ze hadden de airconditioning echt uit staan?' vroeg Brunetti.

'Dat zeiden ze.'

'Ik geloof er niets van.'

'Ik ook niet.'

Ze zaten daar een tijdje in stilte totdat Vianello zei: 'Ik wilde je iets vragen.'

Brunetti keek hem aan en knikte: dat was makkelijker dan spreken.

Vianello streek de krant die voor hem lag glad en leunde naar achteren. 'Lees jij, eh,' begon hij, waarna hij even zweeg alsof hij de juiste woorden zocht, en vervolgde, 'de horoscoop wel eens?'

Het duurde een paar tellen voor Brunetti antwoordde: 'Niet bewust.' Toen hij zag dat Vianello hem niet begreep, ging hij verder: 'Ik bedoel: ik kan me niet herinneren dat ik ooit de krant heb opengeslagen om ernaar op zoek te gaan. Maar ik werp er wel eens een blik op als iemand de krant op die pagina open heeft laten liggen. Maar niet actief.' Hij wachtte op iets van een verduidelijking. Toen die niet kwam, vroeg hij: 'Hoezo?'

Vianello ging verzitten, stond op om de kreukels in zijn broek glad te strijken en ging weer zitten. 'Vanwege mijn tante, de zus van mijn moeder. De laatste die nog over is.

Anita. Die leest hem elke dag. Het kan haar niet schelen of wat er voorspeld wordt uitkomt of niet. Niet dat er ooit veel in staat. "U gaat op reis." De volgende dag gaat ze naar de Rialtomarkt om groente te kopen: dat is een reis, nietwaar?'

Vianello had het in de loop der jaren wel vaker over zijn tante gehad: ze was de lievelingszus van zijn overleden moeder en ook zijn lievelingstante, waarschijnlijk omdat ze de meest eigenwijze van de familie was. Ze was in de jaren vijftig getrouwd met een leerling-elektricien en had haar man een paar weken na hun trouwen naar Turijn zien vertrekken om werk te zoeken. Het had bijna twee jaar geduurd voor ze hem weer zag. Zio Franco had geluk gehad en was steeds aan het werk gebleven, voornamelijk bij Fiat, waar hij een opleiding had kunnen doen en meester-elektricien was geworden.

Zia Anita was ook naar Turijn verhuisd en had daar zes jaar met hem doorgebracht; na de geboorte van hun oudste zoon waren ze naar Mestre verhuisd, waar hij een eigen zaak begonnen was. Het gezin groeide en de zaak groeide, en het ging met allebei heel goed. Franco was pas gestopt met werken toen hij achter in de zeventig was, waarna hij tot verrassing van zijn kinderen, die allemaal op *terraferma* waren opgegroeid, weer naar Venetië was verhuisd. Op de vraag waarom hun kinderen geen van allen met hen mee terug naar Venetië hadden willen gaan, antwoordde Anita altijd: 'Die hebben benzine in hun aderen, geen zout water.'

Brunetti had er geen enkel bezwaar tegen om te horen wat Vianello over zijn tante te vertellen had. Het was afleiding, die ervoor zorgde dat hij niet elke paar minuten naar het raam hoefde te lopen om te kijken of... of wat? Of het al was gaan sneeuwen?

'En nu kijkt ze er ook naar op de televisie,' ging Vianello verder.

'De horoscoop?' vroeg Brunetti voorzichtig. Hij keek maar weinig tv, meestal alleen wanneer hij ertoe gedwongen werd door iemand anders in het gezin, en hij had dus geen idee wat er allemaal te zien was.

'Ja. Maar voornamelijk kaartlezers en van die mensen die zeggen dat ze je toekomst kunnen voorspellen en je problemen kunnen oplossen.'

'Kaartlezers?' kon hij alleen maar herhalen. 'Op televisie?'

'Ja. Mensen bellen naar dat programma, en dan leest zo iemand de kaarten voor ze en zegt waar ze voor uit moeten kijken, of belooft om ze te helpen als ze ziek zijn. Tenminste, dat hoor ik van mijn nicht.'

'Pas op dat u niet van de trap af valt of kijk uit voor een lange, donkere vreemdeling?' vroeg Brunetti.

Vianello haalde zijn schouders op. 'Ik weet het niet. Ik heb het nog nooit gezien. Het klinkt belachelijk.'

'Het klinkt niet belachelijk, Lorenzo,' verzekerde Brunetti hem. 'Vreemd, misschien, maar niet belachelijk.' Hij voegde eraan toe: 'En misschien ook niet eens zo vreemd, nu ik erover nadenk.'

'Hoezo?'

'Omdat het een oude vrouw is,' zei Brunetti, 'en we zijn toch geneigd te denken – en als Paola het zou horen, of Nadia, dan zouden ze me beschuldigen van vooroordelen tegen zowel vrouwen als oude mensen – dat oude vrouwen dat soort dingen geloven.'

'Is dat niet de reden waarom heksen werden verbrand?' vroeg Vianello.

Hoewel Brunetti ooit hele stukken van *Malleus Maleficarum* had gelezen, had hij nog steeds geen idee waarom oude vrouwen het specifieke doelwit van de verbrandingen waren geweest. Misschien omdat veel mannen dom en kwaadaardig zijn en oude vrouwen zwak zijn en zich niet kunnen verdedigen.

Vianello richtte zijn aandacht op het raam en het licht. Brunetti voelde dat de ispettore niet opgejut wilde worden; hij kwam vroeg of laat wel toe aan wat hij zeggen wilde. Vooralsnog liet Brunetti hem het licht bestuderen, en gebruikte het moment om op zijn beurt zijn vriend te bestuderen. Vianello had nooit goed tegen de hitte gekund, maar hij leek er deze zomer nog meer last van te hebben dan anders. Zijn haar, dat plat op zijn hoofd lag van het zweet, was dunner dan Brunetti zich herinnerde. En de huid van zijn gezicht leek opgezet, vooral rond de ogen. Vianello verstoorde zijn observaties door te vragen: 'Maar denk jij dat oude vrouwen echt meer geneigd zijn erin te geloven?'

Brunetti dacht hier even over na en zei: 'Ik heb geen idee. Je bedoelt: meer dan andere mensen?'

Vianello knikte en keerde zich weer naar het raam, alsof hij met zijn wil de gordijnen tot meer beweging wilde dwingen.

'Als ik afga op wat jij in de loop der jaren over haar verteld hebt, lijkt ze me er niet het type voor,' zei Brunetti uiteindelijk.

'Nee, dat is ze ook niet. Daarom snap ik het ook niet. Ze is altijd de slimmerik van de familie geweest. Mijn oom Franco was een goeie vent, en hij was een harde werker, maar hij zou nooit op het idee gekomen zijn om voor zichzelf te beginnen. Of er toe in staat zijn geweest zelfs. Maar zij wel, en ze heeft de boeken bijgehouden totdat hij met pensioen ging en ze weer hiernaartoe verhuisden.'

'Dat klinkt niet als iemand die de dag begint met kijken hoe de vlag erbij hangt in het huis van Aquarius.'

'Daar kom ik dus niet uit,' zei Vianello, die zijn handen ophief in een gebaar van vertwijfeling. 'Of ze nou wel of niet zo iemand is. Misschien is het een soort persoonlijk ritueel dat mensen kunnen hebben. Ik weet niet, net zoiets als dat je de deur niet uit gaat zolang je niet weet wat voor temperatuur het is, of dat je wilt weten welke beroemde mensen er op je verjaardag geboren zijn. Mensen van wie je het nooit zou verwachten. Ze lijken in alles heel normaal, en op een dag kom je erachter dat ze alleen maar op vakantie willen gaan als hun horoscoop zegt dat het goed is om op reis te gaan.' Vianello haalde zijn schouders op en zei nogmaals: 'Ik weet het niet.'

'Ik begrijp nog steeds niet goed waarom je me hiernaar vraagt, Lorenzo,' zei Brunetti.

'Ik weet het zelf ook niet zo goed,' gaf Vianello met een grijns toe. 'De laatste paar keer dat ik bij haar was – ik probeer in ieder geval één keer per week langs te gaan – slingerden er van die idiote tijdschriften rond. Geen enkele poging om ze te verstoppen of zo. *Uw horoscoop. De wijsheid der ouden.* Dat soort dingen.'

'Heb je ernaar gevraagd?'

Vianello wuifde de vraag hoofdschuddend weg. 'Ik wist niet hoe.' Hij keek Brunetti aan en vervolgde: 'En ik was ook bang, denk ik, dat ze het niet zo leuk zou vinden als ik erover zou beginnen.'

'Waarom zeg je dat?'

'Geen speciale reden eigenlijk.' Vianello haalde een zakdoek uit zijn zak en veegde zijn voorhoofd af. 'Ze zag me ernaar kijken – nou ja, ze zag dat ik ze gezien had. Maar ze zei niets. Geen grapje of zo, of een opmerking dat een van de kinderen ze had laten liggen, of dat er een vriendin op bezoek was geweest die ze vergeten had. Ik bedoel, het zou normaal zijn geweest om er iets over te zeggen. Het is toch net zoiets als dat je opeens tijdschriften over jagen of over vissen of over motoren ziet liggen. Maar ze deed er bijna een beetje – ik weet niet – geheimzinnig over. Ik denk dat dat me niet lekker zat.' Hij keek Brunetti onderzoekend aan en zei: 'Jij zou er iets van zeggen, hè?'

'Tegen haar, bedoel je?'

'Ja. Als ze jouw tante was.'

'Misschien. Misschien ook niet,' zei Brunetti, en vervolgens vroeg hij: 'En je oom? Kun je het niet aan hem vragen?'

'Dat zou wel kunnen, denk ik, maar praten met zio Franco is net als praten met al die mannen van die generatie: ze moeten overal grapjes over maken en geven je een klap op je schouder en bieden je een borrel aan. Het is een doodgoeie man, maar hij heeft eigenlijk nergens aandacht voor.'

'Ook niet voor haar?'

Vianello was even stil en antwoordde toen: 'Waarschijnlijk niet.' Na nog een stilte liet hij erop volgen: 'Nou ja, niet op een manier die iemand als zodanig zou herkennen. Die mannen van zijn generatie hebben volgens mij nooit veel aandacht gehad voor hun gezin.'

Brunetti schudde zijn hoofd met een mengeling van instemming en spijt. Nee, dat was zo, noch voor hun vrouw, noch voor hun kinderen, alleen voor hun vrienden en collega's. Hij had vaak nagedacht over dit verschil in – was het gevoeligheid? Misschien was het alleen maar een kwestie van cultuur: hij kende een hoop mannen die het nog steeds een teken van zwakte vonden om interesse te tonen voor zachte dingen als gevoelens.

Hij kon zich niet herinneren of hij zich ooit had afgevraagd of zijn vader van zijn moeder had gehouden, of van zijn broer en hem. Brunetti had altijd aangenomen dat dat het geval was: dat deden kinderen nu eenmaal. Maar wat een vreemde uitingen van emotie waren er geweest: dagen van volledig stilzwijgen, af en toe een woede-uitbarsting, sporadische momenten van affectie en lof wanneer zijn vader zijn zoons vertelde hoeveel hij van hen hield.

Brunetti's vader was zeker niet het soort man geweest aan wie je geheimen vertelde, of bij wie je je hart uitstortte. Hij was een man van zijn tijd, een man van zijn klasse, en van zijn cultuur. Was het alleen maar een houding? Brunetti probeerde zich te herinneren hoe de vrienden van zijn vader zich hadden gedragen, maar er kwam hem niets voor de geest.

'Denk je dat wij meer van onze kinderen houden?' vroeg hij aan Vianello.

'Meer dan wie? En wie zijn wij?' vroeg de inspecteur.

'Mannen. Onze generatie. Meer dan onze vaders.'

'Ik weet het niet. Echt niet.' Vianello draaide zich om en trok een paar keer aan zijn overhemd. Daarna gebruikte hij zijn zakdoek om zijn nek droog te deppen. 'Misschien hebben we ons alleen maar nieuwe conventies eigen gemaakt. Of misschien wordt er van ons verwacht dat we ons anders gedragen.' Hij leunde achterover. 'Ik weet het niet.'

'Waarom begon je er eigenlijk over?' vroeg Brunetti. 'Over je tante, bedoel ik.'

'Ik denk dat ik wilde horen hoe het klonk. Waarschijnlijk was ik benieuwd of ik, door mezelf erover te horen praten, zou weten of ik me zorgen over haar moet maken of niet.'

'Ik zou me pas zorgen gaan maken als ze je hand begint te lezen, Lorenzo,' zei Brunetti in een poging hem wat op te beuren.

Vianello wierp hem een gekwelde blik toe. 'Dat duurt misschien niet lang meer, ben ik bang,' zei hij, maar hij klonk serieuzer dan hij het bedoelde. 'Denk je dat we koffie moeten gaan drinken in deze hitte?'

'Waarom niet?'

2

In de bar bij de Ponte dei Greci stond Bambola, de Senegalese hulp die Sergio vorig jaar in dienst had genomen, achter de bar. Brunetti en Vianello waren allebei gewend Sergio daar te zien: vierkante, norse Sergio, een man die in de loop der jaren genoeg politiegeheimen had opgevangen – en voor zich had gehouden – om een chanteur decennialang aan het werk te houden. Het personeel van de Questura was zo gewend geraakt aan Sergio dat hij ondertussen bijna een staat van onzichtbaarheid had bereikt.

Dat kon niet gezegd worden van Bambola. De Afrikaan droeg een lange beige djellaba en een witte tulband. Hij was lang en slank, en zijn donkere gezicht glom van gezondheid. Zoals hij daar achter de bar stond had Bambola wel iets weg van een vuurtoren, met zijn tulband die het licht weerkaatste dat naar binnen scheen door de grote ramen die uitkeken op het kanaal. Hij weigerde een voorschoot te dragen, maar er was op zijn djellaba's nooit een vlekje te zien.

Toen de twee mannen binnenkwamen, viel het Brunetti op hoe licht het in het café was, en hij keek omhoog om te zien of Bambola het licht had aangedaan, wat toch bepaald niet nodig was op een stralende dag als deze. Maar het lag aan de ramen. Niet alleen waren die schoner dan hij ze ooit gezien had, ook de posters en stickers voor ijs, frisdranken en verschillende soorten bier waren allemaal weggehaald of afgekrabd, een ingreep die de hoeveelheid licht die naar binnen viel verdubbeld had. De oude tijdschriften en kranten waren uit de vensterbank gehaald, en ook de met vliegenpoep bespikkelde menukaarten die daar jarenlang hadden gelegen, waren nergens te bekennen. In plaats daarvan lag er nu over de hele lengte een witte lap stof, waarop in het midden een donkerblauwe vaas met roze strobloemen stond.

Brunetti zag dat de gehavende plastic uitstalkast, die al zo lang als hij zich kon herinneren plaats had geboden aan pasteitjes en zoete broodjes, vervangen was door een drie verdiepingen hoge vitrine met glazen wanden en legplanken. Tot zijn opluchting constateerde hij dat de pasteitjes hetzelfde waren gebleven: Sergio was misschien niet zo huishoudelijk ingesteld, maar hij had wel verstand van pasteitjes, en hij had verstand van *tramezzini*.

'Renovatie?' vroeg hij aan Bambola bij wijze van groet.

Zijn antwoord was een ronde schittering van tanden, als een tweede licht dat plotseling tevoorschijn flitste onder de lichtbundel van zijn tulband. '*Sì*, commissario,' zei Bambola. 'Sergio ligt in bed met een zomergriep, en hij heeft gevraagd of ik het over wilde nemen zolang hij ziek is.' Met een doek zo wit dat het een verlengstuk van zijn tulband had kunnen zijn, veegde hij over de bar, waarna hij vroeg wat hij voor hen kon inschenken.

'Twee koffie, alsjeblieft,' zei Brunetti.

De Senegalees draaide zich om en ging in de weer met de machine. Brunetti bereidde zich onbewust voor op het vertrouwde gekletter en gebonk van Sergio's techniek wanneer deze het bakje met de oude koffiedrab loswrikte, dat leeg sloeg, en vervolgens de hendel een mep gaf zodat het met verse koffie gevuld werd. De geluiden kwamen wel, maar gedempt, en toen hij naar de machine keek zag hij dat de houten richel waarop Sergio tientallen jaren de metalen koffiehouder had leeg geslagen, bedekt was met een strook rubber die het lawaai effectief temperde.

De naam van de fabrikant van de machine, 'Gaggia', was

bevrijd van de opeenhoping van vuil en koffievlekken die hem verborgen had gehouden sinds Brunetti hier voor het eerst een voet over de drempel had gezet.

'Herkent Sergio zijn eigen bar nog wel als hij terugkomt?' vroeg Vianello aan Bambola.

'Ik hoop het, ispettore. En ik hoop dat het hem bevalt.'

'Die vitrine?' vroeg Vianello, en hij wees met zijn kin naar de pasteitjes.

'Heeft een vriend van me gevonden,' legde Bambola uit, en hij ging er liefdevol met zijn doek overheen. 'Houdt ze zelfs warm.'

Brunetti en Vianello wisselden geen blik met elkaar, maar de lange stilte als reactie op de uitleg van de barman had hetzelfde effect. 'Heeft hij voor me gekocht, ispettore,' zei Bambola op afgemetener toon. 'Ik heb de bon.'

'Dan heeft hij je een goede dienst bewezen,' zei Vianello met een glimlach. 'Hij is veel mooier dan dat oude plastic ding met die barst in de zijkant.'

'Sergio dacht dat de mensen het niet zagen,' zei Bambola weer op normale toon.

'Ha!' zei Vianello. 'Bij deze krijg je zin om hem open te maken en toe te tasten.' Hij voegde de daad bij het woord, opende de vitrine en pakte met een servetje een zoet broodje met roomvulling van de bovenste glasplaat. Hij nam een hap, waardoor zijn kin en zijn overhemd onder de poedersuiker kwamen te zitten. 'Deze niet veranderen hoor, Bambola,' zei hij terwijl hij zijn suikersnor weglikte.

De barman zette de koffie op de toog en schoof een aardewerken bordje naast het kopje van Vianello.

'Geen kartonnen bordjes,' merkte Vianello op. 'Mooi.' Hij legde de resterende helft van het broodje op het bord.

'Dat is helemaal niet goed, ispettore,' zei Bambola. 'Voor het milieu, bedoel ik. Al dat papier gebruiken, alleen maar om een bordje te maken dat één keer gebruikt wordt en dan wordt weggegooid.'

'En gerecycled,' zei Brunetti.

Bij die woorden haalde Bambola zijn schouders op, een reactie waar Brunetti wel aan gewend was. Zoals iedereen in de stad had hij geen idee wat er met het afval gebeurde dat ze zo zorgvuldig scheidden: hij kon alleen maar hopen.

'Ben je daarin geïnteresseerd?' vroeg Vianello, en om verwarring te voorkomen voegde hij eraan toe: 'In hergebruik?'

'Ja,' zei Bambola.

'Waarom?' vroeg Vianello. Voor de barman antwoord kon geven, kwamen er twee mannen binnen die koffie en mineraalwater bestelden. Ze namen plaats aan het andere eind van de bar.

Toen ze bediend waren en Bambola weer bij hen stond, kwam Vianello terug op zijn vraag. 'Ben je erin geïnteresseerd omdat het Sergio geld bespaart? Om geen kartonnen bordjes te gebruiken?'

Bambola haalde hun kopjes en schotels weg en zette ze in de gootsteen. Hij spoelde ze gauw af en borg ze op in de vaatwasser.

'Ik ben ingenieur, ispettore,' zei hij ten slotte. 'Dus ik ben er beroepshalve in geïnteresseerd. In termen van consumptie- en productiecycli.'

'Ik dacht al dat je gestudeerd had,' zei Vianello. 'Maar ik wist niet zo goed hoe ik ernaar moest vragen.' Na even afgewacht te hebben hoe Bambola op dat laatste zou reageren, vroeg hij: 'Wat voor soort ingenieur?'

'Hydraulisch. Waterzuiveringsinstallaties. Dat soort dingen.'

'Aha.' Vianello haalde wat kleingeld uit zijn zak, viste er het juiste bedrag uit en legde dat op de bar.

'Als je Sergio spreekt,' zei Brunetti op weg naar de deur, 'doe hem dan de groeten en wens hem beterschap.'

'Zal ik doen, commissario,' zei Bambola, waarna hij zich naar de twee mannen aan het eind van de bar begaf. Brunetti had verwacht dat Vianello zijn tante weer ter sprake zou brengen, maar het leek erop dat hij dat onderwerp had achtergelaten op de Questura, en Brunetti, die geen speciale behoefte voelde om dat gesprek voort te zetten, liet het erbij.

Buiten bleven de twee mannen onwillekeurig even staan onder de zweepslag van de zon. De Questura was nog geen twee minuten lopen, maar terwijl ze binnen zaten leek de afstand in die hitte toegenomen, en het was alsof ze de halve stad door moesten. De zon brandde op het plaveisel langs het kanaal. Er zaten toeristen onder de parasols voor de trattoria aan de andere kant van de brug. Brunetti bleef even staan kijken of hij iets van beweging bij hen zag. Kon het zijn dat ze door de hitte waren uitgedroogd en niet meer dan lege hulzen waren, als sprinkhanen? Maar toen kwam er een ober naar buiten met een groot glas met een of andere donkere vloeistof, en een gast bewoog langzaam het hoofd om hem naderbij te zien komen.

Ze gingen op weg. Watermassa's, wist Brunetti, werden geacht koelte te brengen op de plaatsen waar ze zich bevonden, maar het gladde donkergroene oppervlak van het kanaal leek het licht en de hitte alleen maar te weerspiegelen en te verdubbelen. In plaats van verlichting te brengen verhoogde het de luchtvochtigheid. Ze zwoegden voort.

'Ik had geen idee dat hij ingenieur was,' zei Vianello.

'Ik ook niet.'

'Hydraulisch ingenieur nog wel,' voegde Vianello er met onverholen bewondering aan toe. Ze waren nog maar een paar stappen van de deur van de Questura verwijderd. De bewaker was begrijpelijkerwijs binnen gaan staan.

Brunetti veegde met de mouw van zijn overhemd zijn gezicht af en verbaasde zich erover dat hij zo dom was geweest die ochtend een overhemd met lange mouwen aan te trekken. 'Hoe lang is hij al hier?' vroeg hij, terwijl hij naar de trap liep.

'Ik weet het niet precies. Drie, vier jaar. Ik denk dat hij een hele tijd illegaal is geweest, voordat hij zijn papieren kreeg. Hij was altijd meteen verdwenen zodra ik in mijn uniform binnenkwam.' Vianello glimlachte bij de herinnering. 'Zo'n grote vent. Het was echt opmerkelijk, het ene moment was hij er nog en het volgende moment niet meer, alsof hij verdampt was of zo.'

'Dat ga ik ook doen, zo meteen,' zei Brunetti toen ze de eerste verdieping hadden bereikt.

'Wat?'

'Verdampen.'

'Laten we maar hopen dat híj het niet doet,' zei Vianello.

'Wie? Bambola?'

'Ja. Sergio kan in zijn eentje niet al die uren werken. En je moet toegeven dat het er een stuk beter uitziet. Na één dag al.'

'Zijn vrouw is ziek geweest,' zei Brunetti. 'Het is maar goed dat hij hém heeft.'

'Rotwerk, een bar runnen,' zei Vianello. 'Je moet er de hele dag zijn, je weet nooit wat voor rottigheid je krijgt met de mensen die binnenkomen, en je moet altijd beleefd blijven.'

'Net zoiets als hier werken, zo te horen,' zei Brunetti.

Vianello lachte en ging op weg naar de agentenkamer, zodat Brunetti nu in zijn eentje de strijd aan moest gaan met de tweede trap.

3

Twee dagen later zat Brunetti zich aan zijn bureau af te vragen of het niet mogelijk was om het op een akkoordje te gooien met de criminelen van de stad. Konden ze er niet toe verleid worden de mensen met rust te laten tot de hittegolf voorbij was? Daarvoor zou een soort centrale organisatie nodig zijn, maar Brunetti wist dat de criminaliteit te divers en te internationaal was geworden om een betrouwbare overeenkomst mogelijk te maken. Ooit, toen criminaliteit een puur lokale aangelegenheid was en de criminelen bekend waren en deel uitmaakten van het sociale weefsel, zou het misschien gekund hebben en zouden de criminelen, evenzeer geteisterd door de meedogenloze hitte als de politie, misschien bereid zijn geweest om mee te werken. 'In ieder geval tot 1 september,' zei hij hardop.

Brunetti was te zeer bevangen door de hitte om aandacht te hebben voor de papieren op zijn bureau en hij stond zichzelf toe zijn nutteloze gedachtegang voort te zetten: hoe de Roemenen zover te krijgen dat ze ophielden met zakkenrollen, en de zigeuners dat ze hun kinderen er niet meer op uit stuurden om in te breken? En dat was alleen nog maar in Venetië. Op het vasteland zouden de verzoeken veel ernstiger zijn, met de Moldaviërs die meisjes van dertien te koop aanboden en de Albanezen die drugs verkochten. Hij overwoog even of het mogelijk zou zijn Italiaanse mannen – mannen zoals hij en Vianello – zover te krijgen dat ze geen jonge prostituees of goedkope drugs meer wilden.

Terwijl hij daar zat voelde hij een vaag kriebelend gevoel

van zweet dat over de huid van verschillende delen van zijn lichaam kroop. In Nieuw-Zeeland, zo was hem verteld, gingen zakenlieden wanneer het zo heet was in korte broek en een overhemd met korte mouwen naar hun werk. En hadden de Japanners niet besloten om tijdens de ergste zomerhitte geen colbert te dragen? Hij haalde zijn zakdoek uit zijn zak en veegde zijn nek onder de boord af. Dit was het soort weer waarin mensen elkaar afmaakten tijdens een ruzie om een parkeerplek. Of vanwege een boze opmerking.

Zijn gedachten dwaalden af naar de belofte die hij Paola had gedaan dat ze het vanavond over hun eigen vakantie zouden hebben. Hij, een Venetiaan, zou zichzelf en zijn gezin in toeristen veranderen, maar dan toeristen die de andere kant op gingen, weg van Venetië, om plaats te maken voor de miljoenen die er dit jaar verwacht werden. Vorig jaar twintig miljoen. God hebbe medelijden met ons allemaal.

Hij hoorde een geluid bij de deur en toen hij opkeek zag hij daar signorina Elettra staan, stralend in het licht dat door zijn ramen naar binnen stroomde. Kon het waar zijn? Was het mogelijk, na meer dan een decennium waarin de secretaresse van zijn baas zijn dagen luister had bijgezet met haar onberispelijke verschijning, dat de hitte zelfs hier zijn tol had geëist? Was dat een kreukel daar aan de linkerkant van haar witlinnen bloes?

Brunetti deed een moment zijn ogen dicht, en toen hij ze weer opende zag hij dat het een illusie was geweest: de streep was niets anders dan een schaduw die geworpen werd door het licht dat door zijn ramen naar binnen viel. Signorina Elettra bleef bij de deur staan en keek over haar schouder, en terwijl ze dat deed verscheen er iemand anders naast haar.

'Goedemorgen dottore,' zei ze. De man naast haar glimlachte en zei: '*Ciao* Guido.'

Toni Brusca tijdens kantooruren buiten zijn kamer op de Commune zien, was net zoiets als een das bij daglicht buiten zijn burcht zien. Brusca had Brunetti altijd aan dat dier doen denken: dik, donker haar met een witte streep aan één kant, een kortbenig lichaam, ongelofelijke vasthoudendheid wanneer een onderwerp eenmaal zijn belangstelling had.

'Ik kwam Toni op weg hierheen tegen,' zei signorina Elettra – Brunetti wist helemaal niet dat de twee elkaar kenden. 'Dus ik heb hem even laten zien waar uw kamer is.' Ze deed een stap naar achteren en schonk de bezoeker wat Brunetti herkende als haar eersteklas glimlach. Dat gaf ofwel aan dat Brusca een goede vriend was, ofwel dat signorina Elettra, een vrouw die over een eindeloze, instinctieve sluwheid beschikte, wist dat de man het hoofd van de afdeling personeelsdossiers op de Commune was, een man dus die potentieel van nut was.

Brusca knikte haar vriendelijk toe en liep vervolgens naar Brunetti's bureau, terwijl hij ondertussen om zich heen keek. 'Jij hebt absoluut meer licht dan ik,' zei hij vol bewondering. Brunetti zag dat hij een koffertje bij zich had.

Brunetti liep om zijn bureau heen, gaf Brusca een hand en klopte hem op de schouder. Hij knikte naar signorina Elettra, die glimlachte – al was het niet haar eersteklas glimlach – en de kamer verliet.

Brunetti gebaarde zijn vriend plaats te nemen in een van de twee stoelen voor zijn bureau en ging zelf in de andere zitten. Hij wachtte tot Toni van wal zou steken: Brusca was hier niet naartoe gekomen om de respectieve kwaliteiten van hun kamers te bespreken. Toni was er nooit de man naar geweest om tijd of energie te verspillen wanneer er iets was dat hij wilde doen, of weten: dat herinnerde Brunetti zich nog uit de tijd dat ze samen op de middelbare school hadden gezeten. De beste tactiek was altijd geweest om rustig af te wachten, en dat was precies wat Brunetti van plan was te doen.

Hij hoefde niet lang te wachten. Brusca zei: 'Ik wou je iets vragen, Guido.' Hij diepte uit zijn koffertje een doorzichtige plastic map op en haalde daar een paar papieren uit.

Hij zette het koffertje weer op de grond, legde de papieren op zijn schoot en keek zijn vriend aan. 'Een heleboel mensen op de Commune praten met mij,' zei hij. 'En ze vertellen me dingen die me soms nieuwsgierig maken, en dan vraag ik wat rond en dan vertellen mensen me nog meer dingen. En omdat ik daar op de begane grond zit in mijn kamer met maar één raam, en omdat mijn werk me toestaat nieuwsgierig te zijn naar wat mensen doen – en omdat ik altijd heel beleefd ben en heel grondig te werk ga – zijn mensen geneigd mijn vragen te beantwoorden.'

'Ook als die over dingen gaan die jou beroepshalve eigenlijk niet aangaan?' vroeg Brunetti, die begon te vermoeden waarom Brusca zijn vriend de politieman had opgezocht.

'Precies.'

'En wat heb je daar?' vroeg Brunetti met een knikje naar de papieren. Net als Brusca was Brunetti een man die liever geen tijd verspilde.

Brusca gaf de papieren aan Brunetti. 'Kijk maar eens,' zei hij.

Het eerste vel papier droeg het briefhoofd van het Tribunale di Venezia. Op het document stonden aan de linkerkant vier verticale kolommen met daarboven de kopjes: 'Zaaknummer', 'Datum', 'Rechter' en 'Rechtszaalnummer'. Rechts ervan stond een dikke verticale streep, met daarnaast een enkele kolom met als kop: 'Resultaat.' Brunetti schoof het papier opzij en vond nog drie soortgelijke documenten. De kwaliteit van de kopieën liep uiteen: eentje was er zo vaag dat hij nauwelijks leesbaar was. Rechtsonder was op elke pagina een datum gestempeld, met ernaast een keurige handtekening en daarnaast het stempel van het ministerie van Justitie. De data verschilden, maar de handtekening was dezelfde. Twee keer was het stempel van het ministerie van Justitie slordig gezet en voor een deel naast het papier terechtgekomen. Brunetti had voor zijn gevoel een mensenleven lang naar dat soort documenten gekeken. Hoeveel had hij er zelf niet gestempeld alvorens ze door te sturen naar de volgende lezer?

Dit waren niet de rechtbankdocumenten die hij gewend was te lezen tijdens zijn eigen onderzoeken, niet de gebruikelijke transcripties van getuigenverklaringen of van de slotpleidooien aan het einde van een rechtszaak, en het waren ook geen kopieën van de vonnissen die uiteindelijk waren geveld. Deze documenten waren alleen voor intern gebruik en hadden, als hij het goed begreep, betrekking op voorlopige zittingen. Hij kon geen patroon ontdekken.

Hij keek even naar Brusca, van wiens gezicht niets af te lezen viel. Brunetti richtte zijn aandacht weer op de documenten. Hij zocht naar overeenkomsten en zag dat veel van de vermelde zittingen waren opgeschort of uitgesteld, en vervolgens viel hem op dat de meeste van die zaken waren gehoord door dezelfde rechter. Hij herkende de naam en hij had geen hoge dunk van haar, al zou Brunetti, als hem dat gevraagd werd, niet hebben kunnen uitleggen waarom dat zo was. Dingen die hij gehoord had, dingen die hij opgevangen had, een bepaalde toon die gebruikt werd wanneer haar naam ter sprake kwam, en iets wat een van zijn informanten jaren geleden had gezegd. Nee, niet gezegd, maar geïmpliceerd, en niet over haar maar over iemand in haar familie. De naam van de rechtbankfunctionaris die de papieren had ondertekend zei hem niets.

Hij keek naar zijn vriend en zei: 'Ik zou denken dat die opschortingen steeds in het voordeel zijn van een van de twee partijen en dat rechter Coltellini er op de een of andere manier bij betrokken is.' Brusca gaf een bemoedigend knikje en wees met zijn kin naar de papieren alsof hij een veelbelovende leerling verder wilde helpen. 'Als dat betekent dat ik hier nog iets meer moet zien, dan zou ik zeggen dat degene die de papieren heeft ondertekend er ook bij betrokken is.'

'Araldo Fontana,' zei Brusca. 'Van het Tribunale. Hij is daar in 1975 gaan werken, werd tien jaar later gepromoveerd tot hoofdparketwachter en werkt er nu nog steeds. De datum waarop hij met pensioen gaat is 10 april 2014.'

'Wat voor kleur ondergoed draagt hij?' vroeg Brunetti met een uitgestreken gezicht.

'Heel grappig, heel grappig, Guido.'

'Oké. Laat dat ondergoed maar zitten en vertel eens wat over hem.'

'Als hoofdparketwachter ziet hij erop toe dat documenten op tijd worden verwerkt en afgeleverd.'

'En "verwerkt en afgeleverd" betekent...?'

Brusca leunde achterover en sloeg zijn benen over elkaar, waarna hij met één hand een vaag gebaar maakte. 'Er is een centraal depot waar alle documenten met betrekking tot rechtszaken bewaard worden. Als ze nodig zijn tijdens een hoorzitting of rechtszitting zorgen de parketwachters ervoor dat ze in de juiste rechtszaal worden afgeleverd, zodat de rechter ze zo nodig kan raadplegen. Als de zitting voorbij is, brengen de parketwachters ze weer terug naar het depot en bergen ze weer op. Als de volgende zitting wordt gehouden, worden ze weer opgehaald. Zodra er vonnis is gewezen, worden alle documenten van die zaak overgebracht naar een permanent archief.'

'Maar?'

'Maar soms raken er documenten zoek, of ze worden niet afgeleverd, en als ze niet aanwezig zijn heeft de rechter geen andere keus dan de zitting op te schorten en een latere datum vast te stellen. En als de zitting tegen een vakantie aan zit, dan kan de rechter het een goed idee vinden om te verdagen tot na de vakantie. Maar hoe dan ook moet de rechter het register raadplegen om te kijken wanneer er een gaatje vrij is voor een volgende zitting, en dat kan soms heel lang duren.'

Brunetti knikte: dit was wel ongeveer hoe hij gedacht had dat het werkte. 'Maar vertel eens,' zei hij, 'want als ik naar jou luister is het alsof ik mijn oor tegen het kloppende hart van de godin van het gerucht leg, wat is hier aan de hand?'

Brusca glimlachte, maar ternauwernood. Het was een glimlachje waar geen humor of geamuseerdheid uit sprak, maar slechts de erkenning dat de menselijke natuur is zoals zij is, niet zoals een mens zou willen dat zij was. 'Voor ik iets zeg over wat hier aan de hand zou kunnen zijn, moet ik je iets anders vertellen.' Hij wachtte lang genoeg om er zeker van te zijn dat hij Brunetti's volle aandacht had en ging toen verder. 'Hij is een heel welvoeglijke man, die Fontana. Het is een beetje een ouderwets woord, ik weet het, maar hij is ook een beetje een ouderwetse man. Bijna alsof hij van de generatie van onze ouders is: zo spreken de mensen over hem. Hij draagt elke dag een pak en een stropdas naar zijn werk, doet wat hij moet doen, is tegen iedereen beleefd. Ik heb in al die jaren nog nooit een slecht woord over hem gehoord, en je weet: als er een slecht woord valt over iemand op de Commune, dan komt het meestal ook wel bij mij terecht. Ik hoor vroeg of laat waarschijnlijk alles. Maar nooit een slecht woord over Fontana, behalve dat hij saai en verlegen is.'

Brunetti had de indruk dat Brusca klaar was, dus hij vroeg: 'Waarom staat zijn naam dan op die documenten? En waarom vond jij het dan nodig om ze aan mij te laten zien?' Vervolgens schoot hem nog een vraag te binnen: 'En hoe zijn ze trouwens bij jou terechtgekomen?'

Brusca keek naar zijn schoot, toen naar Brunetti, toen naar de muur en toen weer naar Brunetti. 'Ik heb ze gekregen van iemand die bij het Tribunale werkt.'

'Met welk doel?'

Brusca haalde zijn schouders op. 'Misschien om te zorgen dat die informatie buiten het Tribunale terechtkwam.'

'Dat is in ieder geval gebeurd,' zei Brunetti, maar hij glimlachte niet. 'Wil je me vertellen wie het was?'

Brusca wuifde de vraag weg. 'Dat doet er niet toe, en ik heb haar beloofd dat ik het tegen niemand zou zeggen.'

'Ik begrijp het,' zei Brunetti, en dat was ook zo.

Nadat hij vergeefs gewacht had tot Brusca verder nog iets zou zeggen, zei Brunetti: 'Vertel eens wat het betekent. Of wat jij denkt dat het betekent.'

'Die opschortingen bedoel je?'

'Ja.' Brunetti leunde achterover in zijn stoel, vouwde zijn handen achter zijn hoofd en keek naar het plafond.

'In het geval van een bittere echtscheiding, waarbij er veel geld in het spel is, heeft de rijkere partij er baat bij om de boel lang genoeg uit te stellen om activa naar elders over te brengen of te verbergen.' Voor Brunetti ernaar kon vragen, verduidelijkte Brusca: 'Als die papieren op de dag van de zitting in de verkeerde rechtszaal zijn afgeleverd, of helemaal niet zijn afgeleverd, dan is het de rechter toegestaan om de zaak uit te stellen tot alle benodigde documenten beschikbaar zijn.'

'Ik geloof dat ik het begin te begrijpen,' zei Brunetti.

'Denk eens aan de gerechtsgebouwen waar je geweest bent, Guido, en denk eens aan al die stapels dossiers tegen de muren. Je hebt ze in elk gerechtsgebouw gezien.'

'Wordt het niet allemaal ingevoerd in de computer?' vroeg Brunetti, die opeens moest denken aan de circulaires die het ministerie van Justitie had doen rondgaan.

'Alles op z'n tijd, Guido.'

'Hoe bedoel je?'

'Ik bedoel dat dat jaren duurt. Ik werk bij personeelszaken, dus ik weet dat dat werk door twee mensen moet worden gedaan: die zijn er jaren mee bezig, zo niet tientallen jaren. Sommige dossiers die ze moeten invoeren gaan terug tot de jaren vijftig en zestig.'

'En moet Fontana ervoor zorgen dat die documenten worden afgeleverd?'

'Ja.'

'En de rechter?' vroeg Brunetti.

'Ik heb vernomen dat zij al enige tijd zijn saaie hart gestolen heeft.'

'Maar hij is maar een eenvoudige medewerker, toe nou toch! En zij is een rechter. Trouwens, hij moet minstens twintig jaar ouder zijn dan zij.'

'Ach, Guido,' zei Brusca, en hij boog zich naar voren en tikte met één vinger tegen Brunetti's knie, 'ik wist niet dat jij zo conventioneel was. Je maakt je in één keer schuldig aan vooroordelen over klasse en leeftijd. Het enige waar jij aan kunt denken is liefde, liefde, liefde. Of seks, seks, seks.'

'Waar zou ik dan aan moeten denken?' zei Brunetti, die zichzelf dwong nieuwsgierig en niet beledigd te klinken.

'In het geval van Fontana,' gaf Brusca toe, 'zou je misschien aan liefde, liefde, liefde kunnen denken, afgaande op wat ik gehoord heb. Maar in het geval van de edelachtbare kun je beter denken aan geld, geld, geld.' Brusca zuchtte en zei toen op neutrale toon: 'Ik denk dat een heleboel mensen meer in geld dan in liefde geïnteresseerd zijn. Of dan in seks, zelfs.'

Hoe interessant het ook zou zijn om verder op die stelling

in te gaan, Brunetti was toch meer geïnteresseerd in informatie, en hij vroeg dus: 'En is rechter Coltellini er één van?'

De luchthartigheid verdween. Brusca's gezicht betrok en zijn stem klonk ernstig. 'Ze komt uit een hebzuchtige familie, Guido.' Brusca zweeg even, waarna hij eraan toevoegde, alsof hij een mysterie onthulde dat hij zojuist had opgelost: 'Het is vreemd. We denken dat liefde voor muziek in de familie kan zitten, of het talent om te schilderen. Dus waarom niet hebzucht?' Toen Brunetti niets terugzei, vroeg hij: 'Heb je daar wel eens bij stilgestaan, Guido?'

'Ja,' antwoordde Brunetti naar waarheid.

'Ah,' stond Brusca zichzelf toe te zeggen. Hij ging nu van het algemene over op het specifieke en vervolgde: 'Haar grootvader was een hebzuchtig man, en haar vader is het nog steeds. Ze heeft het van hen geleerd, in die zin heeft ze de familie-eer hooggehouden. Als haar moeder niet dood was, zou ik zo ver gaan om te zeggen dat de rechter haar zo zou verkopen als ze de kans kreeg.'

'Heb je ooit problemen met haar gehad?'

'Nee, helemaal niet,' zei Brusca, die oprecht verrast leek door die vraag. 'Zoals ik al zei, ik zit daar gewoon op mijn kamertje op de Commune en hou alle personeelsgegevens bij: wanneer mensen in dienst komen, hoeveel ze verdienen, wanneer ze met pensioen gaan. Ik doe mijn werk, en mensen praten met me en vertellen me dingen, en af en toe moet ik iemand bellen en een vraag stellen. Om iets op te helderen. En soms word ik verrast door de antwoorden die mensen me geven, en dan vertellen ze me er meer over, of ze vertellen me andere dingen. En in de loop der jaren hebben ze het idee gekregen dat het mijn taak is om van alles op de hoogte te zijn.'

'En mensen vertrouwen erop,' zei Brunetti, 'dat jij dit soort dingen buiten het Tribunale brengt.'

Brusca knikte, maar het was zo'n ernstig knikje dat Brunetti vroeg: 'Omdat jij puur van hart en schoon van leden bent?'

Brusca barstte in lachen uit en de stemming in het vertrek klaarde op. 'Nee. Omdat de vragen die ik stel meestal zo routinematig en saai zijn dat het bij niemand opkomt om me niet de waarheid te vertellen.'

'Dat is een techniek die ik graag onder de knie zou krijgen,' zei Brunetti.

4

Ze namen amicaal, zij het wat onhandig afscheid, allebei het feit negerend dat Brusca niet precies duidelijk had gemaakt waarom hij naar Brunetti toe was gegaan of wat hij wilde dat deze zou doen met de informatie die hij nu had. Aangezien Brusca verteld had dat Coltellini een vrouw was die gedreven werd door de zucht naar geld, lag het voor de hand om te concluderen dat ze betaald werd door mensen wier zaken werden verdaagd. Maar dat het voor de hand lag, maakte het nog niet waar, en het maakte het evenmin bewijsbaar.

Brunetti begreep echter niet zo goed wat Fontana voor reden kon hebben om hierbij betrokken te zijn. Liefde, liefde, liefde leek niet voldoende om een man te corrumperen die omschreven werd als 'welvoeglijk', maar ja, wat dan wel?

Na al die jaren gebeurde het nog maar zelden dat Brunetti verontwaardigd raakte door nieuwe onthullingen over de vaardigheid waarmee zijn medeburgers door de mazen van de wet wisten te glippen. In sommige gevallen voelde hij zelfs – hoewel hij dat tegen niemand zou zeggen – een zekere bewondering voor de vindingrijkheid die eraan te pas kwam, vooral wanneer het ging om een wet die hij onrechtvaardig vond of om een situatie die hij domweg krankzinnig vond. Wanneer de verkeerslichten met opzet zo werden geprogrammeerd dat ze sneller op rood sprongen dan de wet voorschreef, zodat de politie het extra geld dat aan boetes werd betaald kon delen met de mannen die de tijdklokken instelden, wie zou dan het omkopen van een politieman een misdaad kunnen vinden, behalve een gek? Wanneer tientallen criminelen tegen wie aanklachten liepen in het parlement zaten, wie kon er dan nog geloven in gerechtigheid?

Het zou een beetje raar zijn om te zeggen dat Brunetti geschokt was door het veronderstelde gedrag van rechter Coltellini, maar hij was zeker verrast, niet in de laatste plaats omdat de rechter in kwestie een vrouw was. Hoewel Brunetti van de statistieken gebruikmaakte om zijn overtuiging te staven dat vrouwen minder crimineel waren dan mannen, was zij in feite gebaseerd op zijn opvoeding en levenservaring. Zijn idee van hoe het in de wereld hoorde te zijn, was – als Brusca's toespelingen waar waren – dubbel onder druk komen te staan.

Met Brusca's suggestie in gedachten spreidde Brunetti de papieren uit op zijn bureau en bestudeerde ze opnieuw. Hij concentreerde zich vooral op de naam van rechter Coltellini en zag dat die op alle vier de bladzijden vele keren voorkwam en dat haar naam naast zes verschillende zaaknummers stond. Hij deed zijn bureaula open en haalde er een paar gekleurde markeerstiften uit. Hij begon boven aan de eerste bladzijde met groen en markeerde de eerste keer dat haar naam in de eerste zaak voorkwam, daarna ging hij met dezelfde kleur de hele lijst door en accentueerde alle keren dat ze in deze zaak zitting hield. Hij deed hetzelfde met de volgende zaak, dit keer met roze. Voor de derde zaak gebruikte hij geel, voor de vierde oranje, en vervolgens moest hij het vijfde zaaknummer met potlood omcirkelen en het zesde met rode pen.

In de groene zaak had ze maar drie keer zitting gehouden, de tweede keer op de datum die in de 'Resultaat'-kolom achter de eerste zitting stond, en de derde keer op de datum die tijdens de tweede zitting was gepland. Het hele proces had echter twee jaar in beslag genomen. In de roze zaak waren alle geplande data voor de opeenvolgende zittingen gerespecteerd, maar het waren er zes geweest, en er zat steeds minstens een halfjaar tussen. Brunetti was benieuwd wat voor zaak dat was geweest; waarvoor had men drie jaar nodig gehad om tot een uitspraak te komen?

Het gele spoor was suggestiever. De eerste zitting, die ruim twee jaar eerder had plaatsgevonden, was geëindigd met een onverklaarde opschorting van een halfjaar, en toen die zitting was gehouden, was er zonder verklaring een nieuwe datum vastgesteld, meer dan vijf maanden later. Bij de derde zitting stond er in de 'Resultaat'-kolom ook weer een nieuwe datum, zes maanden later, met de opmerking: 'Ontbrekende documenten.' Het daaropvolgende uitstel, ook weer zes maanden, werd verklaard door 'Ziekte', al werd niet duidelijk wie er dan ziek was. De daaropvolgende zitting, op 20 december, scheen alleen maar gediend te hebben om een en ander nog weer vier maanden uit te stellen, ditmaal verklaard door 'Vakantie' in de laatste kolom. Van de nieuwe datum, in de tweede helft van april, was Brunetti overtuigd dat die in de paasvakantie viel, maar rechter Coltellini verbaasde hem door kennelijk toch een zitting te houden en vervolgens een nieuwe datum – zeven maanden later – vast te stellen om zichzelf gelegenheid te geven voor het 'Horen van nieuwe getuigen'.

Brunetti vroeg zich af wat voor nieuwe getuigen er nog konden zijn in een zaak waarmee justitie zich nu al bijna drie jaar bezighield, al hield hij zichzelf meteen berispend voor dat hij dat werkwoord wel heel slecht gekozen had. Geen wonder dat mensen als de dood waren om met de gerechtelijke moloch in aanraking te komen. Het ergste wat iemand kon overkomen, afgezien van een ernstige ziekte, was in een rechtszaak verwikkeld raken.

De rechter wist Brunetti opnieuw te verbazen door de oranje zaak in minder dan een jaar tot een einde te brengen, hoewel er in de potlood- en de rode-penzaak niet veel schot leek te zitten – die liepen allebei al meer dan twee jaar.

Hij zocht in zijn bureaula naar een lijst met nummers en belde toen Brusca op zijn *telefonino*.

'Ja?' informeerde Brusca op kalme toon, alsof hij nog steeds in Brunetti's kamer zat, dezelfde toon die Brunetti hem in de eerste klas van de middelbare school tijdens de geschiedenisles had horen gebruiken. Brunetti kon zich niet herinneren dat zijn vriend ooit enige verbazing aan de dag had gelegd over het menselijk gedrag, hoe laag ook, hoewel hij als gemeenteambtenaar toch wel het nodige moest hebben meegemaakt.

'Ik heb eens wat beter naar die papieren gekeken,' zei Brunetti. 'Heb je ze aan iemand anders laten zien?'

'Wat zou dat voor zin hebben?' vroeg Brusca, zijn toon opeens even ernstig als die van Brunetti.

'Als het waar is, dan moet er een einde aan komen,' zei Brunetti, in de wetenschap dat het idee van gerechtigheid absurd was.

'Ja, je hebt gelijk,' zei Brusca, die zijn best deed om te klinken alsof ze het over de kwaliteit van een voetbalelftal hadden en niet over de corruptie van het rechtssysteem. 'Maar ik denk niet dat dat gaat gebeuren,' voegde hij eraan toe.

'Waarom heb je dit dan aan me gegeven?' Brunetti deed geen poging om zijn irritatie te verbergen.

Het bleef een hele tijd stil aan de andere kant van de lijn, en toen zei Brusca: 'Ik dacht dat jij er misschien wel iets op zou weten. En ik had gehoopt dat het je verontwaardiging zou wekken.'

'Dat is iets te sterk uitgedrukt,' zei Brunetti.

'Nou ja, oké, niet je verontwaardiging. Hoop dan. Misschien is dat wel wat ik in je bewonder, dat jij nog steeds kunt hopen dat dingen zich ten goede zullen keren en dat de augiasstal wordt uitgemest.'

'Dat gaat niet gebeuren, zoals je zelf al zei,' merkte Brunetti op. Vervolgens keerde hij terug naar de reden waarom hij had gebeld en vroeg, de toon van vriendschap hersteld: 'Zonder gekheid, waarom heb je dit aan me gegeven?'

'Het is echt waar. Ik had gehoopt dat je er iets aan zou kunnen doen,' antwoordde Brusca, en Brunetti vermoedde dat zijn vriend opzettelijk een luchtige toon aansloeg toen hij erop liet volgen: 'Trouwens, het is altijd leuk om dat soort figuren een beetje dwars te kunnen zitten.'

'Ik zal zien wat ik kan doen,' zei Brunetti, en terwijl hij dat zei wist hij hoe weinig kans er was dat hij iets zou kunnen uitrichten.

Brusca zei gauw gedag.

Brunetti zette zijn linkerelleboog op zijn bureau en ging met zijn duimnagel heen en weer over zijn onderlip. Zijn overhemd voelde klam onder zijn armen en op zijn rug. Hij liep naar het raam en keek naar het water van het kanaal, dat zwart blikkerde in het felle daglicht. Het Campo San Lorenzo was vrij van leven gestoofd; zelfs de katten van het meerdere verdiepingen tellende kattenverblijf dat tegen de gevel van de kerk aan was gebouwd waren verdwenen; hij vroeg zich af of ze de stad hadden verlaten om op vakantie te gaan.

Een ogenblik lang gaf hij zich over aan een fantasie over katten die op vakantie waren in de bergen of aan het strand, daar naartoe gestuurd door DINGO, de Venetiaanse vereniging van dierenliefhebbers. Brunetti had een hekel aan de *animalisti*; hij had een hekel aan ze omdat ze die smerige, van ziekten vergeven duiven beschermden, en omdat ze alle wilde katten van straat hadden gehaald, ongetwijfeld tot grote vreugde van de steeds groter wordende rattenpopulatie. En nu het toch over dieren ging, voegde hij aan zijn lijstje van mensen aan wie hij een hekel had ook maar meteen degenen toe die niet opruimden wat hun honden op straat achterlieten; als het aan hem lag zou hij ze zo'n enorme boete geven dat...

'Commissario?' Hij werd opgeschrikt uit wilde gedachten over de hoge boetes die hij zou opleggen en het waterdichte handhavingssysteem dat hij zou bedenken.

'Ja, signorina,' zei hij terwijl hij zich naar haar omdraaide. 'Wat is er?'

'Ik zag Vianello daarstraks. Ik liep de agentenkamer binnen en hij zat aan de telefoon. Hij zag er helemaal niet goed uit.'

'Is hij ziek?' vroeg Brunetti, en hij dacht aan de aandoeningen die je plotseling van de hitte kon krijgen.

Signorina Elettra kwam een paar stappen verder zijn kamer binnen. 'Ik weet het niet, meneer. Ik geloof het niet. Hij zag er meer uit alsof hij bezorgd of bang was, en dat niet wilde laten zien.' Brunetti was eraan gewend dat ze er goed uitzag; vandaag constateerde hij tot zijn verbazing dat ze er ook nog steeds koel uitzag. In plaats van naar Vianello te vragen, flapte hij eruit: 'Vindt u het niet heet?'

'Pardon, meneer?'

'De hitte. De temperatuur? Is het niet heet? Voor u, bedoel ik. Vindt u het niet heet?' Als hij nog langer was doorgegaan, had hij waarschijnlijk een tekening van de zon gemaakt om aan haar te laten zien.

'Nee, niet echt, meneer. Het is maar dertig graden.'

'En dat is niet heet?'

'Voor mij niet, nee.'

'Hoezo?'

Hij zag haar aarzelen over wat ze hem zou vertellen. Ten

slotte zei ze: 'Ik ben opgegroeid op Sicilië, meneer. Dus ik denk dat mijn lichaam gewend is geraakt aan de hitte. Of dat mijn thermostaat op een bepaalde manier is afgesteld. Zoiets.'

'Op Sicilië?'

'Ja.'

'Hoe dat zo?'

'O, mijn vader heeft daar een paar jaar gewerkt,' zei ze, en haar ongeïnteresseerde toon maakte Brunetti duidelijk dat hij zelf ook maar niet al te geïnteresseerd moest zijn, of in ieder geval moest doen alsof hij dat niet was.

Gehoorzaam liet hij haar privéleven voor wat het was en vroeg: 'Heeft u enig idee wie hij aan de lijn had?'

'Nee, meneer, maar het was iemand die hij goed genoeg kende om "*tu*" tegen te zeggen. En hij leek meer te luisteren dan dat hij zelf aan het woord was.'

Brunetti stond op. Hij pakte wat papieren die ze hem eerder die morgen had gegeven en zei: 'Ik wilde deze aan hem laten zien. Ik zal ze mee naar beneden nemen.' Hij wachtte tot ze vertrokken was, want het leek hem niet zo'n goed idee als Vianello hen samen de trap af zag komen – dan was het net alsof ze uit de school geklapt had.

Ze glimlachte alvorens zich om te draaien naar de deur. 'Hij heeft me niet gezien, commissario.' En toen was ze weg. Toen hij de deur van zijn kamer bereikte, was ze al uit het zicht verdwenen.

Brunetti liep langzaam naar beneden. In de agentenkamer trof hij Vianello achter zijn bureau aan, nog steeds aan de telefoon en half weggedraaid, maar Brunetti zag meteen wat signorina Elettra had bedoeld. De ispettore zat over de telefoon gebogen en rolde met zijn vrije hand een potlood heen en weer over het bureau. Van een afstandje zag het eruit alsof hij zijn ogen dicht had.

Keer op keer rolde de inspecteur het potlood over zijn bureau zonder iets te zeggen. Brunetti zag hoe zijn lippen zich verstrakten en zich toen weer ontspanden. Het potlood lag geen moment stil. Ten slotte bewoog hij de telefoon bij zijn oor vandaan, langzaam, met veel moeite, alsof er een magnetisch veld tussen de hoorn en zijn oor zat. Hij hield hem minstens tien seconden voor zich uit, en Brunetti hoorde er een stem uit komen: een vrouwenstem, oud, verongelijkt. Vianello deed zijn ogen open en keek naar zijn bureaublad. Vervolgens legde hij langzaam, teder, alsof het de persoon zelf was van wie de stem afkomstig was, de telefoon neer.

De inspecteur bleef lange tijd naar de telefoon zitten kijken. Hij haalde zijn zakdoek tevoorschijn en veegde zijn voorhoofd af, stopte hem toen weer in zijn zak en kwam overeind. Tegen de tijd dat hij zich naar de deur omdraaide, had Brunetti alle emotie van zijn gezicht gewist en stapte met de papieren in zijn hand op zijn assistent af.

Voor Brunetti de papieren ter sprake kon brengen, zei Vianello: 'Laten we naar de brug gaan. Ik heb een borrel nodig.'

Brunetti vouwde de papieren weer op, maar omdat hij geen colbert aanhad vouwde hij ze nog wat kleiner op en stak ze in de achterzak van zijn broek.

Toen ze vanuit de Questura naar buiten stapten, realiseerde Brunetti zich dat zijn zonnebril boven in zijn colbert zat. Hij deed onwillekeurig zijn linkerhand omhoog om zijn ogen tegen de felle zon te beschermen. 'Ik vraag me af of het zo ook voelt als je in de rij moet staan bij een confrontatie,' zei hij. Hij wachtte tot zijn ogen zich hadden aangepast aan het felle licht; vervolgens, nog steeds met zijn hand boven zijn ogen, liep hij naar de bar.

Bambola stond achter de tapkast, zijn djellaba zo smetteloos als een document dat net uit de envelop is gehaald.

Het was na elven, dus de mannen bestelden een *spritz*, en

Vianello vroeg of hij die in een waterglas wilde doen met veel ijs. Toen de drankjes werden neergezet, pakte Vianello ze van de bar en liep ermee naar het zitje het verst van de deur. Het was een benauwd hoekje, maar Brunetti had zich bij de hitte neergelegd: het kon toch niet erger worden, en daar konden ze in ieder geval rustig praten.

Toen ze eenmaal tegenover elkaar zaten, besloot Brunetti niet langer te doen alsof de aard van het telefoongesprek hem was ontgaan en vroeg: 'Je tante?'

Vianello nipte van zijn drankje, nam toen een grotere slok en zette het ijskoude glas op tafel. 'Ja.'

'Je ziet eruit alsof je je zorgen maakt,' hielp Brunetti hem verder.

'Ik maak me ook zorgen,' zei Vianello, die beide handen om zijn glas vouwde, een gebaar dat meer bij warme dan bij koude dranken hoorde. 'En ik zit ook klem.'

'Hoezo?'

'Omdat ik niet tegen haar kan schreeuwen, wat ik eigenlijk het liefst zou doen. Dat is een normale reactie als mensen zo doen.' Hij keek Brunetti aan en wendde toen vlug zijn ogen af.

'Als mensen wat doen?' vroeg Brunetti.

Een ogenblik hielden ze elkaars blik gevangen, maar toen keek Vianello weer naar zijn glas en zei: 'Als ze gek worden. Hun verstand verliezen.' Hij pakte het glas een paar keer met twee handen op en zette het weer neer, zodat er een patroon van kringen ontstond, waarna hij het glas eroverheen schoof om ze uit te wissen.

'Wat heeft ze gedaan?'

'Ze heeft het nog niet gedaan,' zei Vianello. 'Maar ze gaat het doen. Ik heb je al gezegd dat zia Anita eigenwijs is. Als ze eenmaal iets in haar hoofd heeft, is ze er met geen mogelijkheid van af te brengen.'

'Wat gaat ze dan doen?' vroeg Brunetti, en hij nam eindelijk een slok van zijn drankje. Het was inmiddels zo waterig geworden dat het bijna geen smaak meer had, maar het was koud en dus dronk hij het.

'Ze wil de zaak verkopen.'

'Ik dacht dat die van je oom was.'

'Dat was ook zo. Nou ja, hij was eerst van hem, en nu is hij van zijn zoons. Maar alleen maar in naam.'

'Vertel.'

'Juridisch gezien is alles van haar. Toen hij zijn zaak begon en het gebouw kocht waar de werkplaats en het kantoor gevestigd zijn, zei zijn *commercialista* dat het voor de belasting beter was als hij het op naam van zijn vrouw zou zetten. Na verloop van tijd zouden ze het dan op naam van de jongens kunnen zetten.' Vianello zuchtte.

'Maar dat hebben ze niet gedaan?'

Vianello schudde zijn hoofd, dronk zijn glas leeg en ging er nog een halen zonder de moeite te nemen om aan Brunetti te vragen of hij nog wilde. Brunetti dronk eveneens zijn glas leeg en schoof het naar de muur.

Vianello was gauw terug, maar dit keer bevatten de glazen alleen mineraalwater en ijs. Brunetti nam het zijne dankbaar aan. Het gesmolten ijs had het eerste glas verpest – de Campari was verdund en de prosecco had nergens meer naar gesmaakt.

'Waarom wil ze de boel verkopen?' vroeg hij.

'Voor het geld,' zei Vianello, en hij nam een slok water.

'Kom op, Lorenzo. Vertel me wat er aan de hand is, anders gaan we weer aan het werk.'

Vianello zette zijn ellebogen op tafel en liet zijn hoofd in zijn handen rusten. Uiteindelijk zei hij: 'Ik denk dat ze het aan een waarzegger wil geven.'

5

'*Gesù Bambino*,' fluisterde Brunetti. Hij moest denken aan wat Vianello hem had verteld en vroeg: 'Die tijdschriften?'

'Dat is maar het topje van de ijsberg,' antwoordde Vianello. Zijn bezorgdheid was hoorbaar. Hij stak zijn rechterhand in de open kraag van zijn overhemd en wreef over zijn nek. 'God, wat heb ik een hekel aan die hitte. Er is gewoon geen ontkomen aan.'

Brunetti liet zich niet afleiden en nam nog een slok water. Vianello en hij hadden samen zo veel getuigen en verdachten ondervraagd dat er geen tactiek was die ze nog niet hadden meegemaakt. Hij leunde naar achteren en deed zijn armen over elkaar, het toonbeeld van geduld.

Vianello leunde ook achterover. 'Ik zei al tegen je dat het zo begonnen is: met de horoscoop lezen. En het radioprogramma 's ochtends, en toen ontdekte ze die particuliere zenders waar je die mensen hebt die de kaarten lezen.' Hij maakte een vuist van zijn rechterhand en sloeg ermee op de tafel, maar zachtjes, om duidelijk te maken dat het alleen maar een gebaar was en geen daad van woede.

'Een van haar vriendinnen had haar over die programma's verteld, en dat de mensen die belden er zo veel baat bij hadden, erdoor geholpen werden.'

'Waar heeft jouw tante hulp bij nodig dan?' kon Brunetti niet nalaten te vragen. Uit wat Vianello in de loop der jaren over haar had verteld, had hij opgemaakt dat ze zelf altijd de steun en toeverlaat van de familie was geweest.

Er gleed een trek over Vianello's gezicht die Brunetti nooit eerder had gezien, in ieder geval nooit dat die voor hem bedoeld was. 'Daar kom ik zo op, Guido,' zei hij. Vianello moest van zijn eigen stem geschrokken zijn, want hij opende zijn vuist en legde zijn arm over de leuning van de bank, alsof hij zijn open hand aanbood als verontschuldiging.

Brunetti glimlachte, maar zei niets.

Vianello vervolgde: 'Het beviel haar wel zoals die mensen die de kaarten lazen advies gaven aan iedereen die belde. Ze klonken heel verstandig, vond ze. Dat heeft ze ook tegen haar kinderen gezegd.' Vianello zweeg even, alsof hij op vragen wachtte, maar Brunetti had niets te vragen.

'Zo ben ik erachter gekomen dat dit speelde,' ging de inspecteur verder. 'Een paar maanden geleden begon mijn neef Loredano erover, bijna als grapje: iets waar zijn moeder in geïnteresseerd was geraakt. Alsof ze naar Radio Maria luisterde of opeens tuintijdschriften zat te lezen. Hij maakte zich er niet zo druk over, maar ongeveer een maand daarna werd ik gebeld door zijn zus, mijn nicht Marta, en die vertelde me dat ze zich zorgen maakte om haar moeder, dat die nergens anders meer over praatte en dat ze er echt in leek te geloven, in al dat horoscoopgedoe.

Marta wist niet wat ze ermee aan moest.' Vianello dronk zijn glas leeg en zette het op tafel. 'Ik ook niet. Ze maakte zich zorgen, maar Loredano dacht dat het wel weer over zou gaan, en dat dacht ik waarschijnlijk ook, of in ieder geval wilde ik dat denken, omdat dat makkelijker was.' Hij keek Brunetti aan en trok één mondhoek op in een wrang glimlachje. 'Ik denk dat we allemaal wilden dat het geen probleem was. Dus we negeerden het en deden net of er niets aan de hand was.'

Er klonken geluiden bij de deur en er kwamen mensen binnen, maar ze schonken er geen van beiden aandacht aan. Vianello vervolgde: 'Toen werd ik ongeveer een maand geleden gebeld door Loredano, en die vertelde dat zia Anita drieduizend euro had opgenomen van de bedrijfsrekening zonder het tegen hem te zeggen.'

Hij wachtte tot Brunetti hier een opmerking over zou maken, maar dat deed hij niet, dus ging de inspecteur verder. 'Loredano ging de bankrekening eens bekijken en toen zag hij dat ze de laatste paar maanden vaker geld had opgenomen: de ene keer vijfhonderd, de andere keer driehonderd, dan weer zeshonderd. Toen hij ernaar vroeg, zei ze alleen maar dat het haar geld was en dat ze ermee mocht doen wat ze wilde, en dat het nodig was en voor een goed doel, en dat ze het voor zijn vader deed.'

Oude vrouwen, zo wist Brunetti, voelden vaak de behoefte om hun geld aan een goed doel te schenken, en heel vaak bleek dat doel de kerk te zijn. Hoewel Brunetti dat zelf bepaald geen 'goed doel' zou noemen, wist hij dat veel mensen het dat wel vonden, zoals hij ook wist dat mensen die aan de kerk gaven geen moment zouden aarzelen om dat te vertellen. Dat Vianello's tante terughoudend deed, opende een doos van Pandora aan mogelijkheden wat betreft de ontvanger van haar gulle gaven.

'"Goed doel",' herhaalde Brunetti op neutrale toon. '"Voor zijn vader".'

'Dat was het enige wat ze zei,' antwoordde Vianello.

'Hebben je neef en nicht enig idee om hoeveel geld het gaat?'

'Inclusief die drieduizend misschien zevenduizend in totaal. Maar ze heeft ook eigen geld, en ze kunnen er op geen enkele manier achter komen wat ze daarmee gedaan heeft.'

'Waar zat je nu met haar over te praten aan de telefoon?' vroeg Brunetti.

'Ik zat te luisteren, niet te praten,' zei Vianello vermoeid. 'Ze belde om te klagen dat Loredano haar steeds dwarszit.'

‘Dwárszit?’

Vianello kon geen glimlach opbrengen. ‘Zo ziet ze dat nu: zij doet iets waarvan ze zegt dat het nodig is. Ze vindt dat ze het volste recht heeft om het te doen, en ze is boos omdat haar kinderen haar proberen tegen te houden.’

‘Help me even herinneren, Lorenzo. Hoeveel kinderen heeft ze ook alweer?’

‘Marta en Loredano, dat zijn de oudsten. En dan nog Luca en Paolo, de twee jongsten. De drie jongens – mannen, eigenlijk – runnen de zaak.’

‘En je oom? Waar staat hij in dit alles?’ vroeg Brunetti.

Vianello hief onwillekeurig zijn handen op. ‘Wat ik al zei: hij heeft eigenlijk nergens aandacht voor. Nooit gehad, en nu hij ouder en niet zo gezond meer is, is het alleen maar erger geworden. Loredano zei dat hij geprobeerd had om met hem te praten en het hem duidelijk te maken, maar het enige wat zijn vader zei was dat zijn vrouw haar eigen geld had en ermee mocht doen wat ze wilde. En ook met zijn geld. Ik denk dat hij het een soort bewijs van zijn eigen mannelijkheid vindt dat zijn vrouw een hoop geld kan uitgeven: kan iedereen zien wat een goede kostwinner hij is.’

‘Ook als hij niet meer werkt?’

‘Het is waarschijnlijk alleen maar belangrijker geworden, nu hij niet meer werkt en niet meer de dingen kan doen die hij vroeger deed.’

‘God, het is wel ingewikkeld, hè?’ zei Brunetti, en hij leunde naar voren en zette zijn ellebogen op tafel. ‘Weet iemand wat ze ermee doet?’

Vianello schudde zijn hoofd. ‘Ze weten het niet zeker. Maar als ze zegt dat het voor een goed doel is, dan geeft ze het waarschijnlijk aan iemand.’ Dit keer gaf Vianello een klap op het tafelblad zonder te proberen zijn boosheid te verhullen. ‘Het vervelende is,’ vervolgde de inspecteur, ‘dat ik vind dat ze gelijk heeft. Althans, voor een deel. Ze heeft inderdaad het recht om met haar eigen geld te doen wat ze wil. Toen ze de zaak net begonnen waren, heeft ze jarenlang keihard gewerkt en er nooit een lire voor gekregen. Zelfs toen het beter ging bleef ze op kantoor de boel runnen. Zonder dat ze er ooit voor betaald heeft gekregen.'

Brunetti knikte.

'Dus ze heeft recht op zo veel geld als ze wil. Zowel juridisch als... moreel, als dat het juiste woord is.'

Brunetti vermoedde van wel.

'Maar...' begon de inspecteur, zonder zijn zin af te maken.

Brunetti probeerde dat voor hem te doen. 'Maar haar familie heeft het recht om te weten wat ze ermee doet?'

'Dat denk ik wel, ja. Ik zeg het niet graag, maar ik denk wel dat dat zo is. En niet omdat het hun geld is. Dat is niet zo. Het is van haar. Maar het feit dat ze weigert er iets over te zeggen, moet haast wel betekenen dat ze zelf ergens ook wel weet dat ze niet zou moeten doen wat ze doet.'

'Wat gaan je neven en nicht nu doen?' vroeg Brunetti.

Vianello keek naar de tafel. 'Haar volgen,' zei hij.

'Pardon?'

Vianello keek op en zei zonder een spoor van humor: 'Ik denk dat ze te veel tv gekeken hebben of zo. Ze hebben met de bedrijfsleider van de bank gesproken. Hij kent de familie al dertig jaar. Hij heeft altijd al hun bankzaken gedaan.' Vianello keek naar zijn handen, alsof één van zijn vingers de bankmanager was en hij wilde zien wat hij ging doen.

'Wat hebben ze tegen hem gezegd?'

'Dat ze steeds grote bedragen opneemt en niet wil zeggen wat ze ermee doet.'

'En?'

'Hij heeft gezegd dat hij de volgende keer dat ze geld opneemt Loredano zal bellen en dat hij haar dan zo lang mogelijk in de bank aan de praat zal houden.'

'Tot er iemand van de familie arriveert om te kijken waar ze naartoe gaat?' vroeg Brunetti, die zijn verbazing niet wist te verbergen. 'Detectiefje spelen?'

Vianello schudde zijn hoofd, zijn ogen nog steeds op zijn vingers gericht. 'Ik wou dat het zo simpel was.'

'Het is niet simpel,' zei Brunetti. 'Het is krankzinnig.'

'Dat vond ik ook,' zei Vianello. 'Dat heb ik ook tegen ze gezegd.'

'Dus?'

'Dus willen ze dat ik het doe.'

Brunetti was sprakeloos. Hij keek naar zijn vriend, die nog steeds zijn handen zat te bestuderen. Ten slotte zei hij: 'Dat is nog krankzinniger.'

'Dat heb ik ook tegen ze gezegd.'

'Lorenzo,' zei Brunetti, 'ik heb geen zin om dit hier uit je te moeten trekken. Wat ga je doen?'

'Daar heb ik over nagedacht terwijl ik naar haar zat te luisteren, over een manier om uit te vinden wat ze doet, maar het enige idee dat ik kon bedenken, daar heb ik jou voor nodig. Min of meer.'

'Waar heb je mij voor nodig?'

'Ik heb jouw toestemming nodig.'

'Toestemming voor wat?'

'Om een paar mannetjes van ons te vragen of ze me willen helpen.'

'Helpen om je tante te volgen?'

'Ja. Volgens mij wil Pucetti het best doen als ik het aan hem vraag.' Vianello keek Brunetti gespannen aan. 'Als ze het in hun vrije tijd doen, buiten het werk om, dan is er niets illegaals aan, niet echt.'

'Dan zouden ze gewoon een wandelingetje door de stad

maken alsof er niks aan de hand was,' zei Brunetti vinnig. 'En toevallig precies dezelfde kant op lopen als dat oude vrouwtje met al dat geld in haar tas.' Hij voelde een plotselinge verontwaardiging opkomen. Moest de politie zich hiertoe verlagen?

'Guido,' zei Vianello zonder enige stemverheffing. 'Ik weet hoe het klinkt, maar het is de enige manier om erachter te komen wat ze ermee doet.'

'En als ze jullie allemaal voorgelogen heeft en naar het Casinò blijkt te gaan waar ze het allemaal aan fruitautomaten spendeert?' wilde Brunetti weten.

Vianello verraste hem door er serieus op in te gaan. 'Dan kunnen we zorgen dat ze het Casinò niet meer in mag.'

Brunetti sloeg een andere toon aan en vroeg: 'En als ze ergens naar binnen gaat en vervolgens zonder het geld naar buiten komt? Wat dan? Gaan jij en je neven dan naar binnen om degene die het geld heeft in elkaar te slaan en het weer af te pakken?'

'Nee,' zei Vianello kalm. 'Misschien gaan we dan kijken of er nog meer oude vrouwtjes met geld in hun tas naar hetzelfde adres gaan.'

Brunetti was te verbluft om meteen te kunnen antwoorden, en toen hij weer sprak was het enige wat hij kon zeggen: 'O jee.' En daarna: 'Denk je dat dat zo is?'

'Ik weet niet wat ik denk,' antwoordde Vianello. 'Maar mijn tante is niet gek, dus wie het ook is die haar weet over te halen om geld te geven – als dat tenminste is wat er aan de hand is en ze het niet allemaal aan fruitautomaten spendeert – is ook niet gek, en dan zou het best eens zo kunnen zijn dat zij niet de enige is die hierbij betrokken is.'

Brunetti hees zich overeind en liep naar de bar, waar hij nog twee glazen mineraalwater bestelde. Hij nam ze mee terug naar Vianello, zette ze op tafel en ging weer zitten.

‘We zouden dit ook officieel kunnen doen,’ zei Brunetti.

‘Hoe dan?’

‘Geeft Scarpa geen trainingen aan nieuwe agenten?’

‘Ja, maar ik zie niet...’

‘En een van de dingen die ze moeten leren, als ze niet uit Venetië komen, is hoe ze iemand in de stad moeten volgen.’

Vianello pakte het vlekkeloos op. ‘En aangezien Scarpa niet uit Venetië komt, heeft hij geen idee hoe dat moet.’

‘En dat betekent,’ concludeerde Brunetti, ‘dat hij het aan de Venetianen over moet laten om ze te laten zien hoe dat moet.’

Vianello hief zijn glas op naar Brunetti. ‘Ik weet dat het niet hoort om met water te toosten, maar evengoed...’ Hij nam een slok en zette het glas weer op tafel.

‘En het enige wat we dus hoeven te doen,’ begon Brunetti, wiens achteloze gebruik van de meervoudsvorm Vianello weer goede moed gaf, ‘is vragen of signorina Elettra ervoor wil zorgen dat de juiste Venetianen met dat klusje worden opgezadeld. Het zal Scarpa verder een zorg zijn: die vertrouwt ons geen van allen en heeft aan ons allemaal een even grote hekel.’

Vianello draaide zich om naar de bar en wuifde naar Bambola. ‘Wil je ons twee glazen prosecco brengen, alsjeblieft?’

6

Het was niet alleen te heet om helemaal naar huis te lopen voor de lunch, het was zelfs te heet om te eten. Brunetti liep samen met Vianello terug naar de Questura en zei dat hij het met signorina Elettra zou hebben over het rooster voor Scarpa's oriëntatietraining, maar toen hij bij haar kamer kwam was ze er niet. Hij ging terug naar zijn eigen kamer en belde Paola, die bijna opgelucht klonk toen ze hoorde dat hij niet naar huis zou komen.

'Ik kan pas weer aan eten denken als de zon onder is,' zei ze.

'Ramadan?' informeerde Brunetti luchtig.

Ze lachte. 'Nee! Maar de zon schijnt 's middags in de huiskamer, dus ik moet me bijna de hele dag schuilhouden in mijn werkkamer. En het is te heet om naar buiten te gaan, dus ik kan eigenlijk niks anders doen dan een beetje zitten lezen.'

Een groot deel van het academisch jaar keek Paola verlangend uit naar de zomervakantie, omdat ze dan lekker hele dagen in haar werkkamer kon zitten lezen. 'Ach, wat vervelend voor je,' zei Brunetti, quasi meelijdend.

'Guido,' zei ze met haar liefste stem, 'daar trapt een doorgewinterde leugenaar als ik echt niet in. Maar fijn dat je met me meeleeft.'

'Ik ben tegen donker pas thuis,' zei hij, alsof ze niets gezegd had, en hij legde de telefoon weer neer.

Doordat het woord 'eten' gevallen was, voelde Brunetti nu iets dat in de buurt kwam van honger, maar het was niet sterk genoeg om ervoor de deur uit te gaan. Hij deed een voor een zijn laden open, maar vond alleen een half zakje pistachenoten dat hij zich niet kon herinneren ooit eerder te hebben gezien, een zakje nachos en een reep chocola met hazelnoten, die hij van de winter mee naar kantoor had genomen.

Hij brak een van de pistachenootjes open, stopte hem in zijn mond en beet erop, maar wat hij tussen zijn kiezen had voelde aan als rubber. Hij spuugde het uit in zijn hand en gooide het samen met de rest van het zakje in de prullenbak. Vergeleken bij de nootjes waren de nachos uitstekend, en hij genoot ervan. Hij hield zichzelf voor dat het goed was om veel zout te eten in deze hitte. Bij deze nachos zou hij zelfs rond de evenaar nog baat hebben.

Toen hij de reep chocola openmaakte zag hij dat die bedekt was met een witte waas, het chocolade-equivalent van patina. Hij haalde zijn zakdoek tevoorschijn en wreef de reep stevig op tot die er weer uitzag als chocola: pure chocola met hazelnoten. Zijn lievelingssoort. Hij fluisterde 'dessert' en nam een hap. Hij was perfect, net zo zacht en romig als hij een halfjaar geleden ook geweest zou zijn. Brunetti verbaasde zich over dit feit terwijl hij de rest van de reep opat, en vervolgens bukte hij zich en keek achter in de la in de hoop dat er nog eentje lag, maar dat was niet het geval.

Hij keek op zijn horloge en zag dat het nog steeds lunchtijd was. Dat betekende dat de computer in de agentenkamer vrij zou kunnen zijn voor hem. Toen hij binnenkwam zag hij dat Riverre, die een bureau deelde met agent Alvise, net zijn colbert aantrok.

'Ga je lunchen, Riverre?' vroeg Brunetti.

'Ja, meneer,' zei hij, en hij probeerde te salueren, maar omdat zijn arm nog niet goed in zijn mouw zat leek het nergens op.

Brunetti volgde het pad der gewoonte en negeerde het. 'Kun je op de terugweg even bij Sergio langsgaan en wat *tramezzini* voor me meenemen?'

Riverre glimlachte. 'Geen probleem, commissario. Heeft u nog een voorkeur?' Toen Brunetti aarzelde, stelde Riverre voor: 'Krab? Eiersalade?'

In deze hitte zouden die twee waarschijnlijk het snelst bederven, maar Brunetti zei alleen maar: 'Nee, doe maar iets van tomaat en prosciutto.'

'Hoeveel, meneer? Vier? Vijf?'

Goeie genade, waar zag Riverre hem voor aan? 'Nee, dank je, Riverre. Twee moet wel genoeg zijn.' Hij wilde zijn portemonnee uit zijn zak halen, maar de agent hief beide handen op, als een christen die de duivel in het oog kreeg. 'Nee, meneer. Geen sprake van. Dat zou een belediging zijn.' Terwijl hij naar de deur liep, riep hij over zijn schouder: 'Ik zal ook wat mineraalwater meenemen, meneer. Een mens moet veel drinken met die hitte.'

Brunetti riep een bedankje naar Riverres vertrekkende rug en zei toen zachtjes in het Engels, hoewel hij er nooit helemaal zeker van was in welke context de uitdrukking gebezigd hoorde te worden: '*From the mouths of the babes.*'

Iemand had de internetbrowser op de computer aan laten staan, dus Brunetti typte – met vier vingers – '*oroscopo*' in.

Toen Riverre ruim een uur later terugkwam zat Brunetti nog steeds aan de computer, al was het inmiddels een wijzer man die daar zat. De ene site had naar de andere geleid, en de ene verwijzing had weer aan een andere doen denken, en op die manier had hij in die korte tijd een rondreis gemaakt door een wereld van overtuigingen en geloof en vormen van bedrog die zo overduidelijk waren dat hij er versteld van stond. 'Horoscoop' had naar 'voorspelling' geleid, wat naar 'kaartlezen' had geleid, wat vervolgens naar 'paranormaal adviseur' had geleid, en naar 'handlezer' en naar een eindeloze reeks adviseurs die aan specifieke behoeften tegemoetkwamen. Hij vond ook een hele lijst van interactieve sites die, tegen betaling, de deuren openden naar live contact met 'astraal adviseurs'.

Sommigen hielden zich vooral bezig met het oplossen van zakelijke en financiële problemen, vele anderen richtten zich op moeilijkheden in de sfeer van liefde en genegenheid, weer anderen op problemen op het werk of met collega's, en nog weer anderen bemiddelden bij het raadplegen van overleden familieleden en vrienden. Of huisdieren. Er waren er die astrale hulp boden bij afvallen, stoppen met roken of voorkomen dat men op de verkeerde persoon verliefd werd. Vreemd genoeg vond Brunetti, hoewel hij ernaar zocht, niemand die astrale hulp bood bij het afkicken van drugsverslaving, al vond hij wel één site waar ouders terecht konden als ze wilden weten welk kind van hen de meeste kans liep om verslaafd te raken: dat stond allemaal in de sterren geschreven.

Brunetti had rechten gestudeerd, en hoewel hij nooit het staatsexamen had gedaan of als jurist had gewerkt, had hij wel tientallen jaren met een scherp oog naar taal gekeken, naar het gebruik en misbruik ervan. Hij was in zijn werk talloze voorbeelden tegengekomen van opzettelijk misleidende verklaringen en contracten. Daardoor had hij het vermogen ontwikkeld om leugens te herkennen, hoe zorgvuldig ze ook waren vermomd en hoe knap de taal waarin ze verpakt waren ook wist te verhullen dat er sprake zou kunnen zijn van valse beloften of een valse voorstelling van zaken.

De informatie op die sites was geschreven door experts: ze gaven hoop zonder ooit een belofte te doen die door een scherpslijper als wettelijk bindend zou kunnen worden beschouwd; ze boden zekerheid zonder zich ooit ergens op vast te leggen; ze beloofden kalmte en rust in ruil voor geloof.

En een beloning? Winstbejag? Mensen vragen voor hun diensten te betalen? De vraag was gewoonweg absurd. En waarschijnlijk nog beledigend ook voor de mensen die hun diensten aanboden om de geplaagde medemens te helpen. Wat was negentig cent per minuut voor iemand die hulp nodig had en voor wie die hulp beschikbaar was aan het andere eind van een telefoonlijn? Als je de kans kreeg om rechtstreeks contact te hebben met een deskundige die ervoor opgeleid was om de problemen en het leed te begrijpen van mensen die dik/dun/gescheiden/ongetrouwd/verliefd/niet meer verliefd/ongelukkig met dan wel zonder partner waren – was dat geen negentig cent per minuut waard? Trouwens, in sommige gevallen bestond er een kans dat je tijdens het bellen live in een televisie-uitzending terechtkwam, en dat je naam en je probleem dus bij een groter publiek bekend zouden worden, en dat kon alleen maar tot nog meer medeleven en begrip voor jou en je leed leiden.

Brunetti had wel bewondering voor een dergelijke vindingrijkheid. Hij maakte gauw een rekensommetje. Met negentig cent per minuut kostte een gesprek van tien minuten dus negen euro. Een uur kostte vierenvijftig euro. Stel dat er tien mensen zijn die de telefoon opnemen, of twintig, of honderd; en stel dat die lijnen vierentwintig uur per dag bemand zijn. Een gesprek van tien minuten? Was hij nou gek? Dit was een kans om met een meevoelende luisteraar te spreken, om de pijnlijke details van het gewonde, ondergewaardeerde ik te onthullen. Bovendien, in de advertenties stond dat de mensen die de telefoon beantwoordden 'opgeleide vakmensen' waren. Die waren ervoor opgeleid om te luisteren, al had Brunetti het idee dat dat luisteren een ander doel diende dan het bieden van hulp en steun aan de kommervollen en de bedrukten. Wie kon de verleiding weerstaan om over het eindeloos fascinerende ik te praten? Wie was er immuun voor de vraag die met medeleven gesteld werd en waar het verlangen uit sprak om de beller beter te leren kennen?

Brunetti stond op de Questura bekend als een bedreven ondervrager, want hij slaagde er vaak in zelfs met de meest geharde bajesklant een gesprek aan te gaan. Wat hij voor zich hield was dat het doel niet het gesprek, maar de monoloog was. Je gaat zitten, kijkt geïnteresseerd, stelt af en toe een vraag maar zegt zo weinig mogelijk, leeft mee met wat er gezegd wordt en met de persoon die het zegt – en maar weinig arrestanten of verdachten kunnen de neiging weerstaan om de stilte met hun eigen woorden te vullen. Een paar van zijn collega's bezaten die vaardigheid ook, vooral Vianello.

Hoe meevoelender de ondervrager leek, hoe belangrijker het voor de ondervraagde werd om zijn sympathie te winnen, en dat werd volgens veel verdachten het makkelijkst bereikt door de ondervrager zover te krijgen dat hij hun motieven begreep, en daarvoor was natuurlijk een heleboel uitleg nodig. Tijdens de meeste verhoren was Brunetti er vooral op uit om te achterhalen wat de ander had gedaan en om hem of haar dat te laten toegeven, terwijl de ander maar al te vaak gefixeerd raakte op het verwerven van Brunetti's begrip en medeleven.

Zoals de mensen die met hem spraken maar zelden nadachten over de juridische consequenties van wat ze zeiden, zo dachten degenen die met de opgeleide vakmensen in de diverse callcenters spraken nauwelijks na over de economische consequenties van hun eigen praatzucht.

'Hier zijn de *tramezzini*, meneer,' hoorde hij Riverre zeggen. Brunetti wilde hem bedanken en draaide zich om, maar voor hij iets kon zeggen zei Riverre, die het scherm had gezien: 'O, maakt u daar ook gebruik van, commissario?'

Omdat hij niet meteen wilde reageren nam Brunetti de papieren zak met de sandwiches en twee halveliterflessen mineraalwater van hem aan en zette die naast de computer neer. 'O, ik wil niet beweren dat ik er gebruik van maak,' zei hij nonchalant, net alsof hij dat wel deed, 'maar ik vind het wel leuk om af en toe eens te kijken of er nog wat nieuws is.' Brunetti besloot op dat moment zijn lunch in de agentenkamer te gebruiken, en hij maakte de zak open en haalde er een sandwich uit. Tomaat en prosciutto. Hij vouwde het servetje waarin hij verpakt zat een stukje terug en nam een hap.

Kauwend wees hij met de *tramezzino* naar het scherm en vroeg: 'Heb jij nog favorieten, Riverre?'

Riverre trok zijn colbert uit en stapte opzij om het over de stoel bij zijn bureau te hangen, waarna hij weer bij Brunetti ging staan. 'Nou, ik kan niet zeggen dat het mijn favoriet is, meneer, maar er is één vrouw – ik geloof dat ze in Turijn zit – die over kinderen praat en over de problemen die ze kunnen hebben. Of die hun ouders met ze kunnen hebben.'

'Met de kinderen van tegenwoordig,' stemde Brunetti ernstig in, 'kan dat alleen maar goed zijn.'

'Dat vind ik ook, meneer. Mijn vrouw heeft haar al een paar keer gebeld om te vragen wat we met Gianpaolo aan moeten.'

'Die is nu een jaar of twaalf, toch?' vroeg Brunetti, die er een slag naar sloeg.

'Veertien, meneer. Net geworden. En hij is geen klein jongetje meer, dus we kunnen hem ook niet meer zo behandelen.'

'Zegt zij dat, die vrouw uit Turijn?' vroeg Brunetti, die zijn eerste *tramezzino* inmiddels op had en nu een van de flessen mineraalwater uit de zak haalde. Met koolzuur. Mooi. Hij maakte hem open en bood hem aan Riverre aan, maar de agent schudde zijn hoofd.

'Nee, meneer. Dat zegt mijn moeder.'

'En die vrouw in Turijn? Wat zegt die?'

'Die heeft een cursus die we kunnen doen. Tien lessen die we kunnen volgen, mijn vrouw en ik samen.'

'In Turijn?' vroeg Brunetti verbaasd.

'O nee, meneer,' zei Riverre met een lachje. 'We leven in de moderne tijd, mijn vrouw en ik. We hebben internet, dus we hoeven alleen maar naar die site toe te gaan en dan komt de klas naar ons toe, en dan kunnen we die lessen bekijken en toetsen doen. Ze sturen je alles toe via je e-mail – vragen en toetsen en lesmateriaal – en je stuurt het weer terug, en dan sturen zij een beoordeling en commentaar.'

'Aha,' zei Brunetti, en hij nam een slokje water. 'Het is wel ingenieus, hè?'

Riverre moest onwillekeurig glimlachen om Brunetti's opmerking. 'Het punt is alleen, meneer, dat ik niet denk dat we hem nu meteen al kunnen doen, want we moeten ook de vakantie nog betalen: we gaan volgende week naar Elba. Kamperen, maar het is evengoed duur, voor ons drieën.'

'O,' zei Brunetti met milde belangstelling, 'hoeveel kost die cursus?'

'Driehonderd euro,' antwoordde Riverre, en hij keek naar Brunetti om te zien hoe die op de prijs zou reageren. Toen zijn meerdere bij wijze van antwoord zijn wenkbrauwen optrok, legde Riverre uit: 'Maar dat is dan inclusief die toetsen en alle beoordelingen.'

'Hmm,' zei Brunetti, en hij knikte. Hij haalde de andere sandwich uit de zak. 'Het is niet goedkoop, hè?'

'Nee,' zei Riverre, die berustend het hoofd schudde. 'Maar hij is ons enige kind, en we willen het beste voor hem. Dat is volgens mij alleen maar normaal. Denkt u niet?'

'Ja, dat denk ik wel,' zei Brunetti, en hij nam een hap. 'Het is een goeie jongen, hè?'

Riverre glimlachte, fronste nadenkend zijn wenkbrauwen, en glimlachte toen opnieuw. 'Ik vind van wel, meneer. En hij doet het goed op school. Geen moeilijkheden.'

'Misschien kun je dan nog wel een tijdje wachten met die cursus.' Hij at zijn tweede sandwich op, betreurde het dat hij Riverre had gevraagd er maar twee mee te nemen en dronk de rest van het water op.

Om zich heen kijkend zei Brunetti: 'Waar kan ik die fles laten?'

'Daar bij de deur, meneer. De blauwe bak.'

Brunetti liep naar de plastic vuilnisbakken en gooide de fles in de blauwe bak en de papieren zak en de servetjes in de gele. 'Ik herken hier de hand van signorina Elettra in,' zei hij.

Riverre lachte. 'Ik dacht in eerste instantie dat ze geweld zou moeten gebruiken toen ze met het idee kwam, maar we zijn er inmiddels aan gewend.' Vervolgens, alsof hij een waarheid onthulde waar hij al een tijdje mee rondliep, zei hij: 'Het is eigenlijk jammer dat zij het hier niet voor het zeggen heeft, hè, meneer?'

'Je bedoelt op de Questura?' vroeg Brunetti. 'De hele mikmak?'

'Ja, meneer. U wou toch niet zeggen dat u daar nooit aan gedacht hebt?'

Brunetti maakte de tweede fles water open en nam een lange slok. 'Mijn dochter heeft een meisje uit Iran in de klas, een lief kind,' zei hij, tot verwarring van Riverre, die misschien een antwoord op zijn vraag verwacht had. 'Elke keer als ze uiting aan haar blijdschap wil geven gebruikt ze de uitdrukking: "Veel, veel, heel erg."'

'Ik weet niet zeker of ik u kan volgen, meneer,' zei Riverre, wiens woorden weerspiegeld werden door zijn gezicht.

‘Dat is het enige wat ik kan bedenken om te zeggen bij het idee dat signorina Elettra het hier zou overnemen: “Veel, veel, heel erg.”’ Hij draaide de dop op de fles, bedankte Riverre voor de lunch en ging naar beneden om signorina Elettra te vragen Scarpa’s personeelsrooster aan te passen.

7

De daaropvolgende paar dagen leek het alsof een of andere sturende kosmische macht gehoor had gegeven aan Brunetti's wens dat er een overeenkomst zou worden gesloten met de krachten der ordeloosheid, want de misdaad ging met verlof in Venetië. De Roemenen die balletje-balletje speelden op de bruggen leken op vakantie te zijn gegaan, of anders hadden ze hun werkterrein verlegd naar de stranden. Het aantal inbraken nam af. Bedelaars reageerden op een gemeenteverordening die zware straffen in het vooruitzicht stelde door minstens een dag of twee te verdwijnen voordat ze weer aan het werk gingen. De zakkenrollers bleven natuurlijk op hun post: die konden alleen in de stille maanden november en februari op vakantie. Hoewel de hitte mensen vaak tot geweld dreef, was dat dit jaar niet het geval. Misschien was er een punt waarop de hitte en vochtigheid het te uitputtend maakten om iemand te wurgen of te verminken.

Wat de reden ook was, Brunetti was blij met de rust. Hij gebruikte een deel van zijn vrije tijd om nog meer sites te bezoeken die spirituele of paranormale hulp boden aan degenen die deze nodig hadden. Hij had zo veel Griekse en Romeinse historici gelezen dat hij helemaal niet raar opkeek van het verlangen om orakels te raadplegen of manieren te vinden om de boodschappen van de goden te ontcijferen. Of het nu ging om de lever van een pas gedode kip of om het patroon dat een zwerm vogels in de lucht maakte, de tekenen waren er voor degenen die in staat waren ze te interpreteren; er was verder alleen nog maar iemand nodig die bereid was de interpretatie te geloven, en de zaak was rond. Cumae of Lourdes, Diana van Efeze of de Heilige Maagd Maria van Fatima: de mond van het beeld bewoog, en de waarheid werd onthuld.

De vrouwen in Brunetti's familie hadden de rozenkrans gebeden, en als jongen had hij hen vaak op vrijdagmiddag wanneer hij thuiskwam uit school knielend op de vloer in de huiskamer aangetroffen, bezig hun gebeden te prevelen. Dat gebruik, en het geloof dat eraan ten grondslag lag, was hem toen voorgekomen – en kwam hem nu, twee generaties later, nog steeds voor – als een heel normaal en begrijpelijk onderdeel van het menselijk bestaan. En de stap van het geloof in de welwillende macht van de Madonna naar het geloof in het vermogen van deze of gene om contact te maken met de geesten van overledenen was wat Brunetti betrof maar een heel kleine op de snelweg van het geloof.

Aangezien hij nooit eerder een zaak aan de hand had gehad die te maken had met geloofszwendel – als dat het inderdaad was waar het vreemde gedrag van Vianello's tante op terug te voeren was – verkeerde Brunetti enigszins in het ongewisse over de wetten die hier van kracht waren. Italië was een land met een staatsgodsdienst, en de wet was geneigd veel door de vingers te zien als het ging om de kerk en het gedrag van haar functionarissen. Beschuldigingen van woekerpraktijken, banden met de maffia, misbruik van minderjarigen, fraude en afpersing: ze verdwenen allemaal alsof ze werden weggewuifd met het juridische equivalent van wijwaterkwast en wierook.

Deze sites daarentegen vertegenwoordigden de concurrentie van de staatsgodsdienst, en het was dus heel goed mogelijk dat de wet zich ten aanzien van hun activiteiten een stuk strenger opstelde. En als de beloften die in de kerken werden gedaan even geldig waren als die van de websites, waar lag dan de waarheid? De telefoon maakte een einde aan Brunetti's bespiegelingen.

Blij met de onderbreking nam hij op.

'Ik ben het, Guido,' zei Vianello. 'Loredano heeft net gebeld. Hij kreeg een telefoontje van de bankdirecteur; mijn tante is bij hem. Ze heeft net drieduizend euro opgenomen. Hij heeft gevraagd of ze even mee wilde komen naar zijn kamer om wat papieren te tekenen.'

'Wie is er op patrouille?'

'Pucetti en een nieuwe rekruut zijn op weg naar de Via Garibaldi.'

Brunetti liep in gedachten langs de ene kant over de Via Garibaldi en langs de andere kant terug. 'Banco di Padova?'

'Ja. Naast de apotheek.'

'Heeft hij gezegd hoe lang hij haar daar kan houden?'

'Tien minuten. Hij zei dat hij zou vragen hoe het met de familie gaat: dan blijft ze wel een tijdje doorpraten.'

'Waar ben jij?' vroeg Brunetti.

'Op Murano. Iemand heeft geprobeerd een tas van een vrouw te jatten, en toen heeft zich een meute gevormd en hebben ze hem in een kanaal gegooid. Wij moesten komen om hem eruit te halen.'

'Ik ga wel even kijken,' zei Brunetti, en hij legde de telefoon neer, nadat hij Vianello eerst nog had horen zeggen: 'Ze draagt een groene blouse.'

Hij was met zijn hoofd nog zo bij Vianello's telefoontje dat hij niet bedacht was op de hitte die hem trof toen hij de Questura uit liep. Die stroomde in één enkele golf over hem heen, en een ogenblik lang wist Brunetti niet of hij door die aanval van doorweekte lucht nog wel zou kunnen ademen. Hij bleef staan, stapte terug in de miezerige schaduw van de latei boven de deur en haalde zijn zonnebril tevoorschijn, die weliswaar het licht afzwakte, maar niets tegen de hitte deed. Zijn blauwkatoenen lichtgewicht jasje plakte aan zijn lijf als een IJslandse trui.

De aanval van licht en hitte was zo plotseling geweest dat Brunetti een paar tellen nodig had om zich te herinneren waarom hij ook alweer naar buiten was gegaan, en nog een paar tellen om zich te herinneren hoe hij naar de Via Garibaldi moest lopen.

'Waanzin,' mompelde hij in zichzelf, en hij stak de brug over. Hij hield zijn blik omlaag gericht vanwege het felle licht en moest het aan zijn voeten overlaten om de weg te vinden. Hij ging linksaf en rechtsaf, zonder er bewust bij stil te staan waar hij naartoe liep. Zijn voeten voerden hem een volgende brug over en toen naar rechts, en vervolgens stond hij in de Via Garibaldi en wou dat dat niet zo was. De straatstenen hadden uren in de zon liggen bakken, en de hitte die ze uitstraalden leek wel een vorm van protest tegen hun eigen hulpeloosheid. Brunetti was een gevangene tussen de meedogenloze zon boven en de zinderende hitte beneden hem en kon niets bedenken om zichzelf te beschermen. Een vrouw liep vlak langs hem en zei '*con permesso*' met meer nadruk dan nodig was geweest, maar hij stond daar dan ook roerloos op het plaveisel de uitgang van de *calle* te blokkeren. Haar opmerking bracht hem weer in beweging, en hij stapte terug de *calle* in, die een minimale bescherming van schaduw bood.

Even later wist Brunetti voldoende moed te verzamelen om opnieuw de Via Garibaldi en de hitte in te stappen. De bank was rechts van hem; verderop in de straat hielden een paar tafels zich schuil onder de parasols van een bar. Aan één ervan zaten Pucetti en een jonge vrouw, die lachte om iets wat de jonge agent had gezegd. Ze had lichtbond haar dat jongensachtig kortgeknipt was, een associatie die werd weersproken door het strakke witte T-shirt dat ze droeg. Ze hadden allebei een zonnebril op, en Pucetti droeg een zwart T-shirt dat even strak zat als dat van het meisje zonder hetzelfde effect te sorteren.

Brunetti trok zich terug in de *calle*, wachtte hooguit een minuut en stapte toen weer naar voren. Pucetti en het meisje stonden op. Brunetti zag dat ze een heel kort rokje droeg, waaronder een paar gebruinde, aantrekkelijke benen eindigden in sandalen. Voor de bank, tussen hem en de twee jonge agenten in, stond een oude vrouw, gevangen in dat typisch Venetiaanse moment van uitrekenen wat de kortste weg is om ergens te komen. Ze keek naar de lucht, alsof ze dacht dat daar de precieze temperatuur geschreven stond. Ze droeg een wijde katoenen broek en een lichtgroene blouse met lange mouwen. Haar schoenen waren praktische bruine pumps met een lage hak, en ze had het robuuste lichaam van een vrouw die veel kinderen had gekregen en haar hele leven actief was geweest. Ze droeg een bruinleren tas over haar schouder en hield de riempjes met beide handen stevig vast. Ze ging naar links, richting *embarcadero* en de Riva degli Schiavoni. Onder het lopen boog ze iets voorover en ze leek haar linkerbeen wat te ontzien.

Op het moment dat ze begon te lopen ging het aantrekkelijke jonge stel, dat iets verder in de straat richting boothalte stond, dezelfde kant op en bleef een stukje voor haar uit lopen. Pucetti sloeg een arm om de schouders van zijn metgezellin, maar dat bleek te heet, dus namen ze er genoegen mee om hand in hand te lopen. Ze bleven even staan om in de etalage van een sportwinkel te kijken, en de oude vrouw liep hen voorbij zonder aandacht aan hen te schenken. Ze volgden haar langzaam, en Brunetti volgde hen drieën.

Aan het eind van de Via Garibaldi liep de oude vrouw door naar de *embarcadero* en ging met haar gezicht naar het water zitten. Het jonge stel hield halt bij de *edicola*, waar de jongeman een *Men's Health* kocht. Er kwam een Nummer Twee aan van links en de oude vrouw stond op. Zonder zich te haasten haalde het stel een IMOB-pas langs de automaat, liep de steiger op en stapte aan boord van de boot. Terwijl de boot werd ontmeerd en zich losmaakte van de steiger stapte Brunetti ook aan boord, vlak voordat het bemanningslid het hek dichtschoof.

De oude vrouw ging in de cabine zitten, in een stoel naast het gangpad op de voorste rij, het dichtst bij wat er eventueel door de open deur aan frisse lucht zou binnenkomen. Pucetti had zijn tijdschrift opengeslagen op de houten tafel achter de stuurmanshut. Hij wees naar een grijslinnen jasje en vroeg zijn metgezellin wat ze ervan vond. Hij stond met zijn rug naar de passagierscabine, maar zij stond tegenover hem, zodat ze kon zien wanneer de oude vrouw overeind kwam.

Brunetti ging naast Pucetti staan. De jonge vrouw keek hem aan en ging iets meer rechtop staan, maar Pucetti hield zijn ogen op het jasje gericht en zei: 'Ik dacht al dat Vianello u zou bellen, meneer.'

'Ja, hij heeft inderdaad gebeld.'

'Wilt u op dezelfde manier doorgaan: dat wij haar volgen en u ons?'

'Lijkt me het beste,' zei Brunetti.

De boot meerde aan bij de halte San Zaccharia, en Pucetti sloeg een paar bladzijden van het tijdschrift om en trok het meisje dichter naar zich toe om haar iets op de pagina te laten zien. Een paar bladzijden later voeren ze onder de Accademiabrug door en daarna langs San Samuele, en toen hoorde Brunetti het meisje zeggen: 'Ze staat op.'

Pucetti sloeg het tijdschrift dicht en boog zich naar opzij om de jonge vrouw een kus op de zijkant van haar voorhoofd te geven. Ze hield haar hoofd vlak naast het zijne en zei iets, waarna ze weer wat verder van elkaar gingen staan en uitstapten bij San Tomà, een paar passagiers achter de oude vrouw met de bruinleren tas en een paar voor de man in het blauwkatoenen colbert.

Aan het eind van de *calle* ging de oude vrouw rechtsaf en daarna linksaf het *campo* op. Ze stak het plein diagonaal over naar rechts en liep een smalle *calle* in die in de richting van de Frari voerde. Zonder iets te zeggen splitsten ze zich op, waarbij Brunetti de *calle* verder naar rechts nam om te zorgen dat ze haar niet zouden kwijtraken in deze doolhof van smalle *calli* vol onverwachte bochten.

Net toen Brunetti de Calle Passion in wilde lopen, zag hij de oude vrouw een stukje verderop voor een gebouw aan de rechterkant van de straat staan, haar hand omhoog om aan te bellen. Hij liep de ingang van de *calle* voorbij, bleef staan en draaide zich om, en toen hij terugkwam zag hij nog net iets wat een voet had kunnen zijn in een deuropening verdwijnen. Hij liep de *calle* in, passeerde de deur en registreerde in het voorbijgaan het huisnummer.

Toen hij bij het Campo dei Frari uitkwam liep het jonge stel net de *calle* in.

'Nummer negenentwintighonderdnegenentachtig,' zei Brunetti achteloos. Het meisje keek hem aan alsof hij een van die internetmagiërs was wier sites hij had bezocht. Pucetti glimlachte en zei: 'Ik ga dit aan mijn kleinkinderen vertellen, meneer.'

Brunetti wist niet zeker of die opmerking bedoeld was om zijn prestatie op te hemelen of die juist te bagatelliseren en zei dus, alsof het niet zoveel voorstelde: 'Ik was gewoon toevallig degene die haar zag.' Pucetti knikte, terwijl de jonge vrouw hem bleef aanstaren.

'En nu, meneer?'

'Gaan jullie maar even wat drinken op het *campo*, dan ga

ik op San Tomà in de etalage van het makelaarskantoor op zoek naar een nieuw appartement.'

'Heet klusje, commissario,' zei het meisje.

Brunetti bedankte haar met een knikje voor haar medeleven.

Gelukkig had hij eraan gedacht zijn *telefonino* bij zich te steken, dus ze spraken af met elkaar in contact te blijven. Hij liep terug naar het *campo* en ging voor de etalage van het makelaarskantoor staan. Op dit tijdstip van de middag stond de zon pal achter Brunetti, en hij begon zich langzaam een weg door diens kleren heen te branden. De hitte was zo intens dat Brunetti steeds van houding moest veranderen om eerst de ene schouder en dan de andere eraan bloot te stellen, als San Lorenzo op het rooster.

Het enige voordeel was dat de etalageruit door de invalshoek van het licht in een reusachtige spiegel was veranderd, waarin hij korte tijd later de weerspiegeling van een oude vrouw met een bruinleren tas over haar schouder naderbij zag komen. Maar haar handen hielden niet langer de riempjes vast en de tas hing nonchalant langs haar zij. Ze liep zijn kant op terwijl Brunetti de foto van een zolderappartement in Santa Croce bestudeerde, een luttele half miljoen euro voor zestig vierkante meter. 'Waanzin,' fluisterde hij.

De vrouw boog af naar rechts en ging toen linksaf de *calle* in die naar de *embarcadero* voerde. Brunetti belde Pucetti, en toen de agent opnam zei hij: 'Ze loopt terug naar de boothalte. Als jij en je vriendin nu eens voor de deur van negenentwintighonderdnegenentachtig gaan staan voor een lange omhelzing.'

'Ik zal het meteen aan haar voorstellen, meneer,' zei Pucetti, en hij hing op. Brunetti keerde de etalage de rug toe en liep naar de *calle* die naar het huis van Goldoni leidde, waar hij in ieder geval in de schaduw kon staan. Een paar minuten later verschenen Pucetti en de jonge vrouw, die niet langer hand in hand liepen.

'S. Gorini, meneer,' zei Pucetti. 'Er staat maar één naam bij dat huisnummer.'

'Zullen we dan maar teruggaan naar de Questura?' stelde Brunetti voor.

'We hebben nog steeds dienst, meneer,' zei Pucetti.

'Ik denk dat we allemaal onze buik vol hebben van mensen volgen in deze hitte,' zei hij. Hun opluchting was zichtbaar in de manier waarop hun lichaam zich ontspande. Hij glimlachte voor het eerst naar het meisje en zei: 'Zo, laten we maar eens kijken of je een *commissario di polizia* terug naar de Questura kunt volgen zonder dat het opvalt.'

8

Misschien aangemoedigd door het respect dat zijn vaardigheden hadden afgedwongen bij de jonge vrouw, wier volledige naam Bettina Trevisoi bleek te zijn, besloot Brunetti eens te zien wat hij zelf over S. Gorini te weten kon komen. Het eerste dat hij ontdekte, al hoefde hij daarvoor alleen maar het telefoonboek te raadplegen, was dat de S stond voor Stefano. Maar zelfs die volledige naam leverde via Google niet veel meer op dan een grote verscheidenheid aan producten en voorstellen om hem in contact te brengen met jonge meisjes. Omdat hij er al eentje thuis had, voelde Brunetti hier niet zo veel behoefte aan, en dus liet hij de cybervoorstellen voor wat ze waren, hoe verleidelijk ze voor anderen misschien ook zouden zijn geweest.

Nu Google niets had opgeleverd, moest Brunetti andere plekken zien te bedenken waar je informatie over een persoon kon vinden. Het moest mogelijk zijn om te achterhalen, waarschijnlijk via een of andere afdeling van de Commune, of hij het appartement huurde of dat hij het gekocht had. Als hij het gekocht had, dan had hij misschien een hypotheek, en dat zou weer naar zijn bank kunnen leiden, waardoor ze een idee zouden kunnen krijgen van zijn financiën. Het moest mogelijk zijn om erachter te komen of de gemeente hem ooit vergunningen had verstrekt en of hij een paspoort had. Via luchtvaartmaatschappijen moest te achterhalen zijn of hij reizen maakte binnen Italië of naar andere landen, en hoe vaak. Als hij een van die speciale treinpassen had, moest er een lijst te vinden zijn van de treinkaartjes die hij had gekocht. Kopieën van zijn telefoonrekeningen, zowel van zijn vaste telefoon als van zijn *telefonino*, zouden een idee geven van wie zijn vrienden en bekenden waren. Daarop zou ook te zien zijn of hij vanaf dat adres misschien een commerciële onderneming leidde. En creditcardafschriften boden vaak een schat aan informatie.

Hij zat voor de computer terwijl deze mogelijkheden een voor een zijn verbeelding bestormden. Hij vond het verbluffend dat de meest fundamentele voorzieningen van het moderne leven ervoor zorgden dat mensen op de voet gevolgd konden worden en dat ze zo buitengewoon effectief de privacy om zeep hielpen.

Maar wat belangrijker was: hij vond het ook verbluffend dat hij niet in staat was ook maar een van die dingen te vinden. Hij wist dat al die gegevens ergens in de computer verstopt moesten zitten, maar hij miste de vaardigheden om ze boven water te krijgen. Hij draaide zich om naar Pucetti; aspirant-agent Trevisoi stond naast hem. 'We kunnen wel zelf proberen alles uit te zoeken, maar dat is tijdverspilling,' zei Brunetti, die expres de meervoudsvorm gebruikte.

Hij zag hoe Pucetti de neiging onderdrukte om te protesteren. De jonge agent had de afgelopen jaren veel van signorina Elettra geleerd over manieren waarop de wegversperringen op de informatiesnelweg konden worden omzeild. Pucetti wierp een blik op de jonge vrouw naast hem, en Brunetti kon bijna horen hoe zijn mannelijkheid knarste terwijl hij zich dwong te knikken. 'Misschien kunnen we beter vragen of signorina Elettra even wil kijken,' beaamde Pucetti ten slotte.

Blij met de reactie van de jonge agent en rekening houdend met het feit dat Trevisoi een jonge, aantrekkelijke vrouw was, stond Brunetti op en bood Pucetti zijn stoel aan. 'Misschien is het beter om er twee mensen naar te laten kijken,' zei hij. En vervolgens tegen Trevisoi: 'Pucetti is een van onze experts op het gebied van informatie-inwinning.'

'Informatie-inwinning, meneer?' zei ze zo onschuldig dat Brunetti begon te vermoeden dat er misschien meer achter die donkere ogen school dan hij aanvankelijk had gedacht.

'Spioneren,' verduidelijkte hij. 'Daar is Pucetti heel goed in, maar signorina Elettra is nog beter.'

'Signorina Elettra is de beste,' zei Pucetti, die met een enkele toetsaanslag het scherm weer tot leven wekte.

Op weg naar haar kamer besloot Brunetti zichzelf ervan te weerhouden Pucetti's lof over te brengen. Toen hij binnenkwam, kwam signorina Elettra net uit de kamer van haar chef, vice-questore Giuseppe Patta. Ze droeg vandaag een zwart T-shirt en een wijde zwartlinnen broek met daaronder een paar gele Converse-gymschoenen zonder sokken. Ze schonk hem een verwelkomende glimlach. 'Moet u eens kijken,' zei ze, terwijl ze naar haar stoel liep en naar het scherm van haar computer wees. Haar haar was met een groen lint in een staart gebonden, misschien als concessie aan de hitte.

Hij kwam achter haar staan en keek naar het scherm. Hij zag iets wat eruitzag als een pagina uit een computercatalogus, rijen computers, keurig netjes opgesteld en, in de ogen van Brunetti, allemaal identiek. Gingen ze er eindelijk een bestellen voor op zijn kamer, vroeg hij zich af. Waarom zou ze hem zoiets anders laten zien? Hij was geraakt door haar attentheid.

'Heel mooi,' zei hij op een toon waaruit ieder spoor van persoonlijke hebzucht verwijderd was.

'Ja, hè? Sommige zijn bijna net zo snel als die van mij.' Wijzend naar een van de computers op het scherm zei ze iets over getallen die Brunetti kon begrijpen, zoals '2.33' en '1333', en woorden als 'megahertz' en 'gigabytes' die hij niet begreep.

'En moet u nu dit eens zien,' zei ze, en ze scrolde omlaag naar een lijst met prijzen die via typenummers verwezen naar de modellen erboven. 'Ziet u hoeveel die kost?' vroeg ze, wijzend naar het derde nummer.

'Veertienhonderd euro,' las hij. Ze maakte een instemmend geluid, maar zei niets, dus vroeg hij: 'Is dat een goede prijs?' Hij voelde zich gevleid bij de gedachte dat het ministerie van Justitie bereid zou zijn zo veel geld aan hem uit te geven, maar bescheidenheid weerhield hem ervan dit te laten merken.

'Dat is een uitstekende prijs,' zei ze. Ze klikte een paar keer met haar muis; het beeld verdween van het scherm en werd vervangen door een lange lijst met namen en nummers. 'En moet u nu hier eens kijken.' Ze wees naar een van de artikelen op de lijst.

'Is dat dezelfde computer?' vroeg hij toen hij de naam en het typenummer las.

'Ja.'

Brunetti liet zijn ogen over het getal in de rechterkolom gaan. 'Tweeëntwintighonderd?' vroeg hij. Ze knikte, maar zei verder niets.

'Waar kwam die eerste prijs vandaan?'

'Een internetbedrijf in Duitsland. Die computers zijn helemaal in het Italiaans geprogrammeerd en worden geleverd met een Italiaans toetsenbord.'

'En die andere?' vroeg hij.

'Die andere zijn al besteld en betaald,' zei ze. 'Wat u hier ziet is de bestelopdracht.'

'Maar dat is krankjorum,' zei Brunetti, die onbewust zijn toevlucht nam tot het woord en de toon die zijn moeder altijd gebruikte wanneer ze commentaar had op de prijs van de vis.

Zonder iets te zeggen scrolde signorina Elettra naar het begin van de lijst, waar de naam van de opdrachtgever stond: 'Ministro del Interno.'

'Ze betalen achthonderd euro meer?' vroeg hij, en hij wist niet goed of hij verbaasd of verontwaardigd moest zijn, of allebei.

Ze knikte.

'Hoeveel hebben ze er gekocht?'

'Vierhonderd.'

Hij had maar een paar seconden nodig. 'Dat is driehonderdtwintigduizend euro meer,' riep hij uit. Ze zei niets. 'Hebben die mensen nooit gehoord van kwantumkorting? De prijs hoort toch omlaag te gaan als je een grote hoeveelheid van iets koopt?'

'Als de overheid iets koopt gelden er andere regels, denk ik, meneer,' antwoordde ze.

Brunetti stapte bij de computer vandaan en ging weer voor haar bureau staan. 'In zo'n geval als dit, wie regelt dan zo'n aanschaf? Ik bedoel: wie is dat precies?'

'Een of andere bureaucraat in Rome, neem ik aan, meneer.'

'En is er iemand die controleert wat hij doet? Die prijzen of offertes vergelijkt?'

'O,' zei ze achteloos, 'vast wel.'

Brunetti probeerde zich de situatie voor te stellen. Het feit dat iemand een artikel kon bestellen dat achthonderd euro duurder was dan datzelfde artikel elders wilde nog niet zeggen dat iemand anders bezwaar zou maken tegen die hogere prijs, al helemaal niet wanneer het geld dat uitgegeven werd overheidsgeld was, en al helemaal niet wanneer alleen die twee mensen inzage in de offertes hadden.

'Maakt niemand zich hier dan druk om?' hoorde Brunetti zichzelf vragen.

'Vast wel, commissario,' antwoordde ze, waarna ze met bijna strijdlustige opgewektheid vroeg: 'Waar wilde u me over spreken?'

Hij vertelde haar kort over Vianello's tante en dat ze steeds geld opnam, en gaf haar toen de naam en het adres van Stefano Gorini en vroeg of ze tijd had om wat meer over hem te weten te komen.

Signorina Elettra schreef zijn naam en adres op en vroeg: 'Is dat die tante die met die elektricien getrouwd is?'

'Ex-elektricien,' verbeterde Brunetti haar. 'Ja.'

Ze keek hem ernstig aan en schudde haar hoofd. 'Ik denk dat het net zoiets is als met priesters of dokters,' zei ze.

'Pardon?'

'Elektricien zijn, meneer. Als je dat eenmaal bent, heb je denk ik een soort morele plicht om het te blijven doen.' Ze gunde hem de tijd om hierover na te denken, en toen hij geen commentaar gaf zei ze: 'Niets zo erg als in het donker zitten.'

Als levenslange bewoner van een stad waar veel huizen nog bedrading hadden die vijftig of zestig jaar geleden was aangelegd, begreep hij wat ze bedoelde, en hij had geen andere keus dan te zeggen: 'Ja. Vreselijk.'

Zijn bereidwillige instemming leek haar op te vrolijken, en ze vroeg: 'Is het dringend, meneer?'

Gezien het feit dat het waarschijnlijk ook niet eens legaal was, zei Brunetti: 'Nee, niet echt.'

'Dan kijk ik er morgen wel naar, meneer.'

Voor hij vertrok zei hij nog met een gebaar naar haar computer: 'Als u daar toch bezig bent, wilt u dan ook eens kijken wat u kunt vinden over een parketwachter bij de rechtbank, Araldo Fontana?' Brunetti gaf haar niet de naam van rechter Coltellini; niet omdat hij zich bezwaard voelde politie-informatie te delen met een civiele werknemer – hij had al lang geleden afgelegd wat des kinds was – maar omdat hij haar niet met nog een derde naam wilde belasten. Bovendien had het feit dat Brusca de man verdedigde Brunetti extra nieuwsgierig naar hem gemaakt.

Hij kon echter niet nalaten te vragen: 'Hoe kwam u eigenlijk aan de informatie over die computers, signorina?'

'O, dat is allemaal openbaar, commissario. Je moet alleen weten waar je moet zoeken.'

'En u gaat dus gewoon, zeg maar, een beetje zitten vissen in die bestanden om te kijken wat u tegenkomt?'

'Ja,' zei ze met een glimlach, 'zo zou je het wel kunnen noemen. "Vissen." Dat vind ik wel leuk uitgedrukt.'

'En ik neem aan dat u van tevoren nooit weet wat er naar boven komt?'

'Nooit,' zei ze. Vervolgens wees ze naar het papier waarop de namen stonden die hij haar gegeven had en voegde eraan toe: 'Bovendien is het een goede oefening voor dit soort leuke dingen.'

'Is de rest van uw werk niet leuk dan, signorina?' vroeg hij.

'Nee, vaak niet, helaas, dottore.' Ze legde haar kin op haar hand en vertrok haar gezicht in een berustende grimas. 'Het valt soms niet mee, met de mensen voor wie ik werk.'

'Dat is een veel gehoorde klacht, signorina,' zei Brunetti, en hij verliet haar kamer.

9

Toen hij de volgende dag weer op de Questura kwam, had Brunetti zich erbij neergelegd dat hij op korte termijn geen eigen computer zou krijgen, maar waar hij zich moeilijker bij neer kon leggen was de temperatuur in zijn kamer toen hij die binnenstapte. Hij had de avond tevoren met zijn gezin gediscussieerd over de vraag waar ze dat jaar op vakantie zouden gaan, en Brunetti had zich verontschuldigd dat het zo lang geduurd had voor hij eindelijk met zekerheid kon zeggen wanneer hij vrij zou zijn. Hij had het voorstel om naar het strand te gaan meteen van tafel geveegd: niet in augustus, met al die miljoenen mensen in het water en op de wegen en in de restaurants. 'Ik ga niet naar Puglia, waar het veertig graden in de schaduw is, en waar de olijfolie volkomen nep is,' had hij op een bepaald moment gezegd, herinnerde hij zich.

Erop terugkijkend achtte hij het mogelijk dat hij misschien te resoluut was geweest. Bij het verdedigen van zijn eigen wensen had hij zich gesterkt gevoeld door het feit dat het Paola nooit zoveel kon schelen waar ze naartoe gingen: het enige wat haar interesseerde was welke boeken ze mee zou nemen en of ze ergens naartoe gingen waar ze op een rustig plekje in de schaduw kon liggen lezen.

Andere mannen hadden vrouwen die hen smeekten om mee uit dansen te gaan, de wereld rond te reizen, laat op te blijven en onverantwoordelijke dingen te doen. Brunetti was erin geslaagd een vrouw te trouwen die ernaar uitkeek om 's avonds om tien uur naar bed te gaan met Henry James. Of, wanneer ze gedreven werd door woestere passies die ze uit schaamte niet aan haar man durfde te onthullen, met Henry James en zijn broer.

Als de president van een bananenrepubliek had Brunetti zijn gezin eerst een democratische keuze geboden en vervolgens zijn eigen voorstel doorgedrukt, dwars tegen alle andere ideeën of oppositie in. Een neef van hem had een boerderij in Alto Adige geërfd, vlak boven Glorenza, en had die aan Brunetti ter beschikking gesteld voor de periode waarin hij zelf met zijn gezin naar Puglia zou gaan. 'In die hitte, om nepolijfolie te eten,' mompelde Brunetti, al was hij zijn neef er niet minder dankbaar om. En dus gingen de Brunetti's twee weken naar de bergen. Nu hij erover nadacht, voelde hij een grote opluchting bij het idee dat hij onder een deken zou slapen en 's avonds een trui zou moeten dragen.

Vianello had met zijn gezin een huis aan het strand in Kroatië gehuurd, waar hij van plan was tot het eind van de maand niets anders te doen dan zwemmen en vissen. Voor zo lang als ze allebei weg waren, zou hun onofficiële onderzoek naar Stefan Gorini ook met vakantie zijn.

Brunetti bracht het eerste deel van de ochtend achter de computer in de agentenkamer door, om te kijken wanneer de treinen naar Bolzano reden en welke toeristische attracties er in Alto Adige waren. Daarna ging hij weer naar zijn eigen kamer en belde een paar collega's om te kijken of die ooit te maken hadden gehad met Stefano Gorini. Hij had meer geluk met de treintijden.

Iets na halftwaalf belde hij naar huis. Paola nam op bij de derde toon en zei: 'Als je hier over een kwartiertje kunt zijn, is er prosciutto met vijgen en daarna pasta met verse paprika en garnalen.'

'Twintig minuten,' zei hij en hing op.

Hij zou het niet overleven, vreesde hij, om in die hitte zo

snel te lopen, dus ging hij naar de *riva* en had het geluk dat er meteen een Nummer Twee aankwam. Bij San Tomà stapte hij over op de Een, die na twee minuten arriveerde, waarna hij uitstapte bij San Silvestro. Hij had er langer over gedaan dan wanneer hij zou hebben gelopen, maar hij had in ieder geval niet midden op de dag de stad hoeven doorkruisen.

Thuis zaten Paola en de kinderen aan de tafel in de keuken: het terras was overdag een oven en kon alleen na zonsondergang worden gebruikt. Brunetti hing zijn colbert op – hij vroeg zich af of hij het niet eerst moest uitwringen – en ging aan tafel zitten.

Hij keek naar de gezichten en vroeg zich af of de apathie die hij daar zag het gevolg was van zijn gedrag tijdens de vakantiediscussie of louter van de hitte. 'Wat heb je vanochtend gedaan?' vroeg hij aan Chiara.

'Ik ben bij Livia geweest en heb een paar nieuwe dingen gepast die ze gekocht heeft voor als de school weer begint,' antwoordde Chiara, terwijl ze voorzichtig het vet van haar prosciutto sneed en dat zonder iets te zeggen op Raffi's bord legde. Ze had kennelijk besloten dat vegetariërs wel ham mogen eten, maar geen vet.

'Herfstdingen? Nu al?' vroeg Paola, terwijl ze een bord met prosciutto en zwarte vijgen voor Brunetti neerzette. Ze legde haar hand op zijn schouder toen ze met het bord voor hem langs reikte en gaf Brunetti daarmee het gevoel dat in ieder geval één lid van het gezin zich op de vakantie verheugde.

'Ja,' zei Chiara met een mond vol vijg. 'Toen we vorige week bij haar zus in Milaan op bezoek waren – Marisa, die zit op Bocconi – ben ik met ze wezen winkelen. De kleren daar zijn zoveel leuker dan wat je hier vindt. Hier heb je alleen maar dingen voor kinderen en oude dametjes.'

Zijn dochter was naar Milaan geweest, dacht Brunetti, de stad van het Breramuseum, van Leonardo's *Cenacolo*, van de grootste gotische kathedraal van Italië, en ze was wezen winkelen. 'Heb je nog iets leuks kunnen vinden?' vroeg hij, en hij at een halve vijg. Zijn dochter was misschien een cultuurbarbaar, maar de vijg was goddelijk.

'*No, papà*, niet dus,' zei ze in de dalende versvoet van de tragedie. 'Alles was belachelijk duur.' Ze nam nog een plak prosciutto onder handen en gebruikte de punt van haar mes om het vet over te hevelen naar Raffi, die druk met zijn lunch bezig was en schijnbaar geen belangstelling had voor verhalen over winkelen.

'Ik had zelf ook wel geld bij me, maar *mamma* zou razend zijn geweest als ik tweehonderd euro aan een spijkerbroek had uitgegeven.'

Paola keek op van haar antipasto. 'Nee hoor, ik zou niet razend zijn geweest, maar ik zou je wel voor de rest van de zomer naar een werkkamp hebben gestuurd.'

'Hoe moeten we uit de financiële crisis komen als niemand geld uitgeeft?' wilde Chiara weten. Het was wel duidelijk dat ze een dag in het gezelschap van een studente aan de beste economische hogeschool van Italië had doorgebracht.

'Door hard te werken en belasting te betalen,' zei Raffi, die daarmee een einde maakte aan de eventuele twijfels die Brunetti misschien nog had over de vraag of zijn zoons flirt met het marxisme al voorbij was.

'Ik wou dat het zo eenvoudig was,' zei Paola.

'Hoe bedoel je?' vroeg Raffi.

'Wie hard wil werken moet eerst een baan hebben,' zei Paola, die hem over de tafel heen glimlachend aankeek. 'Nietwaar?' Raffi knikte. 'En wie belasting wil betalen moet ook eerst een baan hebben. Of een eigen zaak.'

'Natuurlijk,' zei Raffi. 'Dat weet elke idioot.'

'En hoe vindt een mens een baan?' Voor Raffi antwoord kon geven ging Paola verder. 'Zonder dat hij iemand kent of een vader heeft die advocaat of notaris is en die hem een baan kan geven zodra hij klaar is met zijn studie?' Alweer voordat haar zoon antwoord kon geven, zei ze: 'Denk maar eens aan de oudere broers en zussen van je vrienden op school. Hoeveel hebben er een fatsoenlijke baan gevonden? Ze hebben allemaal prachtige diploma's van ik weet niet wat voor prachtige opleidingen, en ze zitten thuis en leven op kosten van hun ouders.' En voordat haar zoon haar van ongevoeligheid kon betichten voegde ze eraan toe: 'Niet noodzakelijk omdat ze dat willen, maar omdat er geen werk voor ze is. Als ze geluk hebben vinden ze een of ander tijdelijk baantje, maar zodra hun contract verlopen is staan ze weer op straat en wordt er iemand anders voor een halfjaar ingehuurd.'

Mijn hemel, dacht Brunetti, wie klonk hier nu eigenlijk als een marxist? 'En hoe moeten ze dan aan werk komen en belasting betalen?' informeerde hij voorzichtig.

Paola maakte aanstalten om iets te zeggen, maar besloot toen kennelijk het onderwerp te laten rusten. 'Ik geloof dat de pasta klaar is,' zei ze. Dat was ook zo. Paola had het vel van de paprika's eraf geschroeid, waardoor ze een zoetheid en consistentie hadden gekregen die aan die van de vijgen deden denken. Mild gestemd door de geneugten van de lunch voerde het gezin de rest van de maaltijd een vredig gesprek over wat ze tijdens hun vakantie in de bergen zouden gaan doen.

Na de lunch ging Brunetti op de bank zitten en bladerde wat in *Il Gazzettino*, maar zelfs de luchtigheid van wat hij daar las kon de vage onbehaaglijkheid niet wegnemen die was ontstaan toen Paola plotseling van onderwerp veranderde. Terugtrekking was geen tactiek die bij haar paste.

Ze kwam de kamer binnen met koffie, gaf hem zijn kopje en ging in de makkelijke stoel tegenover hem zitten. Ze legde haar voeten op de salontafel en nam een slokje. 'Als ik ooit nog eens zeg, op enig moment in mijn leven, hoe fijn het is om op de bovenste verdieping te wonen, vlak onder het dak, wil je me dan alsjeblieft in de oven stoppen en daar houden tot ik weer bij mijn volle verstand ben?'

'We kunnen airconditioning nemen,' zei hij, om haar uit de tent te lokken.

'Zodat Chiara haar biezen pakt?' vroeg ze. 'Die wil er absoluut niets van weten. De vader van een van haar vriendinnen heeft airco laten installeren, en Chiara weigert nu nog bij haar thuis te komen.'

'Denk je dat we een fanatica hebben gecreëerd?' vroeg Brunetti.

Paola dronk haar koffie op en zette de kop en schotel op tafel. Na een tijdje zei ze: 'Als ze dan toch fanatiek moet zijn, dan heb ik liever dat ze het over het milieu is dan over iets anders.'

'Maar vind je haar reactie niet een beetje buitensporig?'

Paola haalde haar schouders op. 'Nu wel, ja, dit jaar, in deze historische periode. Maar over tien, twintig jaar krijgt ze misschien wel gelijk, en kijken we terug op de buitensporigheid van ons leven en beschouwen die als misdadig.' Ze sloot haar ogen en liet haar hoofd tegen de rugleuning van de stoel vallen.

'En dan noemen mensen haar een profeet in plaats van een fanatica?'

'Wie weet,' zei Paola, met haar ogen nog steeds dicht. 'Dat is vaak hetzelfde.'

'Waarom veranderde je opeens van onderwerp?' vroeg hij.

'Toen het over banen en belasting ging?' vroeg ze.

Hij keek naar haar gezicht. Ze was meer dan twintig jaar

ouder dan toen hij haar voor het eerst had ontmoet, en toch kon hij geen verschil zien. Blond haar dat deed wat het zelf wilde, een neus die misschien te groot was voor de huidige opvattingen van vrouwelijke schoonheid, de jukbeenderen die zijn eerste kussen hadden uitgelokt. Hij bromde bij wijze van antwoord.

'Ik wilde het niet over belastingen hebben,' zei ze ten slotte.

'Waarom niet?'

'Omdat ik denk dat we gek zijn dat we die blijven betalen, en als ik de kans kreeg zou ik ermee ophouden.'

'Is dit buitensporige retoriek?' vroeg hij op grond van jarenlange ervaring.

Ze deed haar ogen open en glimlachte naar hem. 'Waarschijnlijk wel. Maar een paar dagen geleden merkte ik tot mijn verbazing dat sommige dingen die de Lega zegt – dezelfde dingen waar ik tien jaar geleden woest om werd – dat ik die zo gek nog niet vind.'

'We worden onze ouders,' zei Brunetti. Het was iets wat zijn moeder vaak had gezegd. 'Wat voor dingen?'

'Dat ons belastinggeld naar het Zuiden gaat en nooit meer wordt teruggezien. Dat het Noorden hard werkt en belasting betaalt en er maar heel weinig voor terugkrijgt. Dat het Vaticaan zegt dat we grootmoedig moeten zijn jegens immigranten, maar er zelf niet één toelaat.'

'Ga je straks vertellen dat er een muur gebouwd moet worden tussen het Noorden en het Zuiden?' vroeg hij.

Ze liet een snuiflachje horen. 'Nee, natuurlijk niet. Ik wilde het alleen niet over dit soort dingen hebben waar de kinderen bij zijn.'

'Denk je dat ze het niet weten?'

'Natuurlijk weten ze het,' zei ze. 'Maar ze weten het alleen door wat wij doen of wat de ouders van hun vrienden doen.'

'Bijvoorbeeld?'

'Als we in een restaurant eten van een bevriende eigenaar, dan krijgen we geen *ricevuta fiscale* en wordt er dus geen belasting betaald.'

Brunetti stond altijd op zijn achterste benen zodra maar de suggestie gewekt werd dat hij zuinig zou zijn en hij begon zich onmiddellijk te verdedigen. 'Dat doe ik niet om op een lagere rekening uit te komen. Dat weet je ook wel.'

'Dat bedoel ik nou juist, Guido. Dat zou tenminste nog logisch zijn, omdat het je geld zou besparen. Maar je doet het uit principe, niet uit hebzucht, zodat die afschuwelijke overheid van ons in ieder geval dát kleine beetje geld niet krijgt om aan hun vrienden te geven of in hun eigen zak te stoppen.'

Hij knikte. Dat was precies waar het om ging.

'En daarom wil ik het niet over belastingen hebben waar ze bij zijn. Als zij uiteindelijk ook zo over de overheid gaan denken, dan moeten ze daar zelf achter komen: ze horen het niet van ons te leren.'

'Zelfs al is het, zoals jij zegt, een "afschuwelijke" overheid?'

'Het kan altijd nog erger,' zei ze relativerend nadat ze een ogenblik had nagedacht.

'Dat is niet echt de meest welsprekende verdediging van onze overheid die ik kan bedenken,' zei hij.

'Ik probeer helemaal niks te verdedigen,' zei ze boos. 'Onze overheid is afschuwelijk, maar in ieder geval niet op een gewelddadige manier. Als dat enig verschil maakt.'

Na enig nadenken zei Brunetti: 'Waarschijnlijk wel.' Hij hees zichzelf overeind, liep om de salontafel heen, bukte zich om haar een kus te geven en zei dat hij op de gewone tijd weer thuis zou zijn voor het avondeten.

10

Op weg naar de Questura, weer met de vaporetto om niet in de zon te hoeven lopen, liet Brunetti zijn gedachten gaan over wat hij met Paola besproken had en wat Paola tijdens het eten niet tegen de kinderen had gezegd. Hoe vaak had hij mensen de woorden '*Governo Ladro*' niet in de mond horen nemen? En hoe vaak had hij in stilte niet beaamd dat de overheid een dief was? Maar de laatste paar jaar namen bestuurders niet eens meer de moeite om zich anders voor te doen dan ze waren, alsof een eerder gevoel van terughoudendheid of schaamte overwonnen was. Een van zijn vroegere superieuren, de minister van Justitie, was ervan beschuldigd dat hij met de maffia samenspande, maar er was niet meer dan een regeringswisseling voor nodig geweest om dat verhaal uit de kranten te laten verdwijnen en, voor zover Brunetti wist, ook uit het paleis van Justitie.

Brunetti was van nature, en ook nog eens beroepshalve, een luisteraar: mensen voelden dat meteen aan en spraken in zijn gezelschap heel gemakkelijk en vaak zonder enige terughoudendheid. Wat hem het afgelopen jaar meer en meer was opgevallen in de toon van de mensen – soms een vrouw die naast hem stond op de vaporetto, dan weer een man in een bar – was een groeiende afkeer van de manier waarop ze geregeerd werden en van de mensen die hen regeerden. Of ze nu op de politici op wie ze afgaven gestemd hadden of niet: ze zouden ze het liefst allemaal in de dichtstbijzijnde kerk opsluiten en die in brand steken.

Dit alles kwam voort, en dat vond Brunetti nog het ergst,

uit een gevoel van wanhoop. Hij vond het erg dat zo veel mensen zich machteloos voelden en niet begrepen wat er gebeurd was, alsof aliens de macht hadden overgenomen en dit systeem aan hen hadden opgedrongen. Regeringen kwamen en regeringen gingen, links kwam aan de macht en moest weer wijken voor rechts, en er veranderde niets. Hoewel politici er de mond vol van hadden en van alles beloofden, hadden ze er geen van allen ooit blijk van gegeven echt iets te willen veranderen aan dit systeem dat zozeer tegemoetkwam aan hun eigenlijke bedoelingen.

Terwijl de boot langs de Piazza voer, zag Brunetti de mensenmenigte, de lange rijen voor de ingang van de Basilica, zelfs om drie uur 's middags. Wat bezielde mensen om in die zon roerloos in de open ruimte te gaan staan? Het was moeilijk voor hem om zijn vertrouwdheid met de Basilica los te zien van zijn kennis erover. Hij was er in zijn jeugd talloze malen geweest, met zijn onderwijzers en met zijn moeder: de onderwijzers namen hun leerlingen mee ernaartoe om hun de schoonheid te laten zien, en zijn moeder had hem waarschijnlijk meegenomen om hem de waarheid en de kracht van haar geloof te laten zien. Hij probeerde zich voor te stellen dat hij niet vertrouwd was met de overweldigende luister van het interieur en vroeg zich af hoe ver hij zou gaan als hij maar één keer in zijn hele leven de kans had om de Basilica San Marco te bezoeken. Zou hij dan eerst een uur in de brandende middagzon in de rij gaan staan?

Hij keek naar rechts om te overleggen met de engel op de klokkentoren van de San Giorgio, en ze kwamen samen tot een besluit. 'Ik zou het doen,' zei Brunetti, en hij knikte bevestigend, tot verlegenheid van de twee schaars geklede meisjes die tussen hem en het raam van de boot in zaten.

Hij ging meteen naar de kamer van signorina Elettra, waar het, zoals hij al verwachtte, nog warmer was dan de dag tevoren. Vandaag was het haar blouse die geel was, maar ze leek nog steeds volstrekt geen last te hebben van de hitte.

'Ah, commissario,' zei ze toen hij binnenkwam, 'ik heb die signor Gorini gevonden.'

'Spreek, muze,' zei Brunetti met een glimlach.

'Signor Gorini, die volgens de informatie op zijn *carta d'identità* vierenveertig is,' begon ze, terwijl ze hem een papier toeschoof, 'is geboren in Salerno, waar hij van zijn achttiende tot zijn tweeëntwintigste op het seminarie heeft gezeten bij de paters franciscanen.'

Ze keek tevreden op. Brunetti beantwoordde haar blik met een glimlach, niet minder tevreden.

'Daarna is er vier jaar lang geen spoor van hem, totdat hij weer opduikt in Aversa, waar hij werkzaam is geweest als klinisch psycholoog.' Ze keek naar Brunetti om te zien of hij het allemaal volgde. Hij knikte bemoedigend.

'Toen hij daar woonde is hij getrouwd en heeft hij een zoon gekregen, Luigi, die nu zestien is.' Ze veegde een stofje van de pagina alvorens verder te lezen. 'Nadat hij in Aversa vijf jaar lang had gepraktiseerd – al denk ik niet dat dat woord helemaal van toepassing is – kwam uit dat hij niet erkend was en ook geen diploma had, en zelfs, voor zover de ULSS dat op dat moment kon vaststellen, helemaal nooit psychologie had gestudeerd.'

'Wat is er toen gebeurd?'

'Zijn praktijk werd opgedoekt en hij kreeg een boete van drie miljoen lire. Maar die boete is nooit betaald, omdat signor Gorini uit Aversa vertrok.'

'En die vrouw? En die zoon?'

'Het lijkt erop dat ze nooit meer iets van hem hebben gehoord.'

'Hij was natuurlijk meer geschikt voor een leven in afzondering,' stond Brunetti zichzelf toe te zeggen.

'Uiteraard,' beaamde ze, en ze schoof het papier opzij om verder te kunnen lezen van het volgende.

'Vervolgens kwam hij acht jaar geleden opnieuw onder de aandacht van de autoriteiten, toen ontdekt werd dat het centrum dat hij leidde in Rapallo, dat zich erop toelegde om vluchtelingen uit Oost-Europa in de beroepsbevolking te helpen integreren, alleen maar een soort pension was waar hij immigranten liet wonen die hij aan werk geholpen had.'

'En in ruil daarvoor?'

'In ruil daarvoor gaven ze hem zestig procent van hun salaris, maar dan hadden ze in ieder geval een dak boven hun hoofd.'

'Maaltijden?'

'Hoe kunt u dat nou denken, dottore? Hij hielp ze ook om kennis te maken met het leven in een kapitalistische maatschappij.'

'Ieder voor zich?' zei Brunetti.

'Eten of gegeten worden,' antwoordde ze, en ze voegde eraan toe: 'Al mogen we hopen dat dat hier niet letterlijk genomen hoeft te worden. Ze konden koken in dat huis waar ze woonden.'

'Dat dan weer wel,' zei Brunetti. 'Wat is er gebeurd?'

'Een van de vrouwen is naar de carabinieri gegaan. Het was een Roemeense, dus ze kon zich verstaanbaar maken. Ze heeft verteld wat er gaande was, en toen zijn ze een kijkje gaan nemen bij dat centrum. Maar signor Gorini was nergens meer te bekennen.'

'Heeft hij al die tijd zijn eigen naam gebruikt?' vroeg Brunetti.

'Ja,' zei ze. 'En dat was kennelijk geen probleem.'

'Een geluk voor u dat hij dat gedaan heeft,' zei hij, en toen hij haar reactie zag voegde hij er gauw aan toe: 'Al twijfel ik er niet aan dat het voor u geen verschil zou hebben gemaakt als hij een andere naam had gebruikt. Het zou alleen wat meer tijd hebben gekost.'

'Nauwelijks,' zei ze, en Brunetti geloofde haar.

'En sindsdien?' vroeg hij.

'Hij was een paar jaar lang spoorloos, totdat hij vijf jaar geleden een praktijk begon als homeopathisch arts, dit keer in Napels, maar,' en hier keek ze op en schudde in verbijstering haar hoofd, 'na twee jaar nam iemand zijn inschrijving eens onder de loep, en toen bleek dat hij nooit medicijnen had gestudeerd.'

'Wat gebeurde er toen?'

'De praktijk werd opgedoekt.' Dat was het enige wat ze zei. Misschien was het in Napels geen misdrijf om onbevoegd de geneeskunst te beoefenen.

'Twee jaar geleden,' ging ze verder, 'is hij verhuisd naar het adres dat u me heeft gegeven, maar hij is niet degene op wiens naam het huurcontract staat.'

'Op wiens naam staat het dan?'

'Een vrouw die Elvira Montini heet.'

'En dat is?'

'Ze werkt als laborante in het Ospedale Civile.'

'Misschien is hij fatsoenlijk geworden,' opperde Brunetti.

Ze trok haar wenkbrauwen op bij dit idee, maar zei niets.

'Heeft u enige indicatie gevonden van wat hij nu doet?'

'Helemaal niets. Een mens zou haast kunnen denken dat hij zich tegenwoordig wijdt aan een leven van contemplatie en goede werken.'

'Toch lijkt het erop dat Vianello's tante grote sommen geld aan hem geeft op dat adres,' zei een sceptische Brunetti. 'Of in ieder geval aan iemand op dat adres,' corrigeerde hij zichzelf. 'Het is het enige appartement dat van die ingang gebruikmaakt.'

'Dus daar maakt Vianello zich zo'n zorgen over,' zei signorina Elettra. Haar begaanheid en affectie klonken door in ieder woord.

'Ja, een tijdje al.'

Hij dacht aan zijn connecties in het ziekenhuis en zei: 'Ik kan eens bij dottor Rizzardi informeren. Die kent vast mensen in het lab.'

Haar kuchje was zo discreet dat het nauwelijks hoorbaar was, maar voor Brunetti was het een klaroenstoot. 'Hebt u hem al gesproken dan?'

'Ja, meneer. Ik ben zo vrij geweest om hem het een en ander te vragen.'

'Ah,' ontsnapte er aan zijn lippen. 'En?'

'Zij is die ene betrouwbare persoon op wie de hele boel steunt,' antwoordde ze, en Brunetti zorgde ervoor dat hij haar blik meed. 'Ze werkt er al vijftien jaar, nooit getrouwd, behalve dan misschien met haar werk.'

In een opwelling, om hen allebei af te leiden van eventuele gedachten over hoezeer die beschrijving, afgezien van het aantal jaren, op signorina Elettra zelf van toepassing was, vroeg Brunetti: 'Maar hoe verklaren we dan de aanwezigheid van signor Gorini in haar huis?'

'Inderdaad,' beaamde ze, waarna ze vervolgde: 'Ik heb de dokter gevraagd of er nog andere dingen waren die hij over haar kon vertellen, en toen merkte ik een zekere weerstand bij hem. Hij klonk een beetje alsof hij haar in bescherming nam.'

'En wat heeft u toen gedaan?'

'Gelogen, natuurlijk,' zei ze doodkalm. 'Ik heb gezegd dat mijn zus iemand kende die bij haar in het laboratorium werkt – wat waar is – en ik heb zelfs haar naam genoemd. Het is iemand die samen met Barbara medicijnen heeft gestudeerd, maar die het niet afgemaakt heeft. Ik heb gezegd dat ze signorina Montini heel hoog had zitten, maar dat ze vond dat ze het laatste jaar nogal veranderd was.'

Voor Brunetti ernaar kon vragen, verduidelijkte ze: 'Iedere vrouw die met zo'n man leeft is in twee jaar tijd waarschijnlijk wel veranderd, en niet ten goede.'

'Wat zei hij toen?'

'Hij zei dat ze haar werk nog steeds uitstekend deed en veranderde toen van onderwerp.'

'Juist, ja,' zei Brunetti. 'Wilt u uw zus vragen om eens met haar studiegenoot te gaan praten?'

Signorina Elettra schudde meteen haar hoofd en sloeg haar ogen neer. 'Ze praten niet met elkaar,' was het enige wat ze zei.

'Wat nog meer?' vroeg hij, want hij zag dat er wat papieren waren die nog niet aan bod waren gekomen.

'Hij heeft een rekening bij de UniCredit.' Ze gaf hem een overzicht van de mutaties op Stefano Gorini's bankrekening van het laatste halfjaar. Brunetti bestudeerde het een tijdje, zocht naar een patroon, maar dat was er niet. Elke maand werden er bedragen, altijd cash en nooit meer dan vijfhonderd euro, af- en bijgeschreven. Het huidige saldo was minder dan tweeduizend euro.

'Enig idee hoe hij in zijn levensonderhoud voorziet?'

Ze schudde haar hoofd. 'Hij zou gulle vrienden kunnen hebben, of op kosten van signorina Montini kunnen leven, of voor mijn part erg veel geluk met roulette of met kaarten kunnen hebben. Het geld stroomt erin en eruit, en er wordt nooit een bedrag gestort of opgenomen dat groot genoeg is om ook maar enige nieuwsgierigheid te wekken.'

'Creditcardafschriften?' vroeg Brunetti.

'Het lijkt erop dat hij die niet heeft.'

'*Mirabile dictu*,' zei Brunetti. 'En dat in het nieuwe millennium.'

'Maar hij heeft misschien wel een *telefonino*,' zei signorina Elettra. 'Maar dat weet ik vanmiddag pas, of misschien zelfs morgen.'

Ze zag Brunetti's verbazing en legde uit: 'Giorgio is op vakantie.'

'Dus u moet het aan iemand anders vragen?'

Ze keek hem verbijsterd aan: hij begreep blijkbaar niets van klantentrouw. 'Nee, hij gaat het vanuit Newfoundland proberen, maar hij weet niet zeker of het vandaag nog lukt. Hij zei dat het misschien een beetje lastig is om daarvandaan in het Telecom-systeem te komen.'

'Ik begrijp het,' zei Brunetti, die het niet begreep. 'Ik zou dat huis eigenlijk op de een of andere manier in de gaten willen houden.'

'Ik heb het opgezocht in *Calli, Campi, e Campielli*, meneer, en het ziet ernaar uit dat dat niet zo eenvoudig is. Je zou permanent mensen op het Campo dei Frari en op San Tomà moeten hebben, en dan nog zou je niet zeker weten of degenen die de *calle* in en uit komen naar dat adres zijn geweest.'

'Heeft u enig idee of we hier iemand hebben die daar in de buurt woont?' vroeg hij.

'Ik zal even kijken,' zei ze, en ze draaide zich om naar haar computer. Brunetti nam aan dat ze de persoonlijke gegevens opvroeg van de mensen die op de Questura werkten. Nog geen twee minuten later zei ze: 'Nee, meneer. Niemand woont minder dan twee bruggen daarvandaan.

Als ik zo naar zijn dossier kijk,' vervolgde signorina Elettra, die haar hand op de papieren legde om de aandacht weer op Gorini te richten, 'is het, met of zonder signorina Montini, niet erg waarschijnlijk dat hij hier teruggetrokken is gaan leven.'

'En als hij iets van zijn eerdere ervaringen heeft geleerd,' zei Brunetti, 'zal hij het vermijden om mensen in dienst te nemen of iets te doen waarvoor hij een vergunning of een of andere vorm van officiële bevoegdheid nodig heeft. Dus waarom dan geen waarzegger worden?'

'Verschilt niet zoveel van psycholoog zijn, hè?' zei signorina Elettra.

Hoe opbeurend het ook is om je eigen vooroordelen bevestigd te krijgen, toch koos Brunetti ervoor niets te zeggen.

Toen hij weer haar kant op keek, ondersteunde signorina Elettra met haar linkerhand haar kin en rustte haar rechterhand op de rand van haar toetsenbord. 'Nee,' zei ze, nadat ze een tijdje naar een leeg scherm had zitten staren, 'het is echt onmogelijk om dat huis in de gaten te houden. En als de vice-questore erachter zou komen wat we aan het doen waren, zouden de rapen gaar zijn.'

'Bent u daar bang voor?' vroeg hij.

Ze maakte een wegwerpgebaar. 'Niet voor mezelf. En ook niet voor u, trouwens. Maar hij zou zich afreageren op Vianello en de andere agenten, en Scarpa zou van harte meedoen. Dat is het niet waard.'

Ze rechtte haar rug en sloeg een paar toetsen aan. 'Kijk, dit is 'm.'

Op het moment dat Brunetti achter haar kwam staan, verscheen er een foto van een man in de klassieke pose van de kersverse arrestant op het scherm. 'Deze stamt uit de tijd dat hij in Aversa zat, dus hij is vijftien jaar oud,' zei ze. 'Ik kon niets recenters vinden.'

'Heeft hij zijn *carta d'identità* nooit vernieuwd?' vroeg Brunetti.

'Ja, maar in Napels, vijf jaar geleden: ze zijn het dossier kwijt.'

'Gelooft u ze?' vroeg hij, wantrouwig vanwege de plaats, niet vanwege het voorval zelf – dat soort dingen kwam vaak genoeg voor.

‘Ja,’ zei ze. ‘Ik heb het aan iemand gevraagd die ik ken, en ik geloof hem. Ze hebben de foto niet in de computer gezet en vervolgens zijn ze het papieren dossier kwijtgeraakt.’ Ze tikte met haar wijsvinger op het scherm. ‘Dus dit is het enige wat we hebben.’

Het uitdrukkingsloze gezicht dat hen aankeek was goed geproportioneerd en knap, zelfs met het woeste haar en de lange bakkebaarden die Gorini had gedragen op het moment dat de foto was genomen. De donkere ogen stonden schuin omhoog boven prominente jukbeenderen en gaven het gezicht iets uitgesproken Tataars. De neus was lang en stond een beetje scheef, en vlak voor de brug was er een verdikking in het bot. De mond was breed en welgevormd. De combinatie van gezichtskenmerken, moest Brunetti toegeven, resulteerde in een uitstraling van krachtige mannelijkheid. Hij kon zich niet herinneren ooit een oudere versie van Gorini in de stad te hebben gezien.

Hij wees naar de foto. ‘Ik wil graag dat u deze aan een paar van die speurneuzen van Scarpa geeft – zonder de hoofdinspecteur erin te kennen.’ Hij zag dat ze iets wilde zeggen en voegde er dus aan toe: ‘Zeg maar dat het een oude foto is van iemand die in de stad woont, en dat het onderdeel van de training is om te kijken of ze hem eruit kunnen pikken.’

Ze glimlachte toen ze zei: ‘De hoofdinspecteur om de tuin leiden – op wat voor bescheiden manier dan ook – is altijd een groot genoegen.’

11

Toen hij aanstalten maakte om haar kamer te verlaten, vroeg signorina Elettra: 'Bent u nog steeds nieuwsgierig naar signor Fontana?'

Fontana? Fontana? Wat had die naam met Vianello's tante te maken? Toen schoot het hem weer te binnen – die 'welvoeglijke man' – en hij zei: 'O ja, zeker.'

'Zoals u al zei is hij parketwachter bij het Tribunale, dus het was heel eenvoudig om hem te vinden. Hij werkt er al vijfendertig jaar, woont nog bij zijn moeder, is nooit getrouwd. Nog nooit een dag ziek geweest. Hij is maar één keer niet op zijn werk verschenen, en dat was de dag dat zijn vader werd begraven, vierendertig jaar geleden.'

Brunetti onderbrak haar hier met een plots geheven hand. 'Nog nooit een werkdag gemist? Op die ene keer na, dan, voor zijn vaders begrafenis. En u zegt dat deze man ambtenaar is?'

'Ja,' antwoordde ze. 'Zal ik even een stoel voor u pakken, commissario?'

'Nee, dank u,' zei hij zachtjes. Hij legde één hand plat op haar bureau om zich daar heel nadrukkelijk mee te ondersteunen terwijl hij zijn hoofd voorover liet hangen. 'Het gaat zo vast wel weer, als ik hier gewoon even rustig blijf staan.' Toen dat 'even' voorbij was, schudde hij een paar keer zijn hoofd en haalde voorzichtig zijn hand van haar bureau. 'Pucetti zei gisteren dat hij iets gezien had dat hij aan zijn kleinkinderen zou vertellen. Ik geloof dat mij dat zojuist ook is overkomen. Maar één keer afwezig in vijfendertig jaar tijd.' Hij staarde naar de muur alsof hij daar een vurige hand dat getal zag schrijven. Vervolgens had hij opeens genoeg van zijn dwaasheid en zei: 'Wat nog meer?'

'Zijn moeder en hij huren een appartement in de buurt van San Leonardo. Ze woonden vroeger in Castello, maar drie jaar geleden zijn ze naar een appartement in een *palazzo* aan de Misericordia verhuisd.'

'Niet gek,' zei Brunetti, opeens alert. 'Werkt die moeder?'

'Nee. Nooit gedaan ook.'

'Het zou interessant zijn om te weten waar hij die huur van betaalt, hè?'

'Ik denk dat het niet zo veel moeite kost om die op te brengen,' zei ze tot zijn verrassing.

'Hoezo? Is het klein?'

'Nee, integendeel. Het is honderdvijftig vierkante meter.'

'Hoe kan hij dat dan betalen?'

Haar zelfvoldane glimlachje bereidde hem alvast voor op haar volgende opmerking, maar hij werd evengoed nog met stomheid geslagen toen hij hoorde wat ze zei. 'Omdat de huur maar vierhonderdvijftig euro is.' Ze wist heel goed wanneer ze indruk maakte, en deed er nog een schepje bovenop. 'Dat maak ik tenminste op uit wat er maandelijks van zijn bankrekening wordt afgeschreven.'

'Voor een appartement aan de Misericordia? Honderdvijftig vierkante meter?'

'Misschien heeft u nu iets anders om aan uw kleinkinderen te vertellen, dottore,' zei ze glimlachend.

Zijn gedachten snelden vooruit, op zoek naar een verklaring. Chantage? Een kunstmatig lage huur in het huurcontract, zodat Fontana de rest contant kon betalen en de huisbaas minder kwijt was aan belastingen? Een familielid?

'Aan wie wordt die huur betaald?' vroeg hij.

'Marco Puntera,' zei ze, de naam noemend van een zakenman die een fortuin had verdiend met onroerend goed in Milaan en vervolgens teruggekeerd was naar zijn geboortestad Venetië, zeven of acht jaar geleden.

De kat zag de keizer wel aan, wist Brunetti, maar hoe kon een parketwachter nu een man kennen die zo rijk was als Puntera, en hoe kwam hij in vredesnaam aan een appartement met zo'n huur?

'Hij heeft een hele hoop appartementen, hè?' vroeg Brunetti.

'Minstens twaalf, en allemaal verhuurd. En twee *palazzi* aan het Canal Grande,' zei ze. 'Ook verhuurd.'

'Voor een soortgelijke huurprijs?'

'Ik heb nog geen tijd gehad om dat uit te zoeken, meneer. Maar ik geloof dat de meeste zijn verhuurd aan buitenlanders.' Ze zweeg even, alsof ze de juiste formulering zocht, die ze niet lang daarna vond: 'Hij wordt beschouwd als een sieraad voor de Anglo-Amerikaanse gemeenschap.'

'Maar hij is geen Engelsman en ook geen Amerikaan,' zei Brunetti meteen, die met Puntera's jongere broer op de lagere school had gezeten.

'In de zin dat hij zich in hun kringen ophoudt, meneer,' ging ze onverstoorbaar verder. 'Lidmaatschap van de Cipriani-club, kerstliederen zingen in de English Church, Fourth of July-feest, jijen en jouen met de eigenaars van de beste restaurants.'

Dit klonk Brunetti in de oren als een van de kwellingen die Dante over het hoofd had gezien. 'En door zo'n man wordt Fontana gematst met zijn huur?' zei hij. Het was meer een uiting van verwondering dan een vraag.

'Daar lijkt het wel op.'

'Bent u verder nog iets te weten gekomen?' vroeg hij.

'Ik wilde het er eerst met u over hebben, meneer. Om te kijken of u de connectie tussen die twee even interessant vond als ik.'

'Ik vind het fascinerend,' zei Brunetti, altijd geïnteresseerd in de mogelijkheden die door de diverse combinaties van mensen in de stad werden opgeroepen. Hoe ongewoner de combinatie, hoe intrigerender die mogelijkheden vaak waren.

'Mooi,' zei ze. 'Ik dacht al dat u dat zou vinden.' Na een korte stilte vervolgde ze: 'Maar om er wat dieper in te kunnen duiken, zal ik misschien hier en daar om een wederdienst moeten vragen, en voor ik daaraan begin wilde ik even weten of u daar geen bezwaar tegen had.'

Hij keek signorina Elettra aan en vroeg: 'Waar denkt u dan aan?'

In plaats van antwoord te geven zei ze: 'Ik ben blij dat het personeelsrooster uw goedkeuring kan wegdragen, commissario. Ik zal het aan het eind van de middag ophangen.'

'Mooi, signorina. Dat doet me deugd,' reageerde Brunetti naadloos, waarop hij zich omdraaide naar de deur en vervolgens zichtbaar verrast was daar vice-questore Giuseppe Patta te zien staan, met rechts van hem hoofdinspecteur Scarpa, zijn factotum.

'Ah, goedemorgen, vice-questore,' zei Brunetti met een vriendelijke glimlach. Daarna, als Copernicus die een kleinere planeet herkende: 'Hoofdinspecteur.'

Patta had bijna het toppunt van zijn zomerse kleuring bereikt. Hij had vanaf mei dagelijks in het zwembad van Hotel Cipriani gezwommen en bezat inmiddels bijna de kleur van een paardenkastanje. Nog een paar weken en dan zou hij die echt hebben, maar niet lang daarna zouden de dagen korter beginnen te worden en zouden de zonnestralen hun kracht verliezen. En tegen de tijd dat het oktober was zou de vice-questore meer op een *caffè macchiato* lijken, waaraan naarmate de weken verstreken meer en meer melk zou worden toegevoegd totdat hij in december zou zijn verbleekt tot de lichtheid van een cappuccino. Tenzij hij zijn toevlucht nam tot een kerstvakantie op de Maldiven of de Seychellen om zijn kleur weer op te vijzelen, liep Patta het risico om als een bleke schaduw van zijn zomerse ik voor de poorten van de lente te komen staan.

'Signorina Elettra heeft me net de nieuwe plannen voor het zomerrooster laten zien,' zei Brunetti met een innemende glimlach en een aanvullend knikje in de richting van Scarpa. 'Het lijkt me heel goed om de mogelijkheden van personeelsinzet met deze vernieuwingen te maximaliseren, meneer.' Patta glimlachte, maar Scarpa wierp Brunetti een vuile blik toe. 'Het geeft blijk van creatieve organisatorische vaardigheden, het is echt een innovatieve planning, als ik...' – en hier keek hij even weg, een toonbeeld van bewonderende bescheidenheid – 'zo vrij mag zijn om dat te zeggen.'

'Ik ben blij dat je er zo over denkt,' zei Patta vergenoegd. 'Ik moet bekennen,' en nu was Patta degene die zich hulde in het kleed van bescheidenheid, 'dat de hoofdinspecteur me het voordeel van zijn praktijkervaring met de mannen hier heeft gegund.'

'Teamwork, daar gaat het om,' zei Brunetti stralend.

Signorina Elettra nam dit moment te baat om een boodschap door te geven aan de vice-questore. 'Er is voor u gebeld door het Cipriani toen u weg was, meneer. Ze zeiden iets over uw lunchreservering voor morgen en vroegen of u even wilde bellen.'

'Dank u, signorina,' zei Patta, die zich naar de deur van zijn kamer begaf. 'Dat zal ik meteen doen.' Hij verdween naar binnen om zich van een hogere plicht te kwijten en liet hen drieën in signorina Elettra's kamer achter.

De tijd verstreek. Signorina Elettra trok een la open en haalde er de *Vogue* van die maand uit. Ze sloeg het tijdschrift open en legde het op haar toetsenbord.

Brunetti deed een stap naar haar toe, wierp een blik op de bladzijden en vroeg: 'Vindt u die zijsplitten in die jasjes nu echt een goed idee?'

'Ik ben er nog niet uit, commissario. Wat vindt uw vrouw ervan?'

'Nou, die heeft altijd een voorkeur gehad voor jasjes zonder splitten. Kleedt meer af, zegt ze. Misschien is dat omdat ze lang is. Maar die daar is toch echt perfect,' zei hij, terwijl hij zich naar voren boog en een beige jasje midden op de linkerpagina aanwees. 'Ik zal het vanavond nog eens vragen. Het kan best zijn dat ze er ook nog andere ideeën over heeft.'

Ze wendde zich tot de hoofdinspecteur, maar die had kennelijk geen uitgesproken mening over splitten, want hij koos dat moment om haar kamer te verlaten, en verzuimde daarbij de deur achter zich dicht te doen.

'Een man zonder gevoel voor mode is een man zonder ziel,' zei signorina Elettra, terwijl ze een bladzijde omsloeg.

12

Het zag er niet naar uit dat Scarpa nog terug zou komen en het lichtje voor Patta's telefoon brandde rood, dus zei Brunetti: 'Ik zou me niet door u moeten laten verleiden.'

'Ik zou me niet door mezelf moeten laten verleiden,' zei ze, en ze deed het tijdschrift dicht en legde het terug in haar la. 'Maar ik kan het gewoon niet laten om hem te stangen.'

'Heeft hij echt dat rooster gemaakt?'

'Natuurlijk niet,' zei ze vinnig. 'Ik heb het vanmorgen in een minuut of tien gedaan. Het lag op mijn bureau toen Scarpa binnenkwam. Hij vroeg me wat het was. Ik zei niets, maar hij hoefde alleen maar te lezen wat voor titel erboven stond. Hij heeft het van mijn bureau gepakt en is ermee Patta's kamer binnen gestapt, en voor ik het wist stond Patta ermee voor mijn neus en begon hij de hoofdinspecteur de hemel in te prijzen.' Ze maakte een boos geluid en duwde haar la met een klap dicht.

'Het is nooit anders geweest,' zei Brunetti.

'Dat de vrouwen het werk doen en de mannen met de eer strijken?' vroeg ze, nog steeds boos.

'Ik vrees van wel.'

Brunetti zag een zweetplekje aan de binnenkant van de kraag van haar blouse. 'Patta is de enige die er intrapt, hoor,' zei hij bij wijze van troost.

Ze haalde haar schouders op, haalde diep adem en zei op veel kalmere toon: 'Het is waarschijnlijk maar goed dat Patta niet weet hoe makkelijk dat werk me afgaat. Zolang hij – of zijn hoofdinspecteur – blijft denken dat hij alles doet, kan ik doen wat ik wil.'

‘Riverre zei dat hij dacht dat het allemaal veel beter zou gaan als u hier de baas was.’

‘Ach, de wijsheid van dwazen,’ zei ze, maar ze glimlachte niettemin.

Brunetti kwam weer ter zake en vroeg: ‘Wat gaat u aan Fontana doen?’ Vertaald betekende deze vraag eigenlijk: bij wie gaat u informeren en wat gaat ons dat kosten in termen van te bewijzen diensten.

‘Er werkt een griffier bij het Tribunale die ik al jaren ken. Ik ga af en toe bij hem langs als ik daar ben, en soms gaan we samen koffiedrinken, of hij loopt mee als ik bloemen ga kopen voor op kantoor. Hij heeft me een paar keer mee uit eten gevraagd, maar ik heb het steeds te druk gehad. Of zei dat ik het te druk had.’ Ze keek Brunetti aan en glimlachte. ‘Ik wacht tot dinsdag en dan ga ik weer naar de bloemenmarkt. Misschien dat ik dan op de terugweg even langswip om te kijken of hij tijd heeft voor een kop koffie.’

‘Wat mankeert er aan hem?’

‘O, niets eigenlijk. Hij is eerlijk en het is een harde werker en hij ziet er goed uit.’ Afgaande op haar toon zou men denken dat ze zijn handicaps opsomde.

‘En?’

‘En heel saai. Elke keer als ik een grapje maak heb ik het gevoel alsof ik een puppy een klap geef. Dan kijkt hij me nietbegrijpend aan met die grote bruine ogen, in de hoop dat ik niet boos op hem word omdat hij het trucje maar niet onder de knie krijgt.’

‘Maar hij is griffier bij het Tribunale?’

‘En mijn vlees is maar zwak,’ zei ze met een lange zucht, ‘en ik kan geen koopjes laten liggen.’ Voor hij iets kon vragen vervolgde ze: ‘En goedkoper dan dit kan ik het niet krijgen. Ik ga koffie met hem drinken, en de geheimen van het Tribunale staan tot mijn beschikking als ik zou verkiezen ernaar te vragen.’

'Heeft u dat nog niet eerder gedaan?' vroeg Brunetti.

'Nog nooit,' zei ze. 'Het leek me altijd beter om hem achter de hand te houden.' Ze zocht naar de juiste vergelijking. 'Als een eekhoorn die een noot begraaft, voor het geval het een lange, zware winter wordt.'

'Het klinkt meer als de wolf in *Cappucetto Rosso*,' zei Brunetti, 'die verkleed als grootmoeder het juiste moment afwacht om haar op te slokken.'

'Maar ik wil hem helemaal niet opslokken,' zei ze stellig. 'Ik wil hem alleen maar een paar vragen stellen.'

'Als Parijs een mis waard was,' merkte Brunetti op, 'dan is informatie over Fontana misschien wel een kop koffie waard.'

Ze zei nuffig: 'U bent niet degene die die met hem moet gaan drinken.'

'Dat weet ik,' antwoordde Brunetti, die niet zo goed wist hoeveel van haar verhaal op waarheid berustte en hoeveel verzonnen was, niet dat iemand daar ooit enige zekerheid over kon krijgen bij signorina Elettra. Hij veranderde van onderwerp en vroeg: 'En signor Puntera?'

'Een vriend van me bij de bank heeft vroeger als adviseur voor hem gewerkt, geloof ik. Ik zal eens kijken of hij nog in Venetië werkt en vragen wat hij weet.'

Brunetti kon zich niet herinneren dat signorina Elettra in al die jaren ooit een vrouwelijke bron had gebruikt. 'Is het makkelijker om mannen aan het praten te krijgen?'

'U bedoelt: makkelijker dan om vrouwen aan het praten te krijgen?'

'Ja.'

Ze hield haar hoofd een beetje schuin en keek naar de dichte deur van Patta's kamer. 'Ik denk het wel. Vrouwen zijn veel discreter dan mannen, in ieder geval minder geneigd om op te scheppen. Of we scheppen over andere dingen op.'

'Is dat de reden waarom u liever mannen gebruikt?' vroeg hij, en hij besefte pas hoe cru dat klonk toen hij de vraag al gesteld had.

'Nee,' antwoordde ze kalm. 'Het zou oneerlijker zijn om op die manier informatie van vrouwen los te krijgen.'

'Oneerlijker?' vroeg hij.

'Natuurlijk, het is oneerlijk wat ik doe. Ik maak misbruik van de onschuld van mensen en ik beschaam hun vertrouwen. Zou u dat niet oneerlijk noemen?'

'Is het oneerlijker dan inbreken in iemands computersysteem?' vroeg hij, al vond hij zelf van wel.

Ze keek hem aan alsof het haar verbijsterde dat hij zo'n open deur intrapte. 'Natuurlijk, dottore. Informatiesystemen zijn erop gebouwd om inbraak tegen te gaan: mensen weten dat je het gaat doen of dat je het gaat proberen. Dus ze zijn in zekere zin gewaarschuwd en nemen voorzorgsmaatregelen, of zouden dat moeten doen. Maar als mensen je iets in vertrouwen vertellen of als ze je informatie geven in het vertrouwen dat je die voor je zult houden, dan hebben ze geen verdediging.' Ze klikte een paar keer met haar muis, maar er veranderde niets op het scherm. 'Dus ik ga een kop koffie met hem drinken en kijken wat hij me kan vertellen over Araldo Fontana, modelwerknemer.'

'Voor wat het waard is,' zei Brunetti, 'mijn bron was ervan overtuigd dat er niets over hem te vertellen valt. Hij zei dat Fontana een heel welvoeglijke man is; hij leek zelfs verbaasd dat ik meer over hem wilde weten.'

'Welvoeglijk,' herhaalde ze, het woord proevend. 'Hoe lang is het niet geleden dat ik dat woord heb horen gebruiken?' vroeg ze met een klein glimlachje.

'Te lang, waarschijnlijk,' zei Brunetti. 'Het is wel mooi om zoiets over iemand te zeggen.'

'Ja, hè?' beaamde signorina Elettra, en daarna was ze een

tijdje stil. 'Ik denk dat je het ook over mijn vriend bij het Tribunale zou kunnen zeggen.'

'De griffier?'

'Ja.' Brunetti wachtte, maar het enige wat ze zei was: 'Ik zal een balletje bij hem opgooien over Fontana.'

'Misschien wilt u kijken of hij ook iets over een zekere rechter Coltellini weet,' verzocht Brunetti. Hij had tot dan toe geaarzeld, maar als Fontana niets opleverde, moest ze misschien toch maar eens kijken naar de andere naam die op die papieren had gestaan.

'Luisa?'

'Ja. Kent u haar?'

'Nee, maar ik heb vroeger met haar zus samengewerkt. Bij de bank. Ze was een van de adjunct-directeuren. Leuk mens.'

'Heeft ze ooit iets over haar zus gezegd?'

'Niet dat ik me kan herinneren,' zei signorina Elettra. 'Maar ik kan het wel aan haar vragen. Ik kom haar af en toe op straat tegen, en we gaan wel eens koffiedrinken.'

'Weet ze waar u werkt?'

'Nee. Ik heb gezegd dat ik een baan had bij de Commune: dan is het meestal wel gebeurd met de belangstelling.'

'Ik heb begrepen van de persoon die ik gesproken heb dat Fontana in haar zus geïnteresseerd is.'

'En zij niet in hem?'

'Nee.'

'Komt me bekend voor,' zei ze, en ze draaide zich naar haar computer toe.

'Dat is echt iets voor haar,' zei Paola die avond, nadat ze languit op de bank had liggen luisteren naar wat hij te vertellen had over zijn gesprek met signorina Elettra en haar opmerkingen over oneerlijkheid en misleiding, 'om het oneerlijker te vinden om een vrouw te misleiden. Ik dacht dat de tijd van vrouwelijke solidariteit voorbij was.'

'Het was niet echt een kwestie van vrouwelijke solidariteit, volgens mij,' antwoordde Brunetti. 'Ik denk dat ze gewoon vindt dat de oneerlijkheid evenredig is aan de hoeveelheid vertrouwen die je beschaamt, niet aan de mate waarin je liegt of misleidt. En wat ik van haar begrepen heb, is dat mannen minder discreet zijn, meer geneigd om op te scheppen, en in dat geval vindt ze dat ze het recht heeft om te gebruiken wat ze zeggen.'

'En vrouwen?'

'Ze denkt dat die mensen eerst meer moeten vertrouwen voordat ze iets prijsgeven.'

'Of misschien heeft datgene wat vrouwen prijsgeven meer met zwakte te maken, terwijl mannen altijd over kracht praten,' opperde Paola. Ze keek naar haar blote voeten en bewoog haar tenen.

'Hoe bedoel je?'

'Denk eens aan de etentjes waar we geweest zijn, of aan de gesprekken die je hebt gehad met groepjes mannen alleen. Het gaat meestal over een of andere overwinning die ze behaald hebben: een vrouw, een baan, een contract, voor mijn part een zwemwedstrijd. Dus het is meer opscheppen dan opbiechten.' Toen hij een sceptisch gezicht trok, zei ze: 'Wou je zeggen dat je nog nooit een man hebt horen opscheppen over hoeveel vrouwen hij heeft gehad?'

Hij dacht even na en zei toen: 'Ja, natuurlijk wel,' waarna hij iets meer rechtop ging zitten.

'Vrouwen, in ieder geval vrouwen van mijn leeftijd, zouden dat nooit doen tegenover vrouwen die ze niet kennen.'

'En tegenover vrouwen die ze wel kennen?' vroeg Brunetti verbluft.

Ze negeerde de vraag en zei op volstrekt andere toon:

'Maar oneerlijkheid en misleiding hebben zeker hun nut: zonder misleiding, en zonder verraad, zou er geen literatuur bestaan.'

'Pardon?' zei Brunetti, die niet goed begreep hoe een gesprek over signorina Elettra's ideeën over eerlijkheid hen bij het onderwerp literatuur had doen belanden, hoe vertrouwd dat onderwerp ook was en hoe eindeloos gevarieerd de listen ook waren die Paola gebruikte om er steeds weer op uit te komen.

'Ga maar na,' zei ze, met een armgebaar in zijn richting. 'Gilgamesj wordt verraden, en Beowulf, en Othello. Iemand zorgt ervoor dat de Perzen de Spartanen in de rug kunnen aanvallen...'

'Dat is geschiedenis,' onderbrak Brunetti haar.

'Ook goed,' gaf Paola toe. 'Maar Odysseus dan? Als hij iets is, dan is het wel de grote verrader. En Billy Budd, en Anna Karenina, en Christus, en Isabel Archer: die zijn allemaal verraden. Zelfs kapitein Ahab...'

'Door een wálvis?'

'Nee, door zijn eigen megalomanie en zijn zucht naar wraak. Je zou kunnen zeggen door zijn eigen zwakte.'

'Draaf je nu niet een beetje door, Paola?' vroeg hij op redelijke toon. Hij was moe van de lange dag en zijn gedachten dwaalden af naar de zaken die geen zaken waren, waarin hij alleen onofficieel te werk kon gaan en niet eens zeker wist of er wel sprake was van een misdrijf. Hij werd beziggehouden door twee gevallen van wat waarschijnlijk menselijk verraad was, en zijn vrouw wilde het over een walvis hebben.

Paola bond onmiddellijk in. Ze draaide zich om en gaf een stomp tegen het kussen dat tegen de armleuning lag. 'Ik wilde het even uitproberen. Om te kijken of het misschien een interessant idee was voor een artikel.'

'Staat het niet een beetje ver van de wereld van Henry

James af?' vroeg hij, niet helemaal zeker of er wel een personage van James bij haar opsomming had gezeten.

Ze trok een ernstig gezicht. 'Dat houdt me nogal bezig de laatste tijd,' zei ze.

'Wat houdt je bezig?'

'Dat de wereld van Henry James erg klein voor me begint te worden.'

Brunetti stond op en keek op zijn horloge: het was na elven. 'Ik denk dat ik maar eens naar bed ga,' zei hij, te perplex om iets anders te bedenken om te zeggen.

13

De Ferragosto-vakantie leek elk jaar langer te worden, omdat de mensen steeds extra dagen vastplakten aan beide kanten van de officiële periode van twee weken, met het idee zowel hun vakantie langer te laten duren als de verkeersdrukte te ontlopen. Het nieuws op radio en televisie was doorspekt met waarschuwingen over veilig rijden en er werd gesproken over de twaalf miljoen auto's – of veertien, of vijftien – die dat weekeinde op de wegen werden verwacht. Een van de verslaggevers zei dat als deze auto's bumper aan bumper werden gezet, ze een ononderbroken lijn van Reggio Calabria tot de Gotthardpas zouden vormen. Brunetti, die geen idee had van de gemiddelde lengte van een auto, nam niet eens de moeite om die bewering te controleren. Hoewel hij een rijbewijs had was hij eigenlijk geen automobilist, en hij had hoegenaamd geen belangstelling voor het onderwerp. Auto's waren groot of klein, en rood of wit of een andere kleur, en er kwamen elk jaar veel te veel jonge mensen door om. Hij had besloten met de trein te reizen: als hij de mogelijkheid om een auto te huren zelfs maar ter sprake bracht, kon hem dat al op een ecologische aanklacht van Chiara komen te staan. Ze zouden naar Malles gaan, waar bij het station een auto klaar zou staan om hen naar het huis van zijn neef te brengen; er was een bus die twee keer per dag op en neer reed naar Glorenza.

Alle gezinsleden waren begonnen met inpakken ter voorbereiding van de vakantie. Paola had een stapel boeken op het dressoir verzameld waarvan de samenstelling elke dag veranderde naarmate er verschuivingen optraden in de titels die ze selecteerde voor de colleges over de Britse roman die ze de komende periode zou geven. Brunetti bekeek die titels elke avond en werd daarmee deelgenoot van de voortgaande worsteling: *Vanity Fair* moest het veld ruimen voor *Great Expectations*, een vervanging die Brunetti toeschreef aan het gewicht; *The Secret Agent* hield het drie dagen vol, maar werd toen vervangen door *Heart of Darkness*, hoewel het verschil in gewicht Brunetti minimaal leek; een dag later nam *Barchester Towers* de plaats in van *Middlemarch*, waardoor hij de indruk kreeg dat de gewichtsregel weer werd toegepast. *Pride and Prejudice* was meteen de eerste avond van de partij en hield het tot het einde toe vol.

Drie avonden voordat ze zouden vertrekken kon hij zijn nieuwsgierigheid niet meer bedwingen en vroeg: 'Hoe komt het dat alle dikke boeken verdwenen zijn maar dat *A Suitable Boy*, die het dikst is van allemaal, gebleven is?'

'O, daar ga ik geen college over geven,' zei Paola, alsof ze verbaasd was over zijn vraag. 'Dat wil ik al jaren weer eens herlezen. Dat is mijn compensatieboek.'

'Waar moet je dan voor gecompenseerd worden?' vroeg Brunetti.

'En dat vraag je aan iemand die lesgeeft aan Cà Foscari? Bij de vakgroep Engelse Literatuur?' Ze zette de stem op die ze alleen gebruikte voor Uitingen van Openlijke Verontwaardiging.

Vervolgens zei ze op wat gematigder toon: 'Ik heb eens gekeken naar de boeken die jij meeneemt.'

Brunetti had al gehoopt dat ze dat zou doen en meende dat de soberheid van zijn keuze weleens een heilzaam voorbeeld zou kunnen zijn naast de ijdele frivoliteit van die van haar.

'Kan het kloppen dat ik een ongebruikelijke moderniteit in je keuze bespeur?' vroeg ze.

'Ik heb besloten wat moderne geschiedenis te lezen,' verklaarde hij trots.

'Maar waarom Russische?' vroeg ze, terwijl ze naar een boek wees met de titel *A People's Tragedy*.

'Dat interesseert me, de Revolutie,' zei hij.

'Wat mij interesseert is de manier waarop zo velen van ons er allemaal ingetrapt zijn,' zei ze, en ze klonk opeens bitter.

'Wij in het Westen, bedoel je?'

'Wij. In het Westen. Onze generatie. Het arbeidersparadijs. Broeders onder het socialisme. Al die onzin die we spuiden om onze ouders te laten zien dat we hun keuzes in het leven maar niets vonden.' Ze sloeg haar handen voor haar gezicht, en Brunetti kon in dat gebaar niets vals ontdekken. 'Als je nagaat dat ik op de communisten heb gestemd. Uit vrije wil heb ik op ze gestemd.'

De enige troost die Brunetti haar kon bieden was zeggen: 'De geschiedenis heeft ze weggevaagd.'

'Maar niet snel genoeg,' zei ze fel. 'Je kent me goed genoeg om te weten dat ik niet veel opheb met schaamte en schuld, maar ik zal me altijd schuldig blijven voelen dat ik op die mensen heb gestemd, dat ik geweigerd heb om naar het gezonde verstand te luisteren of om te geloven wat ik niet wilde geloven.'

'Ze hebben hier nooit echt macht gehad,' zei Brunetti. 'Dat weet je zelf ook wel.'

'Ik heb het niet over hén, Guido, ik heb het over mezélf. Dat ik zo stom heb kunnen zijn, en zo lang zo stom heb kunnen zijn.' Ze pakte zijn boek en bladerde het door, stopte even om wat foto's te bekijken, sloeg het toen dicht en legde het weer neer. 'Mijn vader heeft ze altijd gehaat. Maar ik wilde niet naar hem luisteren. Wat wist hij ervan?'

'Denk je dat ons hetzelfde te wachten staat?' vroeg hij om het gesprek op een ander onderwerp te brengen. 'Met onze kinderen?'

Ze trok een la open en haalde er een trui uit. Bij de aanblik alleen al brak Brunetti het zweet uit. 'Raffi is gelukkig snel genoeg weer tot bezinning gekomen,' zei ze. 'Daar mogen we waarschijnlijk wel dankbaar voor zijn. Maar op een gegeven moment komen ze natuurlijk weer met andere ideeën thuis.'

Brunetti liep naar het raam dat uitkeek op het noorden en voelde heel zacht iets van een briesje. 'Wat denk je, zou het weer nog veranderen?' vroeg hij.

'Het wordt alleen maar warmer, waarschijnlijk,' zei ze, en ze haalde een andere trui tevoorschijn.

De volgende dag zou signorina Elettra koffie gaan drinken met haar bewonderaar op het Tribunale. Brunetti nam aan dat ze de bloemen al vroeg wilde gaan halen, voordat de hitte de kans zou krijgen om de stad bij de keel te grijpen. Als ze op haar gemak koffie zou drinken, afgewisseld met interessante conversatie over gemeenschappelijke kennissen en mensen die bij het Tribunale werkten, zou ze waarschijnlijk om een uur of elf op de Questura zijn, schatte hij. Een lang telefoongesprek met een vriend op de Questura in Palermo, die hem belde om te vragen of hij iets wist over twee nieuwe pizzeria's en een hotel dat pas geopend was in Venetië, weerhield hem ervan naar beneden te gaan om te kijken of ze er al was.

Brunetti had een aantal dingen over deze horecagelegenheden gehoord, ook wie de eigenaars waren, in naam en in werkelijkheid. Wat zijn vriend hem te vertellen had, had te maken met de werkelijke eigenaars. Het interessantst voor Brunetti was wat zijn vriend vertelde over de ongewone snelheid waarmee de vergunningen waren verstrekt voor de uitgebreide verbouwing van zowel de pizzeria's als het hotel.

De vergunning voor het hotel was vreemd genoeg in minder dan twee weken tijd rond. Bovendien was er toestemming gegeven om de ploegen dag en nacht te laten doorwerken, iets wat eigenlijk nooit voorkwam in de stad. De pizzeria's vergden minder werk; die vergunningen werden na iets minder dan een week afgegeven.

Toen zijn vriend uit Palermo toegaf dat hij speciale belangstelling had voor de directeur van het bureau dat de vergunningen verstrekte, kon Brunetti alleen maar zuchten, zo vertrouwd was hem de naam en zo nutteloos achtte hij iedere poging om te onderzoeken welke maatstaven precies werden gehanteerd bij het toekennen van die vergunningen.

Met een geluid dat een lach wilde zijn maar het niet was, zei Brunetti: 'Vroeger, toen ik in Napels werkte, hebben we een keer in een straat waar een pizzeria zat een vrachtwagen geparkeerd, en toen hebben we van daaruit iedereen gefilmd die naar binnen en naar buiten ging. We hadden zelfs nog een tweede camera recht tegenover het raam hangen zodat we iedereen konden filmen die daar aan een tafel zat, net zo lang tot ze dichtgingen.'

'Hoeveel klanten hadden ze?'

'Er gingen acht mensen naar binnen die lang genoeg bleven om te eten. We hebben ze gefilmd terwijl ze op hun pizza wachtten en die vervolgens opaten. En er kwam één man binnen die zes pizza's bestelde om mee te nemen.'

'Laat me raden,' klonk de stem aan de andere kant van de lijn, 'de omzet van die dag bleek meer dan veertien pizza's te zijn.'

Brunetti kon alleen maar lachen. 'De omzet was meer dan tweeduizend euro.'

'Wat hebben jullie toen gedaan?'

'We hebben de film aan de Guardia di Finanza gegeven.'

'En toen?'

'Het is een rechtszaak geworden, en de rechter heeft bepaald dat de camera's een inbreuk op de privacy waren en dat de film niet als bewijsmateriaal mocht worden gebruikt omdat de mensen die erop te zien waren niet gewaarschuwd waren dat ze zouden worden gefilmd.' Na een korte stilte voegde Brunetti eraan toe: 'Het is hetzelfde als wat er met die bagage-afhandelaars op de luchthaven is gebeurd.'

'Ik heb erover gelezen.'

Brunetti keek op zijn horloge en zag dat het al bijna twaalf uur was. Hij wilde signorina Elettra graag spreken voordat ze de deur uit kon gaan om te lunchen en zei: 'Ik zal het je laten weten als ik iets hoor,' waarna hij een einde aan het gesprek maakte.

Om voor zichzelf te verhullen hoe graag hij haar wilde spreken zorgde Brunetti voor extra vertraging door eerst de agentenkamer binnen te stappen en een paar dienstdoende agenten de foto van Gorini te laten zien. Hoewel het een opvallend gezicht was, konden ze zich geen van allen herinneren hem ooit in de stad te hebben gezien. Hij liet de foto achter opdat de rest van het team er ook naar kon kijken en ging naar beneden, waar hij signorina Elettra achter haar bureau aantrof, gedachteloos over haar handpalm wrijvend. Op de vensterbank lagen twee bossen bloemen, half uitgepakt en al enigszins verwelkt.

'Wat is er gebeurd?' vroeg hij.

'Een ramp. Die hele ontmoeting was een ramp.'

'Vertel,' zei hij, en hij schoof de bloemen opzij en leunde met zijn armen over elkaar tegen de vensterbank.

Zich tot kalmte dwingend legde ze haar handen plat op haar bureau ter weerszijden van het toetsenbord. 'Ik heb de bloemen gekocht en toen ben ik naar het Tribunale gegaan en naar boven naar zijn kamer gelopen. Hij was er, dus ik stelde voor om ergens koffie te gaan drinken.

We zijn naar het Caffè del Doge gegaan, en toen stelde hij voor om aan een tafeltje te gaan zitten in plaats van aan de bar te blijven staan. Ik zei dat ik niet zo veel tijd had, maar liet me overhalen om te gaan zitten, en we begonnen te praten. Hij vertelde me over zijn werk en ik deed alsof ik geïnteresseerd was.

De enige manier die ik kon bedenken om het onderwerp op Fontana te brengen was om iets te zeggen over een van de andere parketwachters, Rizzotto, want ik heb met zijn dochter op school gezeten en ben hem een paar keer in het gebouw tegengekomen. Vervolgens noemde ik Fontana; ik zei dat ik gehoord had dat hij zijn werk zo voortreffelijk deed. En toen kwamen de verhalen los, over hoe toegewijd hij was en hoe efficiënt, en hoe lang hij daar al werkt, en hoe dat soort mannen een voorbeeld voor ons allemaal zijn, en net toen ik dacht dat ik zou gaan gillen of met die bloemen op zijn hoofd zou gaan slaan, keek hij op en zei: "Nou ja, daar heb je hem."

En voor ik hem tegen kon houden stond hij op om Fontana erbij te halen. Die droeg een pak en een stropdas. Kunt u zich dat voorstellen? Het is 32 graden, en hij draagt een pak en een stropdas.' Ze schudde haar hoofd bij de herinnering.

Brunetti vond het niet bepaald als een ramp klinken.

'Dus hij kwam bij ons zitten,' vervolgde ze. 'Het is een heel gedwee mannetje; hij bestelde een *macchiato* en een glas water en hij zei bijna niets, terwijl Umberto maar bleef praten en ik onzichtbaar probeerde te zijn.' Brunetti betwijfelde dat.

'En terwijl we daar gezellig met z'n drietjes zaten, wie kwamen er toen binnenlopen? Mijn vriendin Giulia en haar zus Luisa.'

'Coltellini?' vroeg Brunetti, ook al wist hij dat die vraag overbodig was.

'Ja. Giulia zag me zitten en kwam naar me toe om gedag te zeggen, en toen kwam haar zus ook naar ons toe, en ik dacht dat die arme Fontana flauw zou vallen. Hij stond zo vlug op dat hij zijn koffie omverstootte en het over zijn broek heen kreeg. Het was vreselijk: hij wist niet of hij Giulia een hand moest geven of niet, hij was zo blij om ze daar te zien, maar het enige wat Giulia kon doen was hem een servet geven. Dus hij begon die koffie af te vegen. Het was grotesk. Arm mannetje. Hij kon het niet verbergen. Als hij een bordje om had gehad, hadden we het allemaal kunnen lezen: "Ik hou van je, ik hou van je, ik hou van je."'

'En de rechter?'

'Die zei gedag en verder negeerde ze hem.'

'Het klinkt mij niet echt in de oren als een ramp,' zei Brunetti.

'Dat kwam toen Umberto ons aan elkaar voorstelde. Toen de rechter mijn naam hoorde kon ze haar verrassing niet verbergen, en vervolgens keek ze naar Umberto en naar Fontana, en toen gaf ze me een hand en probeerde te glimlachen.'

'Wat deed u toen?'

'Ik deed net of ik niets had gezien, en ik geloof niet dat ze zag dat ik het wel gezien had.'

'Wat gebeurde er toen?'

'Ze kwam bij ons zitten. Vlak daarvoor leek het nog alsof ze liever de tent uit gerend zou zijn dan in de nabijheid van Fontana te moeten verkeren, maar nu kwam ze bij ons zitten en begon te praten.'

'Waarover?'

'O, waar ik werkte, nu ik niet meer bij de bank werkte.'

'Wat heeft u toen gezegd?'

'Dat ik bij de Commune werkte, en toen ze meer vragen begon te stellen zei ik dat het allemaal zo saai was dat ik het niet op kon brengen om erover te praten, en toen heb ik gevraagd waar ze de blouse die ze aanhad vandaan had.'

'Heeft ze verder nog iets gezegd?' vroeg Brunetti.

'Na een tijdje, toen ze doorhad dat ze van mij verder niets te horen zou krijgen, vroeg ze aan Fontana waar we het over gehad hadden, al zorgde ze ervoor dat het allemaal heel lief en aardig klonk: "En wat hebben jullie voor interessante dingen besproken, Araldo?" vroeg ze, met een suikerzoet stemmetje.

Arme man. Hij werd helemaal rood toen ze zijn voornaam gebruikte, en ik dacht dat hij een rolberoerte zou krijgen.'

'Maar dat gebeurde niet?'

'Nee, dat gebeurde niet. En hij gaf ook geen antwoord, dus toen zei Umberto tegen haar dat we het over de rechtbank hadden gehad.' Ze zweeg even en schudde haar hoofd. 'Dat was zo'n beetje het ergste wat hij had kunnen zeggen.' Ze keek Brunetti aan. 'U had haar gezicht moeten zien toen hij dat zei. Het leek wel van ijs.'

'Hoe lang is ze daarna nog gebleven?' vroeg Brunetti.

'Ik weet het niet. Ik heb de bloemen gepakt en ik heb gezegd dat ik terug naar kantoor moest. Umberto zei dat hij met me mee zou lopen naar de *traghetto* – hij denkt dat ik in Cà Farsetti werk – dus die moest ik toen naar de overkant van het kanaal nemen en daarna moest ik door de hoofdingang naar binnen omdat Umberto aan de andere kant naar me stond te zwaaien.'

'Maar de rechter denkt niet dat u daar werkt?' vroeg Brunetti.

'Echt niet. Dat kon je van haar gezicht aflezen. Ze is rechter, nota bene. Die weet natuurlijk precies wie er op de Questura werken.'

'Misschien,' probeerde Brunetti te relativeren.

Signorina Elettra stond op en beende zo snel op hem af dat Brunetti opzij stapte om te voorkomen dat ze tegen hem aan botste. Zonder acht op hem te slaan pakte ze de bloemen en scheurde het papier eraf. Ze legde ze op haar bureau, liep naar haar *armadio*, haalde er twee grote vazen uit en verdween naar de gang. Brunetti bleef staan waar hij stond en dacht na over wat ze hem zojuist had verteld.

Toen ze terugkwam, nam hij een van de met water gevulde vazen van haar aan en zette die op de vensterbank. Ze zette de andere op het kleine tafeltje tegen de muur en liep terug om een van de bossen bloemen te pakken. Zonder plichtplegingen trok ze de elastiekjes van de stelen, gooide die op het bureau en propte de bloemen in de eerste vaas, waarna ze het proces herhaalde met de tweede bos.

Ze ging weer op haar stoel zitten, keek naar Brunetti, keek naar de bloemen en zei: 'Arme stakkers. Ik moet het niet op die bloemen afreageren.'

'Ik denk dat u überhaupt niets ergens op af hoeft te reageren.'

'Dat zou u niet zeggen als u haar reactie had gezien,' hield ze vol.

'Wat gaat u nu doen?' vroeg hij.

'Ik wil wel eens kijken wat het precies is dat uw belangstelling voor de rechter heeft gewekt.'

14

Signorina Elettra liep met hem mee naar zijn kamer, waar hij haar de papieren gaf die afkomstig waren van het Tribunale. Hij legde uit wat volgens hem de reden was van de vertragingen in bepaalde zaken die door rechter Coltellini werden behandeld en wees naar Fontana's handtekening onder aan de papieren.

'Kinderspel,' zei ze, doelend op het systeem dat door het ministerie van Justitie werd gebruikt om de integriteit van het rechtsstelsel te beschermen. Terwijl ze naar Fontana's handtekening keek zei ze: 'Weet u, ik begin het idee te krijgen dat er iets vreemds is aan de manier waarop Fontana zich tegenover de rechter gedroeg.'

'Onbeantwoorde liefde is altijd vreemd voor de mensen die er zelf niet aan lijden,' merkte Brunetti op, zich ervan bewust dat hij nog spreukmatiger klonk dan Polonius.

'Dat is het 'm juist,' zei signorina Elettra. 'Ik weet eigenlijk niet of het wel onbeantwoorde liefde ís.'

'Wat is het dan?'

'Ik weet het niet,' antwoordde ze. Ze sloeg haar armen over elkaar en tikte gedachteloos met de punt van de papieren tegen haar onderlip. 'Ik heb onbeantwoorde liefde meegemaakt,' zei ze, zonder erbij te vertellen van welke kant. 'En in eerste instantie dacht ik ook dat het dat was, maar hoe langer ik erover nadenk, hoe meer het op iets anders lijkt. Hij is te kruiperig, te serviel wanneer hij tegen haar praat: zelfs iemand die zo kleurloos is als hij weet toch wel dat niemand het fijn vindt om op die manier te worden bejegend.'

'Sommige mensen wel,' zei Brunetti.

'Ja, dat weet ik. Maar zij niet. Dat is wel duidelijk. Wat ik u niet verteld heb – het is eigenlijk genant om het erover te hebben – is dat hij steeds maar bleef aanbieden om dingen voor haar te halen: koffie, een glas water, een gebakje. Het was net alsof hij zich aan haar verplicht voelde, maar op een rare manier.'

'Als ze hier samen in zitten, dan krijgt zij waarschijnlijk het grootste deel van wat er betaald wordt,' zei Brunetti, die daarmee hardop uitsprak hoe hij de lijsten die hem waren toegespeeld interpreteerde. 'Dus dan is zij juist degene die voor de koffie zou moeten betalen.'

'Nee, nee,' zei een hoofdschuddende signorina Elettra, bij wie zijn interpretatie kennelijk even weinig gehoor vond als zijn poging tot humor. 'Het is niet alsof hij denkt dat hij haar daadwerkelijk kan terugbetalen. Het is meer alsof er een groot gapend gat tussen hen in ligt en hij geen andere mogelijkheid ziet dan te proberen dat op te vullen, ook al is het zo groot dat hij weet dat dat nooit zal lukken.' Ze dacht even na en vervolgde: 'Nee, dat is het ook niet. Hij is haar dánkbaar, maar dankbaar op de manier waarop mensen dat zijn wanneer de Madonna een gebed verhoort. Het was genant om te zien.'

'Heeft uw vriend Umberto het ook gezien?'

'Als dat al zo is, dan heeft hij er niets over gezegd. En ik wilde zo graag weg dat ik er niet naar gevraagd heb. Trouwens, ik moest er niet aan denken om daar op de *riva*, in de zon, nog een praatje met hem te maken. Het enige wat ik wilde was in die gondel stappen en naar de overkant varen.'

Brunetti kon het niet nalaten om te vragen: 'Is dat ook hoe Umberto u behandelt – als de Madonna?'

'O nee,' zei ze zonder enige aarzeling. 'Voor hem is het onbeantwoorde liefde.'

Noch die dag, noch de dag erna slaagde signorina Elettra erin meer te weten te komen over de oorzaak van de opschortingen waarvan in de documenten sprake was. Het computersysteem van de rechtbank lag plat, en omdat de twee mensen die ervoor verantwoordelijk waren op vakantie waren, zou de database nog minstens een week niet geraadpleegd kunnen worden. Jammer genoeg gold dit, ontdekte ze, voor zowel geautoriseerde als ongeautoriseerde pogingen om toegang te krijgen tot de informatie die deze bevatte.

In de hoop toch nog enig succes te kunnen boeken voor hij op vakantie ging belde Brunetti haar op om te vragen of ze tijd had om eens wat dieper in Fontana's huisbaas, Marco Puntera, te duiken. Ze begon zich bijna te verontschuldigen dat ze daar nog niet aan toegekomen was en legde uit dat die vriend niet langer bij de bank werkte en dat ze zo druk bezig was geweest met het opstellen van vice-questore Patta's instructies voor de vakantieperiode dat ze geen tijd had gehad om te kijken wat ze te weten kon komen over signor Puntera. Ze beloofde er werk van te maken zodra de vice-questore veilig op weg was naar het eiland Ponza, waar hij met zijn gezin te gast zou zijn bij de voorzitter van de gemeenteraad van Venetië, die daar een zomerhuis had.

'Nog weer een manier om de volstrekte objectiviteit van de kant van de politie te waarborgen in het geval van een eventueel onderzoek naar lokale politici,' zei Brunetti toen hij hoorde wie Patta's gastheer was.

'Ik weet zeker dat de vice-questore tegen iedere vorm van verleiding bestand is,' reageerde signorina Elettra. 'U weet zelf hoezeer hij altijd hamert op de noodzaak om zelfs maar de schijn van vriendjespolitiek te vermijden.'

'Ik weet heel goed hoezeer hij daarop hamert,' zei Brunetti, en vervolgens richtten ze hun aandacht op zijn vakantie en wat er moest gebeuren terwijl Brunetti afwezig was. Ze wenste hem *buona vacanza* en zei dat ze hem over twee weken weer zou zien.

Brunetti vatte die wens op als toestemming om te vertrekken en ging naar huis om andere dingen dan boeken in te pakken.

De volgende ochtend namen de Brunetti's de Eurostar van 9.50 uur, stapten over in Verona en reisden met toenemend enthousiasme verder naar het noorden. In Bolzano zouden ze overstappen op een lokale trein naar Merano, en dan zouden ze de Vinchgau-*trenino* naar Malles nemen, waar een auto voor hen klaar zou staan. Kort nadat ze uit Verona waren vertrokken reden ze door een universum van wijnstokken. Brunetti moest aan een gedicht denken dat hij ooit in de derde klas voor Engels had moeten lezen, iets met kanonnen links en kanonnen rechts; alleen waren het in dit geval wijnstokken, kilometer na kilometer, allemaal tot hetzelfde formaat gesnoeid, en de druiven waarschijnlijk ook nog eens allemaal hetzelfde, qua grootte en soort.

De tijd verstreek zoals de tijd dat doet in een trein: Brunetti keek naar buiten, blij met het weidse uitzicht, Chiara was in gesprek met de twee jongelui die de coupé met hen deelden, en Raffi, die met een koptelefoon op tegenover zijn moeder in een van de stoelen in het midden zat, knikte af en toe met zijn hoofd op het ritme. Op een gegeven moment, toen zijn hoofd wel erg metronomisch begon te bewegen, keek Paola op van haar boek en wist de vijf andere mensen in de coupé in verwarring te brengen door in het Engels te zeggen: '*Unheard melodies are indeed sweeter*,' waarna ze haar aandacht weer bepaalde tot de observaties van de heer James.

Brunetti liet af en toe flarden tot zich doordringen van

het gesprek dat plaatsvond tussen zijn dochter en de mensen die bij het raam zaten. Hij begreep dat ze twee weken bij vrienden in Bolzano zouden gaan logeren, waar ze naar muziek zouden luisteren en zouden uitrusten. Aangezien ze allebei te kennen hadden gegeven dat ze school makkelijk vonden en het leven in het algemeen saai, kwam Brunetti in de verleiding om te vragen waarván ze dan gingen uitrusten, maar in plaats daarvan richtte hij zijn aandacht op de druiven. Minitractors patrouilleerden over de paden tussen de rijen met wijnranken en besproeiden ze. Toen de trein vaart begon te minderen omdat hij Trento naderde, zag Brunetti dat de bestuurder van een van de tractors hetzelfde soort witte beschermingspak aanhad dat de technische recherche ook droeg, en dat zijn hoofd helemaal schuilging onder een kap en een masker.

Brunetti tikte op Paola's knie en wees naar buiten. 'Het is net een marsmannetje, hè?'

Paola staarde een tijdje naar buiten en keek vervolgens naar Brunetti. 'Snap je nu waarom we biologisch fruit eten?' vroeg ze.

Alsof de naam van iets eetbaars door de koptelefoon heen was gedrongen om te appelleren aan een instinct dat het nooit liet afweten, zei Raffi op verrassend luide toon: 'Ik heb honger.' Net als de typische moeder in Italiaanse films uit de jaren vijftig geloofde Paola dat voedsel dat je in de trein kon kopen schadelijk was, en dus had ze een enorme tas met boterhammen, fruit, mineraalwater, een halve fles rode wijn en nog meer boterhammen meegenomen.

Op een teken van zijn moeder haalde Raffi de tas van het bagagerek boven hun hoofd. Hij maakte hem open en begon boterhammen uit te delen aan iedereen in de coupé, inclusief de twee jonge mensen, die ze, na er in eerste instantie plichtmatig voor te hebben bedankt, met graagte accepteerden. Er was keuze uit prosciutto en tomaat, prosciutto en olijven, mozzarella en tomaat, eiersalade, tonijn en olijven, en andere variaties op deze ingrediënten. Raffi vulde zes kartonnen bekertjes met water en deelde die ook uit.

Brunetti ervoer opeens een overweldigend gevoel van vreugde. In alle rust op weg naar het noorden werd hij omringd door alles wat hem lief was en wat hij koesterde. Ze waren allemaal gezond, ze waren allemaal veilig. Hij kon twee weken lang in de bergen lopen, speck en strudel eten, onder een donzen dekbed slapen terwijl de rest van de wereld lag te sudderen, en lezen zoveel als hij wilde.

De conversatie van de jongeren werd algemener. Het jonge stel bedankte Paola uitvoerig en gebruikte tegenover haar en Brunetti het respectvolle '*Lei*', terwijl ze Chiara en Raffi automatisch met '*tu*' hadden aangesproken. Hun gesprek had grotendeels een hermetisch karakter voor Brunetti, die geen idee had waar ze allemaal naar verwezen en wat de betekenis was van sommige bijvoeglijke naamwoorden die ze gebruikten, al begreep hij uit de context dat '*refatto*' als compliment bedoeld was en dat er niets ergers bestond dan voor '*scrauso*' te worden uitgemaakt.

Ze vertrokken uit Trento, nog steeds op tijd, en Raffi begon bananen en pruimen uit te delen.

Tien minuten later – de trein werd inmiddels geflankeerd door marcherende appelbomen – ging Brunetti's mobieltje over. Hij speelde even met de gedachte om niet op te nemen, maar haalde hem toen toch uit het zijvak van Paola's tas, waar hij hem in had gestopt toen ze van huis vertrokken waren.

'*Pronto*,' zei hij.

'Ben jij dat, Guido?' hoorde hij een vrouwenstem vragen.

'Ja. Met wie spreek ik?'

'Claudia,' antwoordde ze, en het duurde even voor Brunetti de stem in verband had gebracht met de voornaam en zich realiseerde dat het commissario Claudia Griffoni was, die, als jongste commissario, was ingeroosterd om te werken tijdens de Ferragosto-vakantie.

'Wat is er?' vroeg hij, terwijl zijn verbeelding door de aanwezigheid van zijn gezin ervoor werd behoed het ergste te vrezen.

'We hebben een moord, Guido. Het lijkt op een overval die fataal is afgelopen.'

'Wat is er gebeurd?' Hij zag Paola's hand op zijn knie en besefte toen pas dat hij naar de vloer keek om zich af te schermen van de andere mensen in de coupé.

De verbinding viel weg, maar even later werd Griffoni's stem weer hoorbaar. 'Hij lag op de binnenplaats van zijn huis, dus het kan zijn dat hij naar binnen is geduwd nadat hij de deur had opengemaakt, of anders heeft iemand hem daar staan opwachten.'

Brunetti maakte een vragend geluid, waarop Griffoni vervolgde: 'Het ziet eruit alsof iemand hem heeft neergeslagen en dat hij toen met zijn hoofd tegen een beeld is gevallen.'

'Wie heeft hem gevonden?'

'Een van de mannen uit het gebouw, toen hij naar beneden ging om zijn hond uit te laten. Om een uur of halfacht vanmorgen.'

'Waarom ben ik niet gebeld?' wilde Brunetti weten.

'Toen de melding binnenkwam, heeft de dienstdoende agent naar het rooster gekeken en gezien dat u op vakantie was. Scarpa was de enige die hier op dat moment was, dus die is ernaartoe gegaan. Hij heeft net pas gebeld om verslag uit te brengen.'

Brunetti keek op en zag dat de drie mensen die tegenover hem zaten – zijn vrouw, zijn dochter en het meisje bij het raam – hem met grote ogen van nieuwsgierigheid aan zaten te kijken. Hij stond op, schoof de deur open en ging op de gang staan, waarna hij de deur achter zich dichtschoof.

'Waar is hij nu?'

Opnieuw was er even een slechte verbinding. 'Sorry?' zei Griffoni.

'Waar is het slachtoffer nu?'

'In het mortuarium in het ziekenhuis.'

'En wat gebeurt er op de plek waar hij is vermoord?'

'De technische recherche is ernaartoe,' begon ze, waarna haar stem weer een paar seconden wegviel. Toen die terugkwam zei ze: '... situatie is ingewikkeld. Er wonen drie gezinnen in het gebouw, en er is maar één deur naar de *calle*. Scarpa heeft ze bij de binnenplaats vandaan kunnen houden tot de TR zijn werk had gedaan, maar om tien uur vanmorgen moest hij ze wel het gebouw uit laten gaan.'

Brunetti hield maar liever zijn mond over hoe dit de plaats delict zou verstoren of in ieder geval een eventuele toekomstige strafrechtadvocaat een juridisch excuus zou geven om het bewijsmateriaal in twijfel te trekken. Alleen in politieseries op tv werd forensisch bewijs zonder slag of stoot geaccepteerd.

'Scarpa is daar nog,' zei ze. 'Hij is er met een paar mensen naartoe gegaan. Hij heeft Alvise ook meegenomen.'

'We kunnen nu net zo goed een vaporettohalte aanleggen op de plaats waar het gebeurd is,' zei Brunetti vol weerzin. 'Wie doet de autopsie?'

De verbinding viel alweer weg. '... om Rizzardi gevraagd,' zei ze, en opnieuw werd duidelijk dat ze haar korte tijd op de Questura goed had besteed.

'Mag hij het doen?'

'Ik hoop het. Zijn naam stond niet op het dienstrooster, maar in ieder geval is die andere idioot al een week op vakantie en die heeft geen nummer achtergelaten.'

'Zo praat je toch niet over de adjunct *medico legale* van de stad, commissario,' zei Brunetti.

'Die arrogante idioot dan, commissario,' verbeterde ze zich.

Brunetti stemde hier stilzwijgend mee in en gaf verder geen commentaar. 'Ik kom terug.'

'Dat hoopte ik al,' zei ze hoorbaar opgelucht. 'Bijna iedereen is weg, en ik had niet zo veel zin om dit met Scarpa te moeten doen.' Vervolgens, praktisch: 'Hoe? Wil je dat ik Bolzano bel om te zorgen dat je met een politieauto teruggebracht wordt?'

Brunetti keek op zijn horloge en vroeg: 'Waar ben je nu?'

'Op mijn kamer. Hoezo?'

'Kijk eens wanneer de volgende trein naar het zuiden vertrekt vanuit Bolzano.'

'Wil je geen auto?' vroeg ze.

'Ik wil dolgraag een auto, geloof me. Maar af en toe kan ik de autostrada zien vanuit de trein, en op bepaalde stukken staat het dan in allebei de richtingen helemaal vast. De trein is waarschijnlijk sneller.'

Ze mompelde iets, en hij hoorde hoe de telefoon werd neergelegd. Hij luisterde naar de storingen in de verbinding, die verband leken te houden met hoe dicht de trein bij de hoogspanningskabels kwam. En toen hoorde hij Griffoni zeggen: 'De EuroCity van München naar Venetië vertrekt één minuut nadat jullie trein is gearriveerd.'

'Mooi,' zei Brunetti. 'Bel het station in Bolzano en zeg dat ze hem even vasthouden. We zouden er over twaalf minuten moeten zijn, dus ik stap gewoon van deze over op die, en dan ben ik over een uur of vier weer terug.'

'Goed,' zei ze. 'Ik bel je terug.'

Brunetti verbrak de verbinding, leunde tegen het raam van de coupé waarin zijn gezin zat en keek naar de bergen die zich boven de eindeloze reeks appelboomgaarden verhieven.

Nadat ze heel wat boomgaarden voorbij waren gereden, ging zijn telefoon en zei Griffoni: 'Die trein is tien minuten te laat, dus als die van jou op tijd is haal je het makkelijk. Je moet op perron vier zijn.'

'Ik moet ook mijn vrouw en kinderen naar hun eigen trein brengen, dus bel ze nog even en zeg dat ze hem moeten laten wachten tot ik er ben.'

'Oké,' zei ze. 'Ik zorg dat er hier iemand klaarstaat als je aankomt.'

Brunetti stopte de mobiel in zijn zak en schoof de deur naar de coupé open.

15

Later, toen hij in de trein terug naar Venetië zat, verwonderde Brunetti zich erover dat de menselijke natuur hem nog steeds kon verbazen: de jongelui hadden erop gestaan hen te helpen de bagage naar de andere trein te dragen, nadat een conducteur naar Brunetti toe was gekomen om hem te vertellen dat de trein naar Venetië nog eens tien minuten later zou vertrekken. Toen zijn gezin in de trein zat waren de twee jonge mensen vertrokken, zonder iets te vragen over de mysterieuze reden waarom hij zo plotseling terug moest naar Venetië. Brunetti gaf Paola en de kinderen een kus, beloofde dat hij zo gauw mogelijk weer naar het noorden zou komen, en deed een stap naar achteren toen de trein vertrok om hen mee te nemen naar Merano, naar de bergen en naar de verrukkingen van het slapen onder een donzen dekbed midden in augustus.

Zijn eigen trein terug naar Venetië riep een soortgelijk gevoel op, maar met tussenpozen, want de airconditioning deed het alleen wanneer hij er zin in had en wisselde vlagen tropische lucht af met geblaas dat meer aan een poolwind deed denken. De ramen in de nieuwe treinen konden niet open, met als gevolg dat hij en de drie andere mensen in de eersteklascoupé waar de conducteur hem naartoe gebracht had de gewaarwording hadden alsof ze in een of ander vervoermiddel zaten dat beurtelings Calcutta en Ulaanbaatar aandeed. Brunetti had zijn koffer, en dus ook zijn truien, aan zijn gezin meegegeven, dus wanneer de trein ook maar enigszins in de buurt kwam van Ulaanbaatar was hij gedwongen de gang op te vluchten, die in ieder geval een constante temperatuur had, hoe hoog die ook was.

Vooralsnog kon hij daardoor noch op zijn gemak lezen, noch rustig nadenken over de situatie in Venetië en wat er gedaan moest worden wanneer hij daar aankwam. Uiteindelijk vertrok hij naar de restauratiewagen, waar de airconditioning uitstekend werkte, en ging de krant zitten lezen terwijl hij ondertussen twee koffie en een flesje mineraalwater dronk.

Toen de trein in Mestre aankwam, belde hij het nummer van Griffoni en hoorde tot zijn genoegen dat ze hem zelf met een politieboot van het station zou ophalen.

'Vianello?' vroeg hij. Hij wist wel dat zijn vriend op vakantie was, maar hoopte toch dat Griffoni eraan gedacht had om hem te bellen.

'Ik heb hem gebeld nadat ik jou gesproken had. Hij kent iemand bij de Guardia Costiera, en die hebben toestemming gekregen om de Kroatische wateren binnen te varen om hem op te halen.'

'Wie kent hij dan?' vroeg Brunetti.

'Hij zei alleen dat het iemand was met wie hij op school heeft gezeten,' verduidelijkte ze.

'Mooi. Bedankt.'

De trein begon het station uit te rijden en Brunetti verbrak de verbinding. Toen ze de brug over reden, werd zijn aandacht getrokken door het enorme plakkaat van zeewier dat het wateroppervlak aan weerszijden bedekte. In de vroege ochtend had het hoogwater het aan het gezicht onttrokken, maar nu toonde het zich daar open en bloot. Minutenlang reden ze erlangs, en nog steeds kwam er geen einde aan. Er dreven een paar plastic flessen in de groene massa die zich naar beide kanten ononderbroken uitstrekte en die ook onder de brug leek door te lopen. Boten voeren eromheen. Zwemmende watervogels waagden zich er niet in de buurt. Als een verwaarloosde eczeemplek breidde hij zich alleen maar uit.

Hij zag dat de politieboot vlak voor het station lag en haastte zich de trap af ernaartoe. Hij had zich zo comfortabel gevoeld in de restauratiewagen dat het even duurde voor de intense hitte buiten tot hem doordrong, maar voordat hij bij de boot aankwam plakte zijn overhemd al aan zijn rug vast en bedacht hij enigszins geërgerd dat hij zijn nieuwe zonnebril in zijn koffer had laten zitten, die inmiddels op een hoogte van 1450 meter op de alp boven Glorenza was gearriveerd.

Hij groette de schipper, Foa, met een knikje en stapte aan boord, waarbij hij Griffoni's hand aannam. Ze was blond en bruinverbrand, en haar korte rok liet een groot stuk van haar gebronsde benen bloot. Ze oogde allesbehalve als een *commissario di polizia* in functie. Foa maakte de boot los en ging de kajuit in. Hij startte de motor.

'Vianello?' vroeg Brunetti.

'Die is al terug. Hij wacht op ons in het huis van het slachtoffer. Hij heeft er nog geen drie uur over gedaan.'

Brunetti glimlachte. Terugkeren naar Venetië gooide misschien Vianello's vakantieplannen in de war, maar vol gas de Adriatische Zee oversteken in een patrouilleboot van de kustwacht maakte veel goed. 'Ik durf te wedden dat hij het prachtig vond.'

'Wie niet?' zei ze, en hij hoorde de afgunst in haar stem.

De boot ging linksaf het Canale di Cannaregio in, voer met gematigde snelheid onder de twee bruggen door en kwam uit in de *laguna*. Griffoni vertelde dat ze dottor Rizzardi had gesproken, die zei dat hij zou proberen die avond terug te komen vanuit zijn huis in de Dolomieten. Als dat niet lukte, zou het de volgende ochtend worden.

Griffoni had het lijk nog niet gezien, want dat was al naar het mortuarium gebracht voordat Scarpa haar belde om over het misdrijf te vertellen. Brunetti informeerde voorzichtig naar Scarpa's reactie op het nieuws dat Vianello en hij allebei van vakantie terugkwamen om de zaak over te nemen.

'Ik heb het hem niet verteld,' zei Griffoni.

'Dus hij denkt dat de zaak onder hem valt?' vroeg Brunetti.

'Onder hem en mij, maar aangezien ik maar een vrouw ben tel ik natuurlijk niet mee.' Ze waren buiten op het dek blijven staan in de hoop dat ze door de vaart wat wind zouden vangen, dus hun woorden verwaaiden voor een deel. Brunetti keek nog eens naar haar. Hoewel ze ontegenzeglijk een vrouw was, zou Brunetti dat zelfstandig naamwoord nooit vooraf laten gaan door het bijwoord 'maar'.

'Dus hij zal verrast zijn om me te zien,' zei Brunetti, enigszins vergenoegd.

'Ik hoop dat het hem flink dwarszit ook,' zei ze met het soort venijn dat de omgang, hoe kortstondig ook, met hoofdinspecteur Scarpa zo vaak opriep.

De golfslag was verbazend sterk in dit deel van de *laguna*, en ze moesten allebei de reling vasthouden om niet heen en weer geslingerd te worden. Ondanks dat voer Foa vol gas het open water op, zodat alle andere geluiden werden overstemd en het niet langer mogelijk was een gesprek te voeren. Brunetti keek naar links, en zijn blik ging van Murano naar Burano en naar de klokkentoren van Torcello, die nauwelijks zichtbaar was in de heiige lucht.

Ze zwenkten naar rechts, passeerden een kanaal en gingen het volgende kanaal in. Brunetti zag de man met de kameel en vroeg: 'Wat doen we in de Misericordia?'

'Zijn huis is daar verderop, aan de linkerkant.'

‘*Oddio*,’ riep Brunetti uit. ‘Het is toch niet Fontana, hè?’

‘Ik heb je verteld hoe hij heette toen ik je belde,’ zei ze.

Brunetti herinnerde zich het gekraak en het geruis in de verbinding en zei: ‘Ja, natuurlijk.’

‘Ken je hem?’ vroeg ze geïnteresseerd.

‘Nee, maar ik weet wie het is.’

‘Hij werkte bij het Tribunale, hè?’

Omdat hij voelde dat de boot snelheid minderde zei Brunetti alleen maar ‘Ja’, waarna hij naar voren liep om het meertouw te pakken. Foa stopte aan de rechterkant van het kanaal, en Brunetti stapte de kade op en bond het touw aan een metalen ring. Hij stak zijn hand uit naar Griffoni en hielp haar de boot af. Foa zei dat hij een bar ging opzoeken om aan de zon te ontkomen en vroeg of ze hem wilden bellen wanneer ze klaar waren.

Griffoni kende de weg: de eerste brug over en dan de *calle* in naar het eerste zijstraatje rechts. Vervolgens was het het derde huis aan de rechterkant: een grote bruine *portone* met daarnaast een paneel met namen en bellen.

Griffoni had een sleutel en ging hem voor naar wat een grote binnenplaats vol potten met palmen en struiken bleek te zijn, waarvan de verste zijde al in de namiddagschaduw lag. Een beweging daar trok zijn aandacht. Een jonge agent, een van de nieuwe rekruten, sprong overeind en salueerde naar de twee commissari. Toen pas zag Brunetti het politielint dat de binnenplaats in tweeën verdeelde. De jongeman stond in het verste deel. Griffoni en hij glipten onder het lint door en liepen op hem toe. ‘Waar lag hij?’ vroeg Brunetti.

‘Daar, commissario,’ zei de jonge agent, en hij wees naar de trap die omhoogvoerde naar de toegangsdeur van het gebouw.

Brunetti en Griffoni liepen ernaartoe en zagen een bloedvlek op het plaveisel die eruitzag alsof hij zich rond drie zijden van een rechthoek had gevormd. Uit die vlek kwam de met krijt getekende omtrek van een mens tevoorschijn, die met de voeten hun kant op wees. Gezien van waar Brunetti stond, leek die omtrek verrassend klein.

'Waar is het beeld?' vroeg Brunetti.

'Dat heeft Bocchese naar het lab laten brengen,' zei Griffoni. 'Het was maar een negentiende-eeuwse marmeren kopie van een Byzantijnse leeuw.' Die opmerking begreep Brunetti niet zo goed, maar hij ging er niet op in.

Hij keek achterom naar de *portone* die toegang gaf tot de *calle* en zag dat de bloedvlek er ongeveer vijftien meter vandaan lag; iemand kon hem dus hebben opgewacht op de binnenplaats. Of Fontana was naar binnen geduwd. Of hij was naar binnen gegaan met iemand die hij kende.

'Hoe laat is het gebeurd?' vroeg Brunetti aan Griffoni.

'Dat weten we niet. We hebben de mensen in het gebouw nog niet ondervraagd, maar een man heeft Scarpa verteld dat hij samen met zijn vrouw kort na middernacht thuiskwam en dat ze toen niets hebben gezien.' Ze gebaarde met haar arm in de richting van de *portone*, trok een denkbeeldige lijn die eindigde bij de bloedvlek en zei: 'Het was onmogelijk geweest om hem niet te zien. Dus: ergens na middernacht.'

'Tot halfacht,' zei Brunetti. 'Dat is lang.'

Griffoni knikte beamend. 'Dat is een van de redenen dat ik Rizzardi de autopsie wilde laten doen.'

'Wat heeft Scarpa je verteld?' vroeg Brunetti.

'Hij zei dat de vrouw van dat echtpaar hem vertelde dat Fontana met zijn moeder samenleefde. Dat die heel godsdienstig is, dat ze elke dag naar de mis gaat en één keer per week naar de begraafplaats om het graf van haar man te verzorgen. Dat haar zoon haar heel erg toegewijd was en dat het zo jammer is dat hij in de bloei van zijn leven is weggerukt. Het gewone verhaal: zodra iemand dood is beginnen mensen meteen te roepen hoe geweldig die persoon was en wat een verlies voor de wereld, en hoe fantastisch de hele familie is.'

'En dat betekent volgens jou?'

Griffoni glimlachte en antwoordde: 'Wat het voor iedereen betekent die goed luistert naar wat mensen echt zeggen wanneer ze het hebben over hoe geweldig andere mensen zijn: dat zij een secreet is en het leven van haar zoon waarschijnlijk tot een hel gemaakt heeft.' Ze stonden een eindje bij de rekruut vandaan en spraken op gedempte toon. Brunetti betreurde dat, want het ontnam de jongeman de kans om nu al kennis te maken met een van de fundamentele waarheden die zijn beroep hem uiteindelijk zou bijbrengen: vertrouw nooit wat er gezegd wordt over een dode.

Brunetti keek nog een keer naar de plaats delict, het lint, de krijtomtrek. Hij riep naar de jonge agent: 'Ben je hier met hoofdinspecteur Scarpa gekomen?'

'Nee, meneer. Ik was aan het surveilleren bij San Leonardo en toen werd ik gebeld dat ik hier naartoe moest komen.'

'Wie was hier toen je hier aankwam?'

'De hoofdinspecteur was er, meneer. Scarpa. En agent Alvise en Portoghese. En drie mensen van de technische recherche. En de fotograaf.' Hij deed er verder het zwijgen toe, maar het was duidelijk dat hij nog niet klaar was.

'Wie nog meer?' zei Brunetti op bemoedigende toon.

'Er waren vier mensen die in het gebouw woonden, of die zich gedroegen alsof ze er woonden. Eentje had er een hond. En dan nog een paar mensen die bij de *portone* stonden.'

'Heb je hun namen opgenomen?'

'Daar heb ik wel aan gedacht, meneer. Maar het leek me, aangezien de hoofdinspecteur erbij was, en twee agenten die ook allebei hoger in rang zijn, nou ja, het leek me dat ze dat al gedaan hadden. En het leek me niet gepast om te vragen of ze het al gedaan hadden.'

Brunetti bekeek de jongeman eens wat beter. Hij wierp een blik op zijn naamplaatje. 'Zucchero,' las hij. 'Ben jij een zoon van Pierluigi?'

'Ja, meneer,' antwoordde hij.

'Ik heb je vader nooit ontmoet,' zei Brunetti, 'maar iedereen hier spreekt met veel respect over hem.'

'Dank u wel, meneer. Hij was een goed mens.'

'Ispettore Vianello?' vroeg Brunetti.

'Die is boven met de moeder aan het praten, commissario. Hij is hier ongeveer een halfuur geleden gearriveerd.'

Brunetti liep een paar passen bij de jongeman vandaan en draaide langzaam rond om de binnenplaats goed in zich op te nemen. Eén muur liep langs de straat; ertegenover, aan de andere kant van het politielint, bevonden zich drie deuren van metalen traliewerk, alle drie dicht.

'Wat zijn dat?' vroeg Brunetti, en hij wees naar de deuren.

'De bergingen van de appartementen, meneer.' Vervolgens wees Zucchero naar een vierde traliedeur in een van de zijmuren, ook dicht, en half verborgen achter een rij potpalmen. 'Daar is er nog een, meneer.'

'Laten we maar eens gaan kijken,' zei Brunetti.

Ze liepen met z'n drieën naar de enkele deur, die in de schaduw lag van twee van de potpalmen. Brunetti zag dat er een metalen ketting tussen de tralies van de deur door liep en door een metalen oog dat met spijkers in de houten deurpost was geslagen. 'Hoofdinspecteur Scarpa heeft alle hangsloten laten vervangen, meneer. Maar ik heb de sleutels.' Zucchero reikte voor Brunetti langs en stak zijn hand door de tralies om het licht aan te doen, zodat ze binnen wat konden zien.

De ruimte was leeg, de vloer schoongeveegd, maar niet onlangs, want sinds de laatste schoonmaakbeurt waren er kleine stukjes pleisterwerk op de grond gevallen die als stoffige eilandjes in een zee van beton lagen. De muren waren helemaal kaal, afgezien van een paar plekken waar de witkalk bladderde.

Brunetti deed het licht uit, en ze staken de binnenplaats over naar de eerste van de drie andere deuren. De zon bescheen de onderste helft van de muur en viel schuin door het traliewerk naar binnen, zodat de eerste meter van de vloer werd verlicht. Die was geplaveid met grote terracotta tegels en lag twee traptreden boven het niveau van de binnenplaats, om vocht tegen te gaan en misschien ook om te beschermen tegen het risico van *acqua alta*. Zucchero opende het slot en trok de deur open. Brunetti boog zijn hoofd en stapte naar binnen. Hij vond het lichtknopje en deed het licht aan.

In tegenstelling tot de andere berging stond deze propvol met spullen: dozen, koffers, rugzakken, oude verfblikken, plastic emmers waar lappen uit hingen, lege jampotjes en augurkenpotten. Achterin zag hij de geschiedenis van een kindertijd: een opklapbaar houten babybedje, waar het plastic bodemzeil overheen gehangen was, zodat alleen de onderkant van de poten met de metalen zwenkwieltjes zichtbaar was. Een mobile van beesten en belletjes lag in elkaar gezakt op een boekenkast. Twee kartonnen dozen bevatten een dierentuin aan gehavende pluchen beesten. Twee ongeopende pakken Pampers stonden naast de mobile, alsof ze de komst van een volgend kind afwachtten.

Brunetti stapte naar achteren en botste tegen Griffoni aan. Hij verontschuldigde zich en deed een stap opzij, zodat ze naar buiten kon gaan. Daarna deed hij het licht uit, waarop Zucchero de deur weer afsloot.

Griffoni ging niet mee naar binnen toen Zucchero de ketting van de derde berging losmaakte en de deur opendeed. De ruimte was even groot als de vorige, ongeveer drie meter breed en minstens vijf meter lang. Aan weerszijden liepen er van de vloer tot het plafond planken langs de muren waarop dozen stonden. De dozen waren bruin en allemaal even groot: het waren speciale opslagdozen, geen dozen die van de supermarkt kwamen en nu een ander doel dienden. Op de voorkant van elke doos zat een handgeschreven etiket. 'Theeservies van zia Maria', 'Zakdoeken', 'Winterschoenen', 'Wollen sjaals', 'Boeken van Araldo'. En zo ging het door, de resten van een leven netjes geordend en opgeborgen in dozen. Niets mocht er worden weggegooid, voor het geval het ooit nog eens kon worden gebruikt of nodig was.

Brunetti keerde het vertrek en het leven dat erin opgeslagen lag de rug toe, deed het licht uit en volgde Zucchero naar de vierde berging. Griffoni bleef opnieuw vlak achter hen, en ze zeiden alle drie geen woord.

Toen Zucchero hen in de vierde berging binnenliet en Brunetti het licht aandeed, zag hij dat deze ruimte ook weer net zo groot was als de vorige. Ook dit vertrek liet vele levens zien, of in ieder geval dat er vele levens door de handen van de eigenaars waren gegaan. Aan de linkerkant stonden lege vogelkooien opgestapeld, minstens twintig. Ze waren van hout en metaal, in allerlei formaten en allerlei kleuren. In sommige zat nog een waterbakje, droog inmiddels, met een donkere rand die aangaf tot waar het gevuld was op het moment dat de kooi in de berging werd neergezet. Alle deurtjes waren dicht, en geen van de houten schommeltjes bewoog. Ze waren schoongemaakt, maar evengoed was de ruimte vervuld van de stoffige, scherpe geur van vogels. Naast de kooien stonden dozen, ook weer dozen die speciaal voor opslag bestemd waren. Volgens de etiketten, die een ander handschrift droegen, bevatten ze 'Truien van Lucio', 'Laarzen van Lucio' en 'Truien van Eugenia'.

Aan de andere kant hingen wijnrekken, die ongeveer dertig centimeter boven de grond begonnen en bijna tot aan het plafond doorliepen. Brunetti liep erheen en las de etiketten. Sommige herkende hij en kon hij waarderen, en hij zag dat er ook waren die loslieten van de fles en er zo'n beetje bij hingen. Griffoni vroeg: 'In deze vochtigheid, en met die lucht hier?'

Brunetti wreef met zijn vinger over een van de kurken, waarvan de metalen verzegeling was opengebarsten. Een ruwe witte laag bedekte de bovenkant van de kurk. Hij trok de fles uit het rek. 'Negentientachtig,' zei hij, en hij schoof de fles terug. Ze vertrokken allebei hun gezicht bij het krassende geluid van glas op metaal.

Achter in de berging zagen ze een bank met aan de ene kant een staande lamp, hoogstwaarschijnlijk opgeofferd aan een nieuwe inrichting. Over de rugleuning van de bank hing een handgebreide sprei in felle rood- en groentinten, en aan de andere kant stond een vierkante tafel, met daarop in het midden een grauw geworden gehaakt kleedje.

Zonder verder nog commentaar te leveren op de spullen die ze zagen, zei Brunetti tegen Griffoni: 'Laten we maar eens naar boven gaan en kijken wat Vianello tot nu toe uit haar heeft gekregen.' Die woorden zouden iemand die niet bekend was met het griezelige vermogen van de ispettore om zelfs de meest weerbarstige getuige tot praten te verleiden enigszins onheilspellend in de oren kunnen klinken, maar voor iedereen die Vianello kende was het niet meer dan een onschuldige verwijzing naar wat hij gewoon was te doen.

Brunetti gaf een knikje naar Zucchero, die salueerde en weer in de schaduw ging staan.

‘Het is op de tweede verdieping,’ zei Griffoni, terwijl ze voor hem uit de trap op liep naar de hoofdingang, die open was. Binnen bleven ze even onder aan de ovale wenteltrap staan die naar de bovenverdiepingen leidde. De treden waren van marmer, breed en laag, en bovenin was een dakraam: een andere verklaring was er niet voor het licht dat naar beneden viel en de ruimte om hen heen verlichtte en verwarmde.

‘Ben je al een keer boven geweest?’ vroeg Brunetti, die naar het dakraam keek.

‘Nee, Scarpa is naar boven gegaan om met zijn moeder te praten toen hij erachter kwam dat Fontana met haar samenleefde. Hij heeft me pas gebeld nadat hij haar gesproken had.’

‘Waarom denk je dat hij zo lang gewacht heeft?’

‘Macht,’ antwoordde ze. Ze dacht even na en voegde eraan toe: ‘Zolang hij kan bepalen of beperken wat andere mensen weten, weet hij meer dan zij en heeft hij het gevoel dat hij macht over ze heeft, of over wat ze doen.’ Ze haalde haar schouders op. ‘Het is een techniek die vaak genoeg wordt gebruikt.’

‘Ik zou zeggen dat het op sommige plekken standaardprocedure is,’ zei Brunetti, en hij begon de trap op te lopen.

De overloop op de tweede verdieping had maar twee deuren; voor één ervan stond een politieagent. Hij salueerde toen hij Brunetti en Griffoni zag en zei: ‘Ispettore Vianello is nog binnen.’

Brunetti gebaarde naar de andere deur, maar de agent zei: ‘Die kant van het gebouw is niet gerestaureerd, meneer. Alle drie de appartementen staan leeg.’ En voor Brunetti ernaar kon vragen voegde hij eraan toe: ‘We hebben het gecontroleerd, meneer.’

Brunetti knikte bij wijze van dank en klopte twee keer op

de deur, maar toen hij zag dat die op een kier stond duwde hij hem open en ging de woning binnen. Het licht verdampte, en het enige wat hij zag was een flauwe gloed aan het eind van wat een lange gang moest zijn. Onwillekeurig deed Griffoni een stap dichter naar hem toe, tot haar arm de zijne raakte in het bijna-donker. Ze bleven staan tot hun ogen zich aan het duister hadden aangepast en ze de voorwerpen langs de wanden van de gang enigszins konden onderscheiden. Brunetti zag de omtrek van een deur aan de rechterkant en deed die open in de hoop dat er wat licht de gang in zou vallen, maar de kamer was donker, en het enige wat hij zag waren vier dunne verticale staven goud. Het duurde even voor hij besefte dat het strepen licht waren langs de randen van de luiken die voor de ramen zaten. Ook hier zag hij vage schimmen van voorwerpen die her en der in de kamer stonden, maar het was onmogelijk om te onderscheiden wat die voorwerpen waren.

Hij trok de deur dicht en begon de gangmuur te betasten op zoek naar een lichtknopje. Toen hij er een vond en het indrukte was het verschil minimaal, want er ging maar een enkel plafondlampje halverwege de gang aan. De voorwerpen werden iets duidelijker zichtbaar: smalle tafeltjes, lage kisten, een paar staande lampen, een koffer – allemaal opeengepakt tegen de muren.

Ze hoorden het geluid van een stem, misschien meer stemmen, aan het einde van de gang, en ze begonnen er tegelijkertijd naartoe te lopen. Ze passeerden nog een deur aan de rechterkant en nog een aan de linkerkant. Normaal gesproken zou het donker enig soelaas tegen de hitte hebben geboden, maar dat was hier niet het geval. Als lucht kon stollen, dan hing er in die gang gestolde lucht. Die duwde tegen hen aan terwijl ze zich voortbewogen, liet hen slechts met tegenzin door en was er alleen maar op uit het hen zo moeilijk mogelijk te maken. De vochtigheid wikkelde zich om hen heen en streek over hun onbedekte vlees.

Ze bleven staan voor een deur die op een kier stond, en Brunetti stond op het punt Vianello's naam te roepen, toen hem te binnen schoot dat de vrouw weduwe was en dat ze hier alleen met haar enige zoon had gewoond, die net vermoord was. 'Roep jij hem maar,' zei hij zachtjes tegen Griffoni.

'Ispettore Vianello?' zei Griffoni door de kier tussen de deur en de stijl.

Ze hoorden het geluid van stoelpoten die over de grond schraapten, waarna Vianello voor de deur verscheen en hem helemaal opentrok. Net als Brunetti was hij gekleed voor de vakantie, in een spijkerbroek en een overhemd met korte mouwen. Wat zijn kleren aan ernst misten, werd meer dan goedgemaakt door de uitdrukking op zijn gezicht en de stem waarmee hij zei: 'Commissario Griffoni. Commissario Brunetti. Ik wil u graag voorstellen aan signora Fontana, de moeder van het slachtoffer.' De stem van de inspecteur werd zachter bij dat laatste woord.

Hij stapte langzaam naar achteren en draaide zich om naar twee stoelen die midden in de kamer stonden, allebei met hun rug naar wat zo op het oog een rij ramen was die verduisterd waren door roodbruine fluwelen gordijnen.

Het appartement had Brunetti voorbereid op de aanblik van een vrouw van enige strengheid: hij had zich grijs haar voorgesteld, strak naar achteren gekamd en in een kleine knot op het achterhoofd samengebonden, staken van benen onder een lange donkere rok. Maar de vrouw die midden in de kamer zat was mollig en zo klein dat, ook al rustten haar voeten op een met fluweel bekleed knielkussen, haar hoofd niet tot de bovenkant van de rugleuning kwam. Ze had kort krullend haar, met de gebruikelijke donkerrode kleur waar vrouwen van haar leeftijd de voorkeur aan gaven. Ze had geen make-up nodig: haar wangen bloosden van gezondheid, de huid zo glad en zacht als die van een jonge vrouw. Haar ogen, zag Brunetti toen hij dichterbij kwam, waren de ogen van een heel andere persoon of leken in een ander gezicht thuis te horen. Geloken, diepliggend, de hoeken schuin omlaag wijzend. Ze keken naar de wereld, en naar Brunetti, met een scherpte die aan haar lichaam ten enenmale ontbrak.

Hij kwam dichter achter Griffoni staan, die zich over de vrouw heen boog en zei: 'Signora, ik wil u graag condoleren met dit verschrikkelijke verlies.' De vrouw stond toe dat Griffoni haar de hand drukte, maar ze zei niets.

Vervolgens boog Brunetti zich naar haar toe en zei: 'Ik sluit me bij mijn collega aan en betuig u ook mijn deelneming, signora.' De hand die ze hem gaf was zacht als die van een baby, de huid glad en niet ontsierd door ouderdomsvlekken. Ze oefende geen druk uit op zijn hand, stond slechts toe dat hij de hare een paar seconden vasthield en maakte die toen los uit zijn greep.

Ze keek naar Vianello en vroeg zachtjes: 'Zijn dit de collega's over wie u vertelde, ispettore?'

'Ja, signora. Commissario Brunetti en ik werken al jaren samen, en commissario Griffoni is vanwege haar voorbeeldige gedrag op een andere Questura nu bij ons aangesteld.' Dat was niet helemaal waar. Sterker nog, het was gelogen. Toen ze al bijna een jaar op de Questura zat kwam Brunetti er pas achter dat ze was overgeplaatst omdat ze te voortvarend was geweest bij haar onderzoek naar de zakelijke activiteiten van een van de politici van de partij die momenteel de meerderheid in het parlement had. Haar questore had haar gewaarschuwd, evenals twee magistraten die aan hetzelfde onderzoek werkten. Ze hadden haar allebei gezegd minder opvallend te werk te gaan en niet met de pers te spreken, maar de pers had geen weerstand kunnen bieden aan een verhaal waarin de hoofdrollen werden vervuld door een veroordeelde crimineel en een zeer aantrekkelijke vrouwelijke commissario van politie, die toevallig blond was, en wier vader twintig jaar eerder ernstig gewond was geraakt tijdens een aanslag op zijn leven door de maffia.

Een week na het verschijnen van een artikel waarin gemeld werd dat er een politieonderzoek liep tegen de politicus, werd Griffoni overgeplaatst naar Venetië, een stad die er niet om bekendstond zich actief bezig te houden met het doen en laten van leden van de politieke klasse of van de maffia.

Brunetti werd uit zijn overpeinzingen gehaald door de stem van signora Fontana, die tegen Vianello zei: 'Ispettore, misschien kunt u een paar stoelen halen voor uw collega's?'

Toen het viertal min of meer in een kring zat, zei Brunetti: 'Signora, ik besef dat dit een verschrikkelijk moeilijke tijd voor u gaat worden. U heeft niet alleen een ondraaglijk verlies geleden, maar er zal ook inbreuk op uw leven worden gemaakt door de pers en het publiek.'

'En de politie,' zei ze meteen.

Hij moest even glimlachen en knikte. 'En de politie, signora. Maar het verschil is dat wij degene willen vinden die dit gedaan heeft. De pers heeft andere bedoelingen.'

Vianello ging wat meer rechtop zitten en wendde zich tot Brunetti: 'Signora Fontana heeft al een aanbod van een tijdschrift gekregen. Om haar verhaal te vertellen. En dat van haar zoon.'

'Aha,' zei Brunetti, die zich tot de vrouw wendde. 'Wat heeft u tegen ze gezegd?'

'De ispettore heeft ze namens mij te woord gestaan,' zei ze. 'En hij heeft gezegd dat ik niet geïnteresseerd ben, wat ik ook niet ben.' Ze perste afkeurend haar lippen samen, maar haar ogen hielden goed in de gaten hoe Brunetti reageerde.

Hij knikte instemmend, en gaf haar daarmee wat hij dacht dat ze wilde.

'Het zal niets veranderen aan wat ze schrijven,' liet Vianello weten, 'maar ze zullen tenminste geen familiefoto's kunnen gebruiken.'

'In ieder geval niet van mijn kant van de familie,' zei signora Fontana met niet geringe grimmigheid.

Brunetti deed net alsof haar toon hem was ontgaan en vroeg: 'Heeft u enig idee wie uw zoon iets zou hebben willen aandoen, signora?'

Ze schudde verwoed haar hoofd, maar er raakte geen lok van haar permanent van zijn plaats. 'Niemand zou Araldo iets aan kunnen doen. Het was zo'n brave jongen. Hij is altijd een brave jongen geweest. Zijn vader heeft hem zo opgevoed, en toen zijn vader was overleden heb ik hetzelfde proberen te doen.'

Griffoni legde haar hand op signora Fontana's arm en zei iets dat Brunetti niet kon horen, maar het had geen enkel effect op de vrouw. Het leek haar eerder aan te sporen. 'Hij was een harde werker, en eerlijk, en hij had alles over voor zijn werk. En voor mij.' Ze hield haar handen voor haar gezicht en haar schouders schokten, maar om de een of andere reden was Brunetti niet overtuigd van de oprechtheid van haar verdriet, totdat ze haar handen voor haar gezicht weghaalde en hij de tranen zag. Net als de apostel Thomas geloofde hij toen pas dat ze daadwerkelijk om haar zoon treurde, maar de manier waarop ze haar verdriet toonde zat hem nog steeds niet helemaal lekker, alsof die behoedzame ogen het ronde en blozende deel van haar opdroegen zich zo te gedragen dat het zou overtuigen.

Toen ze was opgehouden met huilen en haar zakdoek

krampachtig vasthield met haar linkerhand, zei Brunetti: 'Signora, kwam het wel vaker voor dat uw zoon 's avonds niet thuiskwam?'

Ze keek hem verontwaardigd aan. Hadden haar tranen er dan niet voor gezorgd dat ze dergelijke vragen niet hoefde te beantwoorden? 'Ik wist nooit wanneer hij thuis zou komen, signore,' zei ze. Ze had kennelijk óf Brunetti's rang vergeten, óf verkoos die te negeren. 'Hij was tweeënvijftig jaar, vergeet u dat alstublieft niet. Hij had zijn eigen leven, zijn eigen vrienden, en ik probeerde me daar zo min mogelijk mee te bemoeien.'

Griffoni mompelde iets over de lasten van het moederschap en Vianello knikte vol waardering voor signora Fontana's zelfopoffering.

'Ik begrijp het,' zei Brunetti, en vervolgens vroeg hij: 'Zag u elkaar meestal 's ochtends, voor hij naar zijn werk ging?'

'Natuurlijk,' zei ze. 'Ik zou mijn jongen 's ochtends niet zomaar de deur uit laten gaan zonder *caffè latte* en wat brood en jam.'

'En deze ochtend, signora?' vroeg Vianello.

'Het eerste wat ik hoorde was signor Marsano die op de deur bonsde en vertelde dat er iets ergs gebeurd was. Ik was nog in mijn nachtpon, dus ik kon niet naar buiten, maar tegen de tijd dat ik aangekleed was was de politie hier, en die wilde me niet naar beneden laten gaan.' Ze keek naar de kring van meelevende gezichten om haar heen en zei: 'Ze wilden een moeder niet naar haar enige zoon toe laten gaan,' en opnieuw kreeg Brunetti het gevoel dat alles wat ze deed georkestreerd werd om een reden die hij niet begreep.

Toen signora Fontana wat gekalmeerd leek vroeg Griffoni: 'Heeft hij u verteld waar hij gisteravond naartoe ging, signora?'

De vrouw keek weg van de vraag en van degene die hem

gesteld had en wendde zich tot Brunetti. 'Ik ga vroeg slapen, signore. Araldo was nog hier toen ik gisteravond naar bed ging. We hadden samen gegeten.'

Geen van de politiemensen zei iets, dus opperde ze: 'Hij zal een wandelingetje zijn gaan maken. Misschien kon hij niet slapen vanwege de hitte.' Ze bekeek om beurten hun gezichten, alsof ze wilde zien wie van hen haar geloofde.

'Heeft u hem de deur uit horen gaan?' vroeg Griffoni.

Signora Fontana leek ten einde raad. 'Waarom vraagt u me al die dingen? Ik heb u al gezegd: Araldo had zijn eigen leven. Ik weet niet wat hij deed. Wat wilt u nog meer dat ik u vertel?' Haar stem had een punt bereikt dat Brunetti maar al te goed kende, misschien zij alle drie wel: het punt waarop degene die wordt ondervraagd zichzelf als slachtoffer van vervolging begint te zien. Het was maar een kleine stap van daar naar boosheid, en van boosheid naar hardnekkige weigering om nog meer vragen te beantwoorden.

Brunetti wendde zich tot Griffoni en zei op een toon waarin hij iets van een reprimande liet doorklinken: 'Ik denk dat de signora meer dan genoeg vragen heeft beantwoord, commissario. Dit is een moment van ondraaglijk verdriet, en ik denk dat u haar verder maar moet ontzien.'

Griffoni, ook niet gek, boog haar hoofd en zei iets berouwvols.

Meteen daarna, voordat signora Fontana kon reageren, wendde Brunetti zich tot haar en zei: 'Als er iemand in uw familie is die u hier graag bij u wilt hebben, signora, laat het ons dan alstublieft weten, dan zullen we doen wat we kunnen om contact met hen op te nemen.'

De oude vrouw schudde haar hoofd, en weer bewogen de krullen niet. Alsof ze nauwelijks de kracht had om de woorden te uiten, zei ze: 'Niemand. Nee. Ik denk dat ik maar beter alleen kan zijn.'

Brunetti stond gauw op, en Vianello en Griffoni volgden zijn voorbeeld. 'Als er nog iets is waarmee wij u kunnen helpen, signora, u hoeft maar naar de Questura te bellen. En, om voor mezelf te spreken, ik zal voor u bidden dat *Il Signore* u zal helpen uw weg te vinden door deze vreselijke tijd.'

Gevolgd door de andere twee – die zo verstandig waren niets te zeggen – liep hij daarna de kamer uit en de gang in.

16

'Dat scheelde niet veel,' zei Vianello toen ze de trap af liepen. Brunetti was blij dat de inspecteur het woord nam: had hij dat zelf gedaan, dan had het kunnen klinken alsof hij zijn verwijt aan Griffoni had gemeend.

'Slim van je om zo spijtig te kijken, Claudia,' voegde Vianello eraan toe.

'Dat is een overlevingstactiek die ik me waarschijnlijk tijdens mijn werk eigen heb gemaakt,' zei ze.

Toen ze op de binnenplaats kwamen was Brunetti blij weer in het zonlicht te staan, ongeacht de namiddaghitte. 'Wat vond jij van wat ze te zeggen had?' vroeg hij aan Griffoni.

Ze had een paar tellen nodig om haar antwoord te formuleren. 'Ik denk dat ze vreselijk veel verdriet heeft. Maar ik denk ook dat ze meer van zijn dood weet dan ze aan ons wil toegeven.'

'Of aan zichzelf wil toegeven,' vulde Vianello aan.

'Hoezo dat?' vroeg Brunetti, zich ervan bewust dat de inspecteur voorafgaand aan hun komst enige tijd met de vrouw alleen was geweest.

'Ik denk dat het geen twijfel lijdt dat ze van hem hield,' zei Vianello. 'Maar ik heb ook het idee dat ze iets weet dat ze ons niet vertelt en waar ze zich schuldig over voelt, wat het dan ook mag zijn.'

'Maar niet schuldig genoeg om het aan ons te vertellen?' vroeg Brunetti.

'Nee, zeker niet,' antwoordde Vianello meteen. 'Ik heb het

gevoel dat ze iets over hem weet dat ons op de een of andere manier zou interesseren.' Hij dacht hierover na en vervolgde: 'Ik heb haar laten praten, ik heb gevraagd wat voor soort kind hij was, hoe het op school ging, dat soort dingen. Dat zijn dingen die moeders altijd over hun kinderen willen vertellen.'

Brunetti, die er zelf ook niet vreemd aan was, geloofde dat dat voor alle ouders gold, niet alleen voor moeders, maar hij zei niets.

'Zodra ik daar van afweek of vroeg wat hij de laatste jaren had gedaan, of hij succesvol was in zijn werk, wist ze het gesprek steeds weer op het verleden te brengen en begon ze te vertellen over de tijd dat hij nog een kind was of dat hij studeerde.'

'Ze wilde in ieder geval zeker niet over gisteravond praten,' zei Griffoni.

Vianello haalde een witte envelop uit zijn borstzak en maakte hem open. Hij haalde er een kleine foto uit, en face genomen, het soort foto dat gebruikt wordt voor een paspoort of een *carta d'identità*, en liet die aan hen zien. Een ernstige man van gevorderde middelbare leeftijd keek hen aan. Zijn haar was dun, hij had een paar ouderdomsvlekken op zijn linkerwang, en hij had het soort onopvallende gezicht dat iemand die de foto zou zien onmiddellijk het idee zou geven dat deze man ambtenaar was en dat hij al heel lang hetzelfde werk deed. Zijn gezicht was uitdrukkingsloos, alsof hij er genoeg van had om te wachten tot de foto werd genomen en er al niet meer aan dacht om te glimlachen.

'Wat een trieste man,' zei Griffoni met oprecht mededogen. 'Zo triest zijn, en dan ook nog eens zo doodgaan. God, daar moet je toch niet aan denken.' Dat laatste kwam er heel gemeend uit.

'We weten niet of hij triest was,' zei Brunetti.

Ze legde een vingertop op Fontana's neus en zei: 'Moet je nou kijken. Moet je die ogen zien. En hij heeft tweeënvijftig jaar met die vrouw samengeleefd.' Ze maakte een beweging die het midden hield tussen schouders ophalen en huiveren. 'Arme man,' zei ze.

Brunetti moest denken aan wat signorina Elettra over hem had gezegd: 'Arm mannetje.' Had hij hier te maken, vroeg Brunetti zich af, met een voorbeeld van vrouwelijke intuïtie, en was hij te dom om het te begrijpen?

'Ze zei iets waar we even in moeten duiken,' zei Brunetti.

'Wat dan?' vroeg Griffoni.

'De familie. Ze zei toch dat ze zeker wist dat haar kant van de familie geen foto aan de pers zou geven?' Ze knikten allebei.

'Ik zou wel eens wat meer over de familie van haar man willen weten, wie dat zijn, en wat ze over Araldo en zijn moeder te zeggen hebben. Het zou niet zo moeilijk moeten zijn om ze te vinden,' besloot Brunetti.

'Ik zal kijken wat ik kan vinden,' zei Vianello.

'Zucchero,' riep Brunetti naar de jonge man.

'Ja, commissario,' zei hij, en hij liep hun kant op.

'Hoe lang ben je hier nog?'

'Tot mijn dienst erop zit, meneer, om acht uur.'

'Er is geen reden om hier te blijven,' zei Brunetti beslist. 'Ik heb liever dat je eens gaat kijken of mensen die hier in de buurt wonen iets gehoord hebben vannacht. Na twaalven. Als je daarna weer op de Questura komt, kijk dan of je Alvise kunt vinden. Zoek eens uit of ze de namen hebben genoteerd van de mensen die hier waren toen ze hier arriveerden.' De jonge man knikte. 'Maar laat hem niet weten dat je dat wilt weten. Begrijp je?'

Dit keer knikte en glimlachte Zucchero.

'Ken je Alvise dan?' vroeg Brunetti onwillekeurig.

'Ik zat bij hem in het oriëntatieteam, commissario,' antwoordde de jonge agent neutraal.

'Juist, ja,' reageerde Brunetti op dezelfde toon.

Hij draaide zich weer om naar Griffoni en Vianello en zei: 'Laten we maar wat gaan eten.'

Ze gingen de eerste bar binnen die ze tegenkwamen en vroegen om een bord met *tramezzini*. Toen Vianello zijn eerste hap nam, keek hij op zijn horloge en zei: 'Nadia is waarschijnlijk net begonnen met garnalen pellen.'

De andere twee waren druk bezig met eten, dus ging hij verder: 'We hebben ze vanmorgen op het strand gekocht, toen de vissersboten binnenkwamen. Twee kilo. Tien euro, en sommige leefden nog.'

'Net als in de toeristenfolders,' zei Griffoni, en ze nam een grote slok mineraalwater. 'Wordt er ook gevolksdanst in klederdracht?'

Vianello lachte en antwoordde: 'Nog net niet. Er is een toeristendorp ongeveer drie kilometer verderop waar ze dat allemaal hebben.'

'Maar niet waar jullie zitten?'

'Nee,' zei hij, verrassend kort van stof.

'Waar zitten jullie?' vroeg Griffoni oprecht nieuwsgierig.

'O, een klein dorpje ten noorden van Split.'

'Hoe zijn jullie eraan gekomen?'

'Via een vriend.' Vianello stond op en liep naar de bar om nog drie glazen water te halen.

Brunetti nam de gelegenheid te baat om op gedempte toon te zeggen: 'Uit wat hij me verteld heeft, begrijp ik dat ze het huren van een familielid van iemand die... hem informatie geeft. Die is getrouwd met een Kroatische vrouw, en ze verhuren dat vakantiehuis aan vrienden.'

Toen hij weer bij hen kwam zitten zei Vianello, opeens streng: 'Niemand denkt meer aan mijn tante.'

Brunetti had de neiging hiertegen in te brengen dat ze een moord op te lossen hadden, maar hij moest toegeven dat Vianello gelijk had: voordat ze op vakantie gingen hadden ze al niet meer aan zijn tante gedacht. Je kon het wijten aan gebrek aan mankracht of aan het feit dat Gorini's huis zo lastig in de gaten te houden was, of zelfs aan het naar het illegale neigende karakter van wat ze deden, maar dat waren alleen maar smoesjes, en dat wist Brunetti.

'Wat ging je neef doen terwijl jij op vakantie was?' vroeg hij aan Vianello.

'Hij neemt zijn moeder twee weken mee naar Lignano,' antwoordde Vianello.

'Oké. Dan hebben we dus twee weken om te kijken wat we te weten kunnen komen over de manier waarop die Stefano Gorini te werk gaat.'

'Ook nu we dit aan de hand hebben?' vroeg Vianello bijna schuldbewust, met een gebaar in de richting van het *palazzo* waar ze net vandaan kwamen.

'Ja. Maar we hebben een vrouw nodig.'

'Hoe bedoel je?' mengde Griffoni zich in het gesprek, en ze legde de resterende helft van haar sandwich neer.

'Om bij hem langs te gaan voor een consult,' vervolgde Brunetti, 'of hoe dat ook heet.'

'Omdat we goedgeloviger zijn?' vroeg ze neutraal.

Brunetti nam het risico om te zeggen: 'Toe nou, Claudia,' in de hoop dat ze er geen aanstoot aan zou nemen.

Dat deed ze niet, ze glimlachte. 'Sorry, ik vergeet soms met wie ik ben.'

'Een vrouw zal minder gauw zijn argwaan wekken.'

'Uitlokking?' bracht Vianello in het midden. Hij hoefde hun niet te vertellen wat voor effect een dergelijke beschuldiging zou kunnen hebben als ze er uiteindelijk in zouden slagen Gorini voor de rechter te brengen.

‘Dan hebben we dus een vrouw nodig die geen officiële banden met de politie heeft,’ zei Brunetti.

‘Een oudere vrouw,’ voegde Vianello eraan toe.

‘Absoluut,’ beaamde Griffoni.

‘Hebben jullie enig idee?’ vroeg Vianello.

Hoewel er geen wolken in de lucht waren, zouden die zeker vaneen geweken zijn om de stralen van goddelijk inzicht op Brunetti neer te laten dalen zodat zich een krans om zijn hoofd had kunnen vormen op het moment dat hij zei: ‘Mijn schoonmoeder.’

17

'Ach, Guido, wat ongelofelijk belachelijk. Volgens mij speelt de hitte je parten, dat denk ik heus.' Het leek erop dat zijn schoonmoeder er niet veel voor voelde om geronseld te worden. Ze zat tegenover hem, gekleed in een witte linnen blouse en een zwartzijden broek. Ze had haar haar onlangs jongensachtig kort laten knippen, en Brunetti kon de gedachte niet van zich afzetten dat ze van achteren op een witharige jonge vrouw moest lijken. Haar bewegingen waren nog steeds kwiek en gedecideerd, zonder meer de bewegingen van een jonger iemand. Het feit dat hij vaak moeite had haar bij te houden wanneer ze liepen, weet Brunetti aan haar kleine postuur: dat maakte het makkelijker voor haar om door drukke straten haar weg te vinden, en een ander soort straten bestond er niet meer in Venetië.

Het was laat diezelfde middag. Hij zat, met zijn tweede *spritz* op de salontafel voor zich, naar de weerspiegeling van de ondergaande zon in de ramen van het *palazzo* tegenover het Palazzo Falier te kijken. Het was voor het eerst dat hij zich kon ontspannen die dag, wat Brunetti toeschreef aan de drankjes en aan de hoge plafonds die de kamers koel hielden ongeacht de temperatuur buiten, en aan het briesje dat gedurig door de ramen naar binnen waaide. Hij keek naar de gordijnen die door de wind heen en weer bewogen, steeds maar heen en weer, en probeerde te bedenken hoe hij haar zover kon krijgen dat ze signor Gorini zou consulteren.

'Vianello zou ermee geholpen zijn,' zei hij, hoewel ze de ispettore maar één keer had ontmoet, en dan ook nog op straat en niet langer dan twee minuten.

Ze keek hem even aan, maar zei verder niets. Ze boog zich naar voren en nam een slokje van haar *spritz*, haar eerste, waarna ze het glas weer op tafel zette. Kleine rimpeltjes waaierden vanuit haar ooghoeken uit, maar bij haar jukbeenderen en onder haar kin was de huid strak. Van Paola wist Brunetti dat dit lag aan haar genen en niet het gevolg was van het chirurgenmes.

'En die oude vrouw is er misschien mee geholpen,' zei hij.

'De ene oude vrouw die de andere helpt?' informeerde ze luchtig.

Hij lachte, in de wetenschap dat haar leeftijd voor haar geen gevoelig onderwerp was. 'Nee, helemaal niet. Het is meer een kwestie van een vrouw uit de hogere stand die een deugdzame arme helpt.'

'En dat zonder lorgnet en tiara.'

'Nee, ik meen het, Donatella. Er is verder niemand die die vrouw zal helpen. Iemand manipuleert haar, maar ze weigert naar haar familie te luisteren, dus die kunnen haar niet helpen. Haar bankman kan haar blijkbaar ook niet tot rede brengen. En als ze zou weten dat wij bezig zijn met een onderzoek naar die Gorini – wat volkomen tegen de regels indruist en waarschijnlijk zelfs onrechtmatig is – weet ik zeker dat ze met Vianello zou breken. En dat zou hem vreselijk veel verdriet doen, dat weet ik.'

'En dus wordt het de verantwoordelijkheid van de aristocratie om een lid van de lagere volksklassen te redden?' vroeg ze, op een toon die haar woorden tussen ironische aanhalingstekens plaatste.

'Zoiets, denk ik, ja,' zei Brunetti, en hij nam nog een slok van zijn drankje.

'Kun je bewijzen dat die Gorini een charlatan is?'

‘Het is iemand met een lange geschiedenis van oneerlijkheid.’

‘Ah,’ fluisterde ze, ‘dat heeft hij dan gemeen met onze eigen dierbare leiders.’

Brunetti reageerde hier niet op.

‘Wil je nog wat drinken?’ vroeg ze, toen ze zag hoe weinig hij nog in zijn glas had.

‘Nee. Ik wil naar huis en iets eten, Paola bellen, en dan naar bed. Ik heb vandaag urenlang in de trein gezeten.’ Hij besloot haar niet te vertellen over het moordonderzoek dat zojuist een aanvang had genomen: daar kon ze morgen over lezen.

‘Denk je dat die signor Gorini een slecht mens is?’ vroeg ze.

Hij keek naar de ramen aan de overkant en zag tot zijn opluchting dat het licht nog meer begon te tanen. ‘Er zijn tot nog toe geen aanwijzingen dat hij gewelddadig is,’ zei hij ten slotte. ‘Daar is hij nooit van beschuldigd. Maar: ja, ik denk wel dat hij een slecht mens is. Hij ziet zwakheden, en daar gaat hij op af. In het verleden heeft hij de staat opgelicht, maar hij heeft kennelijk in de gaten gekregen dat het makkelijker is om mensen op te lichten. De staat zal zichzelf wel beschermen, maar heeft niet zo veel tijd om de burger te beschermen.’ Hij overwoog even het hierbij te laten, maar voegde er toch aan toe: ‘En nog minder belang.’

‘En dat komt van een werknemer van de staat,’ zei ze.

Als hij minder moe was geweest, zou Brunetti hier met alle plezier nog even gekscherend met haar op doorgegaan zijn, zoals ze in het verleden talloze malen hadden gedaan. Paola’s sardonische kijk op de wereld kwam van haar vader, daar was hij van overtuigd. Maar van haar moeder had ze haar gevoel voor ironie, waarmee ze temperde wat ze zag.

Brunetti legde zijn handen op de armleuningen van zijn

stoel en duwde zichzelf net omhoog toen ze hem verraste met de woorden: 'Goed dan.'

'Pardon?'

'Goed dan. Ik doe het. Ik ga wel met die man praten en kijken wat hij in zijn schild voert. Maar je moet wel een excuus voor me bedenken om mijn bezoek te rechtvaardigen: ik kan moeilijk zomaar bij hem naar binnen stappen en zeggen dat ik zijn naam op de deur zag staan en dacht dat hij misschien wel een astrologische oplossing voor al mijn problemen had. Of wel soms?'

'Nee,' beaamde Brunetti, die zich weer in zijn stoel liet zakken. 'Ik zal signorina Elettra laten nagaan of er een plek is waar hij adverteert of waar mensen die geïnteresseerd zijn meer over hem te weten kunnen komen.'

'In de computer?' vroeg ze, hogelijk verbaasd.

'Het zijn andere tijden, Donatella.'

Het eerste wat hij deed toen hij thuiskwam, was alle ramen opengooien en het terras op stappen in de hoop dat de hete lucht zijn voorbeeld zou volgen. Het gordijn streek langs zijn been toen het naar buiten golfde, achter de ontsnappende lucht aan, een teken dat zijn wens werd vervuld. Na een minuut of tien ging Brunetti weer naar binnen in een koelere woning.

In de veronderstelling dat ze twee weken weg zouden blijven had Paola de koelkast leeggehaald. Hij deed hem open en vond een paar uien in de onderste la. Twee bekers gewone yoghurt. Een stuk vacuüm verpakte *parmigiano*. Hij maakte een keukenkastje open en vond een klein potje pesto, een sixpack tomaten in blik en een pot zwarte olijven.

Hij belde Paola op haar *telefonino*. Ze nam op met: 'Eerst de uien bakken, dan de tomaten en olijven toevoegen. Er zitten geen pitten in. Zorg dat je de *parmigiano* in een nieuw plastic zakje doet, met zo'n sluiting.'

'Ik mis jou ook verschrikkelijk,' zei Brunetti.

'Niet zo bijdehand, Guido Brunetti, anders vertel ik je dat het 14 graden is en dat ik een trui aan heb in huis.' Hij begon zich te verdedigen, maar ze voegde eraan toe: 'En dat de kachel brandt.'

'Ik ken een heleboel advocaten die echtscheidingen doen, hoor.'

'En we zijn vanmiddag wezen wandelen, drie uur, in de zon, en op de Ortler ligt nog steeds sneeuw.'

'Oké, oké. Ik zal een bekentenis uit Patta slaan en dan kom ik morgen naar jullie toe.'

'Vertel eens over dat telefoontje. Wie is er vermoord?' vroeg ze, alle scherts uit haar stem verdwenen.

'Een man die bij het Tribunale werkt. Het kan een uit de hand gelopen beroving zijn geweest.'

Ze was al meer dan twintig jaar met hem getrouwd en vroeg dus: '"Kan het zijn geweest?" Wil je zeggen dat het waarschijnlijk een beroving is geweest of dat Patta het daarvoor door wil laten gaan?'

'Het kan een beroving zijn geweest. Hij is vermoord op de binnenplaats van zijn huis, en hij is vanmorgen pas gevonden. Ik weet nog niet wat Patta gaat doen.'

'Heb je al ideeën?'

'Alleen maar vage,' zei hij. Omdat Paola al naar de moordzaak had gevraagd, voelde Brunetti geen aandrang haar te vertellen dat hij haar moeder had ingeschakeld om de politie te helpen bij een onderzoek naar wat misschien een ander misdrijf zou kunnen zijn. Om bij dat onderwerp uit de buurt te blijven vroeg hij: 'Hoe is het met de kinderen?'

'Moe. Ik heb ze te eten gegeven en nu proberen ze tot tien uur wakker te blijven. Volgens mij denken ze nog steeds dat alleen kleine kinderen voor die tijd naar bed gaan.'

'Ach, een klein kind te zijn!' riep Brunetti uit.

'Oké. Maak die saus maar en ga eten. En ga daarna naar bed. Dan zal het ondertussen wel ruim na tienen zijn.'

'Bedankt,' zei hij. 'Ik hoop dat het zonnig blijft, en koel genoeg om de hele tijd een trui te dragen.'

'Hoe is het daar?'

'Heet.'

'Ga eten, Guido.'

'Dat ga ik doen,' antwoordde hij, en hij zei gedag en hing op.

18

De volgende dag was het zo mogelijk nog heter, en Brunetti ontwaakte kort na zessen tussen klamme lakens en met het verwarde gevoel dat hij die nacht vaak wakker was geweest. Bij afwezigheid van de vertegenwoordigers van de waterpolitie veroorloofde hij zich de luxe van een lange douche, eerst warm en toen koud en toen weer warm. Erger nog: hij mocht zich van zichzelf scheren onder de douche, een milieuonvriendelijke uitspatting die door allebei zijn kinderen luidkeels zou zijn veroordeeld.

Hij nam niet de moeite om thuis koffie te zetten, maar ging de eerste de beste bar binnen die hij tegenkwam, en daarna ging hij naar Ballarin voor een cappuccino en een zoet broodje. Hij had bij zijn *edicola* de kranten gehaald en legde het tweede katern van *Il Gazzettino* op het ronde tafeltje in de *pasticceria*. Hij nam een slokje en bekeek de kop: 'Medewerker rechtbank vermoord aangetroffen.' Nou ja, daar was niet zo veel mis mee. Het artikel was verbazend duidelijk: het noemde het tijdstip waarop het lichaam was ontdekt en de vermoedelijke doodsoorzaak.

Maar vervolgens ging het over op wat Brunetti beschouwde als de *Gazzettino*-modus. De collega's van het slachtoffer spraken over zijn vele deugden, zijn ernst, zijn toewijding aan het recht, zijn arme moeder, een weduwe die nu de dood van haar enige zoon moest dragen. En daarna kwamen als altijd de geniepige toespelingen – o zo zorgvuldig gehuld in het sobere gewaad van de onschuldige speculatie – over wat de oorzaak van deze vreselijke misdaad zou kunnen zijn. Kon het slachtoffer verwikkeld zijn geweest in praktijken die tot zijn dood hadden geleid? Had hij door zijn werk op het Tribunale toegang gehad tot informatie die gevaarlijk was gebleken? Er werd niets beweerd, maar van alles gesuggereerd.

Brunetti vouwde de krant weer dicht, betaalde en liep door de toenemende hitte naar zijn werk. Toen hij daar aankwam, ruim voor achten, maakte hij een lijstje van dingen die hij wilde weten. Het eerste was de autopsie, die hopelijk al was gedaan. Dan was er de kwestie van de familieleden van de kant van Fontana's vader: misschien was Vianello nu naar hen op zoek. Hij wilde ook de namen weten van de mensen die betrokken waren bij de verschillende zaken waarin rechter Coltellini haar beslissing zo lang had uitgesteld. En hoe kwam het dat Fontana en zijn moeder maar zo'n belachelijk lage huur aan signor Puntera hoefden te betalen?

Hij liep naar het open raam, waar het gordijn slap neerhing, zonder enige beweging, en overlegde met de gevel van de San Lorenzo-kerk over hoe hij het beste kon beginnen.

Opeens overvallen door ongeduld belde Brunetti het Ospedale Civile en kreeg te horen dat dottor Rizzardi er de hele ochtend zou zijn. Hij vroeg of men de dokter wilde laten weten dat hij onderweg was en verliet de Questura. Tegen de tijd dat hij het Campo SS. Giovanni e Paolo bereikte, zaten zijn jasje en overhemd aan zijn rug geplakt en schuurden de zijkanten van zijn voeten onaangenaam tegen de binnenkant van zijn schoenen. Terwijl hij het open *campo* overstak, vroeg hij zich af of hij wel goed bij zijn hoofd was geweest toen hij besloten had te gaan lopen.

Hij ging naar Rizzardi's kamer, maar kreeg te horen dat de dokter nog in het mortuarium was. Het woord alleen al verdreef iets van de hitte; de lucht die hem omstuwde zodra hij de deur ervan opendeed verjoeg de rest. Zijn overhemd en colbert plakten nog aan hem vast, maar het voelde nu koel en sinister in plaats van irritant.

Tot zijn opluchting zag hij dat Rizzardi al bij een gootsteen zijn handen stond te wassen. Het feit dat de gootstenen in deze ruimte zo diep waren en aan de voorkant zo laag had Brunetti altijd een enigszins onbehaaglijk gevoel gegeven, maar hij had er nooit naar willen vragen.

'Ik dacht: ik ga maar even langs,' zei Brunetti. Links van Rizzardi lagen drie afgedekte gestalten op een rijtje. 'Ik was benieuwd naar Fontana.'

'Ja,' zei Rizzardi, die zijn handen afdroogde met een dunne groene handdoek. Hij wreef zorgvuldig de vingers van de ene hand een voor een droog, bracht toen de handdoek over naar de andere hand en herhaalde het procedé. 'Hij is gedood door drie klappen op het hoofd, dus als iemand bij jullie misschien denkt dat hij door een val om het leven gekomen is, kunnen ze dat mooi vergeten: hij is niet drie keer gevallen.' De arts was klaar met handen afdrogen. 'Er zit een bloeduitstorting op zijn linkerslaap die aangeeft dat hij daar een klap heeft gekregen, misschien zelfs met een vuist.'

'Was het het beeld?' vroeg Brunetti.

'Dat de dood veroorzaakt heeft?' vroeg Rizzardi. Toen Brunetti knikte zei de arts: 'Zonder enige twijfel. Er zat bloed en hersenweefsel aan, en de vorm van de wond komt precies overeen met die van de kop van het beeld.' Brunetti durfde niet goed te vragen waar het beeld nu was. Rizzardi vouwde de handdoek één keer horizontaal dubbel en hing hem over de rand van de gootsteen. 'Eén mogelijkheid zou kunnen zijn dat iemand hem een klap gegeven heeft – dat verklaart dan de bloeduitstorting – en dat hij tegen het beeld aan gevallen is.' Rizzardi bukte en hield zijn hand ongeveer veertig centimeter boven de grond. 'De kop van de leeuw is maar ongeveer zo hoog, dus hij moet er met vrij veel kracht tegenaan gevallen zijn.'

Hij kwam weer overeind en voegde eraan toe: 'Het enige wat de dader dan nog had hoeven doen is het hoofd nog een keer optillen en ermee tegen het beeld slaan. Dat zou een koud kunstje zijn geweest.'

'Hoe lang zou het hebben geduurd voordat hij dood was?' vroeg Brunetti.

'Afgaande op wat ik gezien heb, zou ik zeggen dat elke klap dodelijk kan zijn geweest, maar het zal een tijdje geduurd hebben voordat de hersenen volliepen met bloed en de lichaamsfuncties geblokkeerd werden.'

'Geen schijn van kans?'

'Op wat?'

'Als hij eerder was gevonden?'

Rizzardi leunde tegen de gootsteen, kruiste zijn enkels en sloeg zijn armen over elkaar. Omdat de arts alleen maar een dunne katoenen broek en dito shirt droeg onder zijn katoenen doktersjas vroeg Brunetti zich af of hij zich warm probeerde te houden door zo te gaan staan. Zelf was hij zich bijna pijnlijk bewust van de kou. Hij zag Rizzardi over zijn vraag nadenken alsof hij de informatie die tot een antwoord zou leiden de revue liet passeren.

'Nee,' zei de arts. 'Waarschijnlijk niet. Niet na die tweede en derde klap. Er zijn plekken – een heel lichte verkleuring – aan weerszijden van de kin en nek waar hij is vastgehouden.' Ter illustratie hief Rizzardi zijn handen op en deed alsof hij er iets tussen samendrukte. 'Maar ik denk dat de moordenaar óf handschoenen aanhad, óf dat zijn handen met iets bedekt waren.'

'Waar maak je dat uit op?'

'Die verkleuringen. Als hij zijn blote handen had gebruikt, zouden die verkleuringen donkerder zijn geweest, met scherpere randen, maar er is een soort verzachtend effect geweest. Als hij blote handen had gehad, zouden de nagels de huid hebben beschadigd, hoe kort ze ook waren.' Hij deed zijn handen omhoog, alsof hij het gebaar wilde herhalen, maar liet ze langs zijn zij vallen.

Hij trok zijn doktersjas uit en drapeerde hem over de gootsteen, precies parallel aan de handdoek. 'Er is nog iets,' zei Rizzardi.

Zijn toon wekte Brunetti's nieuwsgierigheid.

'Sperma.' Terwijl hij dat zei keek Rizzardi in de richting van de drie afgedekte vormen, maar omdat het dezelfde richting was als die van de deur naar de koelruimte, waar de lichamen werden bewaard, schonk Brunetti er geen aandacht aan.

Hij had historische beschrijvingen gelezen van de spontane ejaculatie van mannen die werden opgehangen; misschien was dit iets soortgelijks. Of misschien was hij bij een vrouw geweest voordat hij naar huis ging. Gezien het karakter van zijn moeder zou het niet zo vreemd zijn als Fontana, arme kerel, dat soort dingen verre van haar had gehouden.

Toen Brunetti's zwijgen lang genoeg geduurd had, zei Rizzardi: 'Het zat in zijn anus.'

'*Oddio*,' riep Brunetti uit, terwijl de stukjes werkelijkheid in zijn hoofd door elkaar gehusseld werden en zich op een volstrekt andere manier herschikten.

'Genoeg om die man te kunnen identificeren?'

'Als je hem vindt,' antwoordde Rizzardi.

'Kan dat sperma ons iets over hem vertellen?' vroeg Brunetti.

Hoe klinkt het wanneer iemand zijn schouders ophaalt, en klinkt het hetzelfde wanneer je het boven het gezoem van een koelkast uit hoort? Hoe het ook klinkt, Brunetti meende het te horen toen Rizzardi zijn schouders op en neer bewoog. 'Bloedgroep, maar voor iets anders heb je monsters van die andere man nodig.'

'Hoe lang duurt het voordat we weten om welke bloedgroep het gaat?' vroeg Brunetti.

'Dat hoeft niet zo lang te duren,' begon Rizzardi, 'maar...'

'Maar het is augustus,' maakte Brunetti de zin voor hem af.

'Precies. Dus het kan wel een week duren.'

'Of langer?'

'Misschien.'

'Kun je ze tot spoed manen?'

'Ik weet zeker dat op dit moment iedere politieman aan iedere *medico legale* diezelfde vraag stelt, en die dokter vraagt het weer aan het laboratorium.'

'Dat betekent dus waarschijnlijk dat dat niet gaat?'

Rizzardi liep bij de gootsteen vandaan en bleef aan het hoofdeinde van een van de tafels met afgedekte figuren staan. Vanuit het midden van Brunetti's nog steeds vochtige rug verspreidde zich een plotselinge kilte. 'Ik heb eens een keer DNA-monsters naar het lab gestuurd,' zei de arts. 'Dat was voor een zaak in Mestre – en het duurde twee weken voor ik de resultaten kreeg.'

'Juist, ja,' zei Brunetti. Hij draaide zich een beetje om, ogenschijnlijk heel terloops, en deed een paar stappen in de richting van de deur naar de gang. Hij liet een kuchje horen, dat door de kou kon zijn opgeroepen, en zei: 'Ettore, ik wou je iets vragen, en ik wil graag dat je van me aanneemt dat ik een goede reden heb om ernaar te vragen.'

Rizzardi's blik was neutraal. 'Wat? Of wie?'

'Signorina Montini. Elvira.'

Brunetti wachtte. Rizzardi ging afwezig met zijn hand naar één kant van de afgedekte gestalte, en Brunetti voelde zijn borst verstrakken, maar de arts streek alleen maar een plooi uit het laken. Met zijn ogen op de afgedekte vorm zei Rizzardi: 'Ze is de beste medewerkster hier. Ze heeft me in de loop der jaren heel wat diensten bewezen. Al meer dan tien jaar.'

'Ik bewonder je loyaliteit, Ettore, maar het kan zijn dat ze te maken heeft met iemand met wie ze beter niet te maken kan hebben.'

'Wie?'

Brunetti schudde zijn hoofd. 'Dat weet ik nog niet zeker.'

'Maar dat komt nog wel?'

'Ik denk het wel, ja.'

'Wil je me iets beloven?' vroeg Rizzardi, die hem eindelijk aankeek. In al die jaren had Rizzardi hem nooit om een gunst gevraagd.

'Als ik dat kan.'

'Wil je haar waarschuwen als er tijd voor is?'

Brunetti had geen idee wat dat zou kunnen betekenen – wat voor oprekking van de wet, wat voor ombuiging van de regels. 'Als er tijd voor is. Ja.'

'Oké,' zei Rizzardi, en zijn gezicht ontspande, maar niet veel. 'Ik denk dat haar collega's ongeveer een jaar geleden begonnen te merken dat er iets aan de hand was, of in ieder geval heb ik er toen voor het eerst over gehoord. Ze is humeurig, ongelukkig, en soms overdreven gelukkig, maar zo'n bui duurt nooit langer dan een paar dagen. In het verleden was haar werk altijd perfect: zij was het voorbeeld dat de andere mensen op het lab probeerden te volgen.'

'En nu?'

Rizzardi keerde zich van de afgedekte vorm af, die tussen hem en Brunetti in lag, en begon naar de deur te lopen. Vlak voor de deur bleef hij staan, en hij draaide zich om naar Brunetti. 'Maar nu komt ze te laat, of ze komt helemaal niet. En ze maakt fouten, haalt monsters door elkaar, laat dingen vallen. Er is nooit iets gebeurd dat zo ernstig was dat patiënten er schade van hebben ondervonden, maar men begint te vrezen dat dat nog wel komt. Een van de mensen met wie ze werkt, zei tegen me dat het lijkt alsof ze niet de moed heeft om zelf op te stappen en erop aanstuurt om ontslagen te worden.' Rizzardi zweeg.

'Wat is het voor iemand?'

'Het is een goed mens. Introvert, altijd alleen, niet zo aantrekkelijk. Maar wel goed. Tenminste, dat zou ík zeggen. Maar ja, wat weet een mens?'

'Tja,' beaamde Brunetti. 'Bedankt dat je me dit verteld hebt.' Vervolgens, omdat hij zich verplicht voelde een belofte gestand te doen waarvan hij niet wist wat die inhield, voegde hij eraan toe: 'Ik zal doen wat ik kan.'

'Mooi,' zei Rizzardi, en hij deed de deur open. Toen hij het vertrek verliet en de deur achter zich open liet staan, volgde Brunetti hem gauw naar de warmte van de gang.

Brunetti liep langzaam naar de uitgang, langs de bar die vol zat met mensen in pyjama of gewone kleren. Toen hij op de met gras begroeide binnenplaats kwam die ooit de kloostergang van de monniken was geweest, ging hij op het lage muurtje aan de overzijde zitten. Als een duiker die naar de oppervlakte gaat, moest Brunetti zich eerst aan de hogere temperatuur aanpassen voor hij zich weer buiten in de zon durfde te wagen. Terwijl hij daar zat liet hij zijn gedachten over de dode Fontana gaan, die hij nu met andere ogen zag. Hij zou nooit weten wat voor gevoelens de man voor zijn moeder had gehad: die waren nooit eenvoudig, voor geen enkele man. Maar zijn attenties jegens rechter Coltellini moesten nu in een ander licht of vanuit een andere invalshoek worden gezien. Hier was geen sprake van ongelukkige liefde of versmade gevoelens. Wat had signorina Elettra ook alweer gezegd? Dat het leek alsof hij haar dankbaar was, zoals een smekeling de Madonna dankbaar was wanneer ze zijn gebed verhoorde? Maar als zijn verhoorde gebed niets te maken had met de magie van de liefde, waarmee had het dan wel te maken? Hij moest weer denken aan wat Brusca had gezegd: als je seks, seks, seks weghaalt, hou je geld, geld, geld over.

Er kwam een grijze kat aanlopen over het gras, die naast hem op het muurtje sprong. Hij stak een hand uit, en de kat duwde er met zijn kop tegenaan. Hij krauwde het dier achter de oren, en de kat ging tegen hem aan liggen. Hij aaide de kat een paar minuten over zijn oren, totdat hij tot zijn verrassing merkte dat het beest sliep. Brunetti schoof hem zachtjes opzij, mompelde: 'Je moet met dit weer ook geen bontjas dragen,' en ging op weg naar de Questura.

Signorina Elettra leek blij hem te zien, maar glimlachte niet. 'Ik vind het jammer dat u van vakantie moest terugkomen, commissario,' zei ze toen hij binnenkwam.

'Ik ook. Mijn gezin loopt nu in een trui rond en zit 's avonds voor de open haard.'

'U ging naar Alto Adige, hè?'

'Ja, maar ik ben niet verder gekomen dan Bolzano.'

Ze schudde spijtig haar hoofd en vroeg toen: 'Wat kan ik voor u doen?'

'Heeft u de namen gevonden van de mensen die bij die rechtszaken betrokken zijn?' vroeg hij.

'Vanmorgen pas,' zei ze, en ze wees naar wat papieren op haar bureau. Brunetti herkende de rechtbankdocumenten die hij had gekregen. 'Ik was van plan ze later op de dag naar boven te brengen.'

Brunetti keek op zijn horloge en zag dat het nog geen elf uur was. 'Maar goed dat ik langskwam, dan.'

Ze schoof de papieren naar hem toe. 'Twee zaken hebben

te maken met signor Puntera,' zei ze, en ze wees naar de zaken die hij met potlood en rode pen had omcirkeld.

'Signor Puntera,' zei Brunetti. 'Dat is interessant.' Hij knikte ten teken dat ze verder kon gaan.

'De eerste betreft een schadeclaim van de familie van een jongeman die gewond is geraakt bij een ongeluk in een van de magazijnen van signor Puntera.'

'Hier?'

'Ja. Hij heeft hier nog steeds twee magazijnen, in de buurt van het Ghetto. Die worden gebruikt als opslagruimte voor een van zijn bedrijven, een bouwbedrijf dat restauraties doet.'

'Wat was er gebeurd?'

'Die jongeman – het was pas de derde dag dat hij daar werkte, arme stakker – was bezig zakken cement naar een boot in het kanaal achter het magazijn te sjouwen. Een andere man stond op de boot, om ze op te stapelen. Toen die jongen op een gegeven moment niet meer terugkwam, is die man van de boot een kijkje gaan nemen, en die heeft hem toen gevonden, op de grond, nou ja, zijn voeten gevonden. Hij was bedolven door een aardverschuiving van zakken cement.'

'Wat was er gebeurd?'

'Wie zal het zeggen?' vroeg ze retorisch. 'Niemand heeft het gezien. De verdediging beweert dat hij er eentje onder uit de stapel moet hebben getrokken, of dat hij ze om te beginnen al niet goed had opgestapeld. Er reed zo'n heftruck rond in het magazijn, die bezig was pallets met zakken zand in te laden, en de advocaat van de eiser zegt dat de chauffeur van die heftruck aan de andere kant van de stapel iets van zijn plaats moet hebben gestoten. Die chauffeur ontkent dat en zegt dat hij de hele ochtend aan de andere kant van het magazijn bezig is geweest.'

'Wat is er precies met die jongen gebeurd?'

'Hij is voorover gevallen en bedolven onder de zakken. Sommige zakken zijn opengegaan en het cement is eruit gelopen, over hem heen. Hij heeft een been en een arm gebroken, maar het zuurstofgebrek was veel erger.'

'Hoe erg is hij eraan toe?'

'Volgens zijn advocaat is het net een kind.'

'*Maria Vergine*,' fluisterde Brunetti, die de verbijstering van de jongen kon voelen, en zijn angst, het afschuwelijke gevoel begraven te zijn.

'Zijn advocaat,' herhaalde Brunetti. 'Wie heeft die zaak aangespannen?'

'Zijn ouders. Hij zal de rest van zijn leven zorg nodig hebben, en ze willen hem niet naar een staatsinstelling brengen.' Brunetti knikte: geen enkele ouder zou dat willen voor zijn kind. Of voor zichzelf. Of voor wie dan ook.

'En verder?'

'Zijn advocaat vertelde me dat Puntera de familie in eerste instantie zelf een aanbod heeft gedaan, als ze de zaak zouden intrekken. Dat hebben ze geweigerd, en toen kwam de zaak dus voor de rechter, maar bij de rechtbank zijn er van het begin af aan dingen misgegaan. Vertragingen, opschortingen, dat soort dingen.'

'Juist, ja,' zei Brunetti. Hij keek naar het papier en zag dat het ongeluk al meer dan vier jaar geleden had plaatsgevonden. 'En waar is hij nu, zolang er nog geen uitspraak van de rechter is?'

'In het ziekenhuis in Mestre, maar zijn familie neemt hem in de weekenden mee naar huis.'

'Hoe gaat het aflopen?' vroeg Brunetti, hoewel er geen enkele reden was waarom zij dat zou weten.

Ze haalde haar schouders op. 'Vroeg of laat zullen ze zijn

aanbod accepteren. Je weet nooit hoe lang het allemaal gaat duren – in civiele zaken is er sowieso al een achterstand van acht jaar – dus uiteindelijk gaan ze wel door de knieën. Zulke mensen kunnen niet jarenlang advocaten blijven betalen.'

'En die jongen?'

'Die advocaat zegt dat het voor iedereen een zegen zal zijn als hij doodgaat, ook voor hemzelf.'

Brunetti liet wat tijd verstrijken en vroeg toen: 'En die andere zaak?'

'Betreft ook die magazijnen. Puntera is er niet de eigenaar van: hij huurt ze. En de eigenaar wil hem eruit hebben, zodat hij de boel kan laten verbouwen tot appartementen.'

'Alsjeblieft,' smeekte Brunetti de lucht om hem heen, 'kan iemand me eens een verhaal vertellen dat ik nog niet eerder heb gehoord in Venetië?'

Signorina Elettra negeerde hem en ging verder: 'Dus hoe langer die zaak sleept, hoe langer hij die magazijnen kan blijven gebruiken.'

'Hoe lang loopt déze zaak al?'

'Drie jaar. Op een gegeven moment heeft hij zijn werknemers naar Cà Farsetti gestuurd om tegen de uitzetting te demonstreren, vlak voor de ingang die de burgemeester meestal gebruikt.'

'En de edelachtbare? Wat voor tactiek heeft die toen op ze toegepast?'

'U bedoelt: hoe heeft hij die werknemers gekalmeerd en tegelijkertijd duidelijk gemaakt dat zijn sympathie geheel en al bij hun werkgever lag?'

Brunetti hief vol ontzag zijn handen op, alsof het de Sibille van Cumae zelf was die had gesproken. 'Nog nooit heb ik de politieke filosofie van die man zo precies onder woorden horen brengen.'

'Dit keer is onze geliefde burgemeester de situatie uit de weg gegaan,' legde signorina Elettra uit. 'Iemand moet hem hebben verteld dat er maar vijf arbeiders buiten stonden: niet echt de moeite waard.'

'Wat heeft hij dan gedaan?'

'Hij heeft de zij-ingang genomen.'

'Eens te meer een bewijs dat de man briljant is,' zei Brunetti. 'En die rechtszaak?'

'Het schijnt dat Puntera een grotere opslag in Marghera heeft gevonden, en daar verhuist hij volgend jaar alles naartoe.'

'En tot die tijd?'

'Tot die tijd sleept die zaak zich wel voort,' zei ze alsof het de normaalste zaak van de wereld was.

Uit nieuwsgierigheid zei hij: 'Er stonden op die papieren nog meer zaken vermeld. Bent u daarover nog iets te weten gekomen?'

'Nee, dottore. Daar heb ik geen tijd voor gehad.'

'Laat die voorlopig maar,' besloot Brunetti. 'Als u uw vriend bij het Tribunale weer eens spreekt, wilt u dan proberen uit te zoeken of hij iets over Fontana's privéleven weet?'

'Als ik zou moeten afgaan op het weinige dat ik laatst van Fontana heb gezien in het café,' zei ze op ernstige toon, 'vraag ik me af of hij wel een privéleven had.'

'Misschien moet ik zeggen "zijn geheime leven" in plaats van "zijn privéleven",' zei Brunetti. Signorina Elettra keek hem even aan, maar zei niets, dus ging hij verder: 'Rizzardi heeft aanwijzingen gevonden dat hij homoseksueel was.'

Ze was duidelijk verrast, en hij zag vervolgens hoe ook zij een proces van herevaluatie doorliep terwijl ze terugdacht aan haar korte ontmoeting met Fontana. '"O, gij die ogen hebt en niet ziet,"' zei ze, en ze liet haar gezicht in haar handen zakken en schudde haar hoofd. 'Natuurlijk, natuurlijk.'

Brunetti hield zijn mond om haar de gelegenheid te geven alle mogelijkheden na te gaan. Toen ze haar hoofd weer ophief, vroeg hij: 'Dit gezegd zijnde, wat vindt u nu van zijn adoratie voor rechter Coltellini?'

In plaats van antwoord te geven liet ze haar kin op haar hand rusten en drukte haar vingers tegen haar onderlip, iets wat ze gewoon was te doen wanneer ze haar gedachten de vrije loop liet. Hij liet haar rustig haar gang gaan en ging bij het raam staan, maar daar was ook geen zuchtje wind voelbaar.

'Of ze wist iets van hem en hield het voor zich, of ze heeft hem een dienst bewezen en hij wilde haar op een of andere manier terugbetalen,' hoorde hij haar achter zich zeggen. Hij zei niets, in de hoop dat ze zou doorgaan.

'Het leek wel op een soort overdreven vorm van dankbaarheid,' voegde ze eraan toe.

'Kan het te maken hebben gehad met het feit dat ze rechter was?' vroeg Brunetti.

'Misschien. Hij klonk als iemand van eenvoudige komaf. Dus het kan zijn dat vriendschap met een rechter – al weet ik niet zeker of "vriendschap" het juiste woord is – een soort sociale promotie of bevestiging van zijn status was.' Ze zweeg even en liet er toen op volgen: 'Iets wat zijn moeder een plezier zou doen.'

'Denken mensen nog steeds zo?' vroeg Brunetti, terwijl hij zich naar haar omdraaide.

'Volgens mij denken veel mensen aan weinig anders,' kwam haar snelle reactie.

Brunetti bedacht dat hij Vianello nog moest vragen of het hem gelukt was familieleden van de Fontana-kant van het slachtoffer op te sporen. Maar voor hij signorina Elettra's kamer verliet, zei hij: 'Zou u eens willen kijken of er een connectie bestaat tussen rechter Coltellini en Puntera?'

Ze keek hem aan met iets wat in de buurt kwam van bewondering. 'Ach, ja. Dat ik daar niet aan gedacht heb. De huur. Natuurlijk.'

Hij maakte aanstalten om te vertrekken, maar toen schoot hem te binnen dat hij nog een manier moest zien te vinden om zijn schoonmoeder in contact te laten komen met Gorini. 'En wilt u ook eens kijken hoe mensen erachter komen dat ze voor bepaalde diensten – welke dat ook mogen zijn – bij signor Gorini moeten zijn?'

Ze maakte een sierlijk wuivend gebaar dat eindigde met twee handen die naar haar computerscherm wezen, alsof dat alles duidelijk maakte.

Brunetti vroeg zich af hoeveel zijn schoonmoeder aan die suggestie zou hebben, maar hij bedankte haar niettemin en ging terug naar zijn kamer.

19

Dat computergedoe leek besmettelijk: Brunetti trof Vianello aan achter de computer in de agentenkamer, waar hij zat te kijken naar een man die kaarten voor zich op tafel legde. Vianello's stoel was naar achteren geschoven; hij had zijn armen over elkaar geslagen en zijn voeten lagen op een open la. Iets achter hem stond Zucchero, ook met zijn armen over elkaar, niet minder op het scherm gefixeerd. Brunetti kwam stilletjes binnen en ging naast Vianello staan.

De man op het scherm zat naar de kaarten voor zich op tafel te staren. Hij toonde alleen de bovenkant van zijn hoofd, een paar zware schouders en een ronde romp aan de camera. Hij wreef over zijn kin als een boer die de barometer bekeek zonder te weten wat hij ervan moest denken. 'U zegt dat deze man beloofd heeft om met u te trouwen?' vroeg hij opeens, zijn aandacht nog steeds op de kaarten gericht.

Een vrouwenstem zei van ergens achter of boven of onder hem: 'Ja. Heel vaak.'

'Maar hij heeft nooit een datum genoemd?' De stem van de man had niet neutraler kunnen klinken.

Na een lange aarzeling antwoordde de vrouw: 'Nee.'

De man bracht zijn linkerhand omhoog en schoof met een delicate beweging van een vinger een van de kaarten een beetje naar links. Hij hief zijn hoofd op, en voor het eerst zag Brunetti zijn gezicht. Het was rond, bijna volmaakt rond, alsof er ogen en een neus en een mond op een voetbal waren geschilderd en er vervolgens haar op was geplakt om hem er als een menselijk hoofd uit te laten zien. Niet alleen zijn hoofd, maar ook zijn ogen waren rond, en daarboven vormden de zware wenkbrauwen perfecte halve cirkels: het algehele effect was er een van pure onschuld, alsof deze man nog maar net geboren was, misschien wel in het gebouw van de televisiestudio, en het enige dat hij leek te kunnen in het leven was kaarten omdraaien en zijn kijkers aanstaren en proberen hen te helpen begrijpen wat hij daar las.

Hij richtte het woord nu rechtstreeks tot de vrouw, die ergens naar hem zat te kijken en te luisteren, en vroeg: 'Heeft hij ooit specifiek gezegd wanneer hij van plan is met u te trouwen?'

Dit keer duurde het nog langer voordat ze antwoord gaf, en toen ze dat ten slotte deed begon ze met een 'Ehhh' dat net zo lang aanhield als twee normale ademtochten. Vervolgens zei ze: 'Hij moet eerst nog een paar dingen regelen.' Brunetti had ontwijkende antwoorden gehoord van mensen die hij had gearresteerd, had geluisterd naar opzettelijke pogingen om bepaalde vragen te laten ontsporen, had dat soort dingen gehoord van meesters. De vrouw was een amateur, haar tactiek was zo overduidelijk dat het lachwekkend zou zijn geweest als ze niet zo doodongelukkig had geklonken, alsof ze wist dat niemand haar zou geloven, maar toch niet anders kon dan trachten te verbergen wat zonneklaar was.

'Wat voor dingen?' vroeg de man, die recht in de camera keek en, zo leek het, ook recht in de liegende mond van de vrouw en het liegende hart van de man.

'Zijn scheiding van tafel en bed,' zei ze, en haar stem klonk zachter en aarzelender met elke lettergreep die ze sprak.

'Zijn scheiding van tafel en bed,' herhaalde de man met het ronde gezicht, elke lettergreep een trage, zware stap naar de waarheid.

'Het is niet definitief,' zei ze. Ze probeerde stellig te klinken, maar kon slechts smeken.

De dialoog had zich in zo'n langzaam tempo ontvouwd dat de lichtsnelheid waarmee de man vroeg: 'Heeft hij ooit een scheiding van tafel en bed aangevraagd?' Brunetti versteld deed staan en de vrouw een hoorbare schrikreactie ontlokte.

Het geluid van haar ademhaling vulde de studio, vulde de oren van de man met het ronde gezicht, en vulde de ether. 'Wat zeggen de kaarten?' vroeg ze, bijna jammerend.

Tot nu toe had de man daar zo roerloos aan tafel gezeten dat Brunetti verrast werd door de beweging toen de man zijn hand ophief om de camera, en de vrouw, de kaarten te laten zien die hij nog vasthield. 'Wilt u echt weten wat de kaarten u te zeggen hebben, signora?' vroeg hij, zijn toon inmiddels veel minder meelevend.

Toen ze uiteindelijk antwoord gaf, zei ze: 'Ja. Ja. Ik moet het weten.' En daarna klonk weer het geluid van haar gekwelde ademhaling.

'Goed, signora, maar denk erom: ik heb gevraagd of u het wilde weten.' Hij klonk doodernstig, alsof hij een arts was die zijn patiënte vroeg of ze de uitslag van een laboratoriumonderzoek wilde weten.

'Ja, ja,' zei ze nogmaals, bijna smekend.

'*Va bene*,' zei hij, en hij bracht zijn handen bij elkaar. Langzaam nam hij met zijn rechterhand de bovenste kaart van de stapel. De camera zwenkte om hem heen, ging omhoog, en toonde nu niet zijn ronde gezicht, maar de bovenkant van de kaarten vanuit een punt boven en achter hem. Hij bewoog de kaart naar rechts, hield hem een paar seconden roerloos vast en draaide hem toen langzaam om: de nar.

'De Bedrieger, signora,' zei de man. Zijn stem viel op haar neer: volkomen neutraal, zonder emotie, zonder oordeel. Zonder genade.

Vianello's voeten ploften op de grond, waardoor Brunetti

schrok. 'God, het is wel een slimme rakker, hè?' zei de inspecteur, die zich vooroverboog om het scherm te weg te klikken.

Doordat Vianello er zo plotseling een einde aan maakte, realiseerde Brunetti zich hoezeer hij betoverd was geweest door de interactie tussen die twee mensen. Het zwakke, tot zelfmisleiding geneigde menselijk hart was met klinische afstandelijkheid blootgelegd door een man die zich al doende manifesteerde als een kenner van de geheimen ervan. Een onnadenkende kijker zou ongetwijfeld concluderen dat dit een man was in wiens handen de antwoorden lagen op de vragen die hij of zij zich nauwelijks durfde te stellen.

Maar wat had hij eigenlijk gedaan? Geluisterd naar de hoorbare aarzeling en onzekerheid in de stem van de vrouw, geluisterd naar de uitvluchten en de rechtvaardigingen: hij had net zo goed flessendoppen kunnen lezen in plaats van tarotkaarten om bij de Bedrieger uit te komen.

Brunetti zei het hardop: 'De Bedrieger.'

Vianello antwoordde met een luide lach. 'Mijn moeder had haar hetzelfde kunnen vertellen als ze achter haar in de rij had gestaan bij de supermarkt en haar het verhaal aan iemand anders had horen vertellen.'

Zucchero wilde iets zeggen, maar aarzelde. Brunetti maakte een aansporend gebaar, waarop de jongeman vervolgde: 'Maar die kaarten helpen wel, ispettore. Daardoor lijkt het net alsof het antwoord van een of andere mystieke plek komt, en niet van het gezonde verstand.'

Brunetti had even de tijd gehad om over parallellen na te denken, en hij liet nu de vergelijking met flessendoppen varen en zei: 'Het is hetzelfde als wat de auguren vroeger deden: die sneden een dier open en lazen de ingewanden, maar ze zorgden er altijd voor dat ze in vage bewoordingen spraken. En nadat datgene wat er zou gebeuren was gebeurd, konden ze een soort interpretatie achteraf geven waardoor het leek alsof ze gelijk hadden gehad.'

'"De Bedrieger,"' zei Vianello nog een keer, vol minachting. 'En die arme vrouw betaalt een euro per minuut om naar hem te luisteren.' Hij keek op zijn horloge en zei: 'We hebben er acht minuten naar gekeken, zo ongeveer.' Hij klikte met zijn muis, en het scherm kwam weer tot leven. 'Laten we eens kijken of hij haar nog steeds aan de haak heeft.'

Maar de man met het ronde gezicht had inmiddels een andere prooi aan de lijn, want dit keer hoorden ze een mannenstem toen hij weer in beeld verscheen. '... dat het verstandig is, maar hij is mijn zwager, en mijn vrouw wil dat ik het doe.'

'Kun je op een of andere manier het geluid uitzetten?' vroeg Brunetti.

Vianello draaide verbaasd zijn hoofd zijn kant op. 'Wat?'

'Zet het geluid eens uit,' zei Brunetti nog een keer.

Vianello boog naar voren en zette het geluid laag en vervolgens helemaal uit, zodat ze nu in stilte naar het ronde gezicht keken, dat zijn aandacht beurtelings op de camera en de kaarten richtte. Nadat er een paar minuten waren verstreken, zei Brunetti: 'Ik doe dit altijd in het vliegtuig, als er een film is. Dan zet ik geen koptelefoon op; als je dat niet doet, dan zie je hoe vooropgezet de gebaren en reacties zijn: acteurs in films gedragen zich nooit zoals mensen die in een restaurant aan het tafeltje naast je zitten. Of mensen die over straat lopen. Het is nooit natuurlijk.'

De drie mannen bleven naar het scherm kijken. Brunetti's opmerkingen hadden wel iets weg van een profetie, want de gebaren van de man leken nu inderdaad voorbereid en ingestudeerd. De aandacht die hij aan de kaarten schonk wanneer hij ze omdraaide verslapte geen moment;

de concentratie waarmee hij in de camera keek wanneer hij, vermoedelijk, naar de beller luisterde verslapte geen moment: zijn blik was zo intens dat het wel leek alsof hij naar een openbare terechtstelling zat te kijken.

Ze zagen hoe hij zijn handen bij elkaar bracht en een volgende kaart van de stapel nam, en de camera ging naar een punt boven en achter hem, net als de vorige keer. Met een traagheid die bedoeld was om de spanning op te voeren, draaide hij de kaart om en legde hem naast twee andere. De afbeelding zei de drie mannen niets, maar Brunetti had ondertussen genoeg gezien om te durven zeggen: 'Als straks zijn gezicht in beeld komt, ziet hij eruit als Oedipus die zijn moeder herkent.'

En dat was ook zo. Er verscheen een close-up van zijn gezicht, waarop verbijstering geschilderd was met het equivalent van acrylverf. Vianello's hand ging naar de muis, maar Brunetti legde een hand op zijn schouder en zei: 'Nee, wacht nog even.'

Dat deden ze, en ze zagen op het ronde gezicht geschoktheid plaatsmaken voor bezorgdheid. Hij zei een paar dingen, schudde nauwelijks merkbaar zijn hoofd, en deed toen lange tijd zijn ogen dicht. 'Hij neemt afstand van wat die man besluit te doen,' merkte Zucchero op.

Vianello kon de verleiding niet langer weerstaan en zette het geluid harder. '... niet mee helpen. Ik kan u alleen laten zien wat de kaarten zeggen. Wat u als gevolg daarvan besluit te doen is uw keuze, en ik kan u alleen maar aanraden er goed over na te denken.' Hij boog zijn hoofd als een priester die op het punt stond wijwater over een doodskist te sprenkelen. Stilte, en daarna het geluid van een hoorn die op de haak werd gelegd.

'Heel goed, dat laatste,' zei Vianello met onverholen bewondering. Op het scherm verscheen een lijst met telefoonnummers, terwijl een vrouwenstem vertelde dat professionele consulenten bereid waren u vierentwintig uur per dag te woord te staan. Er waren deskundigen met tientallen jaren ervaring in het lezen van kaarten, het trekken van horoscopen en het interpreteren van dromen. In een rood veld onder in het scherm waren de prijzen van de diverse gesprekken te zien.

'Is er geen manier om dit tegen te gaan?' vroeg Zucchero, en Brunetti putte moed uit de verontwaardiging van de jongeman.

'De Guardia di Finanza houdt ze in de gaten. Maar zolang ze geen wetten overtreden, kun je er niets tegen beginnen,' legde Brunetti uit.

'En Vanna Marchi dan?' vroeg de jonge agent, de naam noemend van een beroemde televisiepersoonlijkheid die onlangs was gearresteerd en veroordeeld.

'Die ging te ver,' zei Vianello. Hij maakte een gebaar naar het scherm en vervolgde: 'Ik heb de indruk dat deze vent wel verstandige dingen zegt.' Voor Brunetti kon protesteren verduidelijkte de inspecteur: 'Ik heb een paar keer naar hem gekeken, en het enige wat hij doet is dingen tegen mensen zeggen die ieder verstandig mens zou zeggen.'

'Voor één euro per minuut?' vroeg Brunetti.

'Het is nog steeds goedkoper dan een psychiater,' merkte Zucchero op.

'Ach, psychiaters,' zei Vianello, zoals je dat zou zeggen terwijl je een kaartenhuis in elkaar liet storten.

Het kwam in Brunetti op om tegen Vianello te zeggen dat wat hij zojuist zei misschien ook wel gezegd kon worden over de man met wie zijn tante te maken had, maar hij wist dat dit niet in goede aarde zou vallen. In plaats daarvan vroeg hij aan Zucchero: 'Heb je nog met mensen in de buurt gesproken?'

'Jawel, meneer.'

'En?'

'Eén man, die een paar huizen verderop woont, zei dat hij iets gehoord heeft. Hij denkt dat het misschien iets na elven is geweest, maar hij weet het niet zeker. Hij zat op zijn binnenplaats, waar het niet zo warm was als binnen, en toen hoorde hij geluiden – hij zei dat het boze stemmen zouden kunnen zijn geweest – maar hij heeft er verder geen aandacht aan geschonken.'

'Waar kwam het vandaan?'

'Dat wist hij niet, meneer. Hij zei dat er aan de overkant van het kanaal een paar bars zijn, en hij dacht dat het geluid daar misschien vandaan kwam. Of van de televisie van iemand.'

'Wist hij het zeker, van die tijd?'

'Hij dacht van wel. Hij zei dat hij de televisie uit had gezet en naar beneden naar de binnenplaats was gegaan.'

'En hoe zit het met Alvise? Heeft hij die lijst nog aan je gegeven?'

'Jawel, meneer,' zei de jonge agent, en hij draaide zich om en liep naar het bureau dat hij met een andere agent deelde. Hij kwam terug met een vel papier en overhandigde dat aan Brunetti. 'Dit is een lijst van de mensen die daar wonen, meneer. Alvise vertelde me dat hij dacht dat het beter was als de hoofdinspecteur met die mensen sprak. De mensen op de binnenplaats die zeiden dat ze daar niet woonden, heeft hij verder niet naar hun naam gevraagd.'

Als reactie op Brunetti's blik zei Zucchero: 'Het lijkt erop dat Alvise de deur van de binnenplaats niet heeft afgesloten toen hij naar binnen ging.' Zijn stem verried geen enkele emotie.

Brunetti liet een zacht 'Ah' aan zijn lippen ontsnappen.

'Dan denk ik dat jij en ik maar eens moeten gaan praten

met de mensen die daar wonen,' zei hij tegen Vianello. Toen de inspecteur niet meteen reageerde, voegde Brunetti eraan toe: 'Tenzij je van plan was om te bellen en je horoscoop te laten trekken,' maar hij zei het met een lach. Vianello zette het scherm uit en kwam overeind.

20

Brunetti had de andere huurders in het *palazzo* waar Fontana had gewoond natuurlijk kunnen bellen om te zeggen dat de politie hen wilde spreken, maar hij wist dat hij als vragensteller in het voordeel was wanneer hij hen verraste. Hij had geen idee wat deze mensen de politie zouden willen vertellen – of wat ze voor haar verborgen zouden willen houden – maar hij wilde liever onaangekondigd verschijnen.

De hitte maakte het onmogelijk om naar de Misericordia te lopen, en er was geen handige manier om er met de vaporetto te komen, dus vroeg Brunetti of Foa hen met de politieboot wilde brengen. Vianello en hij bleven aan dek: zelfs met de ramen open was het niet te harden in de kajuit van de langzaam varende boot. Foa had het scherm boven het roer uitgeklapt, maar dat bood niet veel bescherming tegen de zon. Met het briesje was het een fractie koeler in de open lucht, en misschien hielp het dat ze op het water zaten, maar het was nog steeds zo heet dat ze het geen van allen konden opbrengen er iets van te zeggen. Er werd alleen wat verlichting geboden door de sporadische stukken met koele lucht waar ze doorheen voeren, een fenomeen dat Brunetti nooit had begrepen: misschien kwam het uit de *porte d'acque* van de *palazzi* waar ze langs voeren, of misschien zorgde een of ander samenspel van wind en luchtstromen ervoor dat er op willekeurige plaatsen boven de kanalen koele lucht werd vastgehouden.

Het schoot Brunetti te binnen dat Patta aan het eind van de ochtend zijn dagelijkse zwemuitje had, dus toen ze in de buurt van het *palazzo* aanlegden, gaf hij Foa opdracht terug te keren naar de Questura. Hij zei dat hij hem zou bellen wanneer ze klaar waren, of, als het te lang duurde, dat Vianello en hij ergens zouden gaan lunchen en dan op eigen gelegenheid terug zouden gaan.

Bij de bovenste bel op het paneel naast de *portone* stond 'Fulgoni'. Brunetti belde aan.

'*Chi è?*' informeerde een vrouwenstem.

'*Polizia*, signora,' antwoordde Brunetti. 'We willen u graag even spreken.'

'Oké,' zei ze na een korte aarzeling, waarna ze op de deuropener drukte.

De koelere lucht op de binnenplaats hadden ze verwacht, en ze werden er dus niet blij door verrast zoals door de stukjes met koele lucht op de kanalen. Toen ze langs de plek kwamen waar Fontana was vermoord, zag Brunetti dat het rood-witte lint er weliswaar nog was, maar dat het plaveisel was schoongeboend. Het beeld was nog steeds nergens te bekennen.

Ze liepen de trap op naar de bovenste verdieping. De deur was open en in de deuropening stond een lange, breedgeschouderde vrouw van in de vijftig. Toen hij haar haar zag, herinnerde Brunetti zich dat hij haar wel eens op straat had gezien: het was ravenzwart en naar achteren geborsteld in twee aerodynamische golven die het effect van een helm creëerden, ongetwijfeld op zijn plaats gehouden door een of andere substantie die bekend was bij vrouwen en kappers. In contrast hiermee was haar gezicht zo bleek dat het leek alsof het met rijstpoeder was bestreken, en ze had geen make-up op, behalve een lichtroze lippenstift. Ze droeg een donkergroene blouse met ruches die niet echt paste bij een vrouw van haar lengte. Ook de kleur misstond, en vloekte bij haar blauwe rok. Brunetti kon zien dat het dure kleren waren, die een persoon met de juiste teint zelfs goed zouden staan, maar bij signora Fulgoni was zowel de blouse als de rok geen gezicht.

'Signora Fulgoni?' vroeg Brunetti, en hij stak haar zijn hand toe.

Ze negeerde die, stapte naar achteren en wuifde hen naar binnen. Zonder een woord te zeggen ging ze hen voor door een gang naar een kleine zitkamer met een parketvloer, een kleine bank en één makkelijke stoel. Vanaf een salontafel keken de felgekleurde omslagen van tijdschriften vrolijk omhoog, en één wand was bedekt met boekenkasten waarin boeken stonden die eruitzagen alsof ze waren gelezen. Door drie grote ramen geflankeerd door gestreepte linnen gordijnen stroomde het licht de kamer binnen – een groot contrast met de duisternis van het appartement van de Fontana's, één verdieping lager. De muren waren heel licht ivoorwit, en aan één ervan hing zo te zien een reeks reproducties van Otto Dix; aan een andere hingen meer dan tien schilderijen die allemaal van dezelfde schilder leken te zijn: kleine abstracte werkjes waarin maar drie kleuren werden gebruikt – rood, geel en wit – en die met een paletmes geschilderd leken te zijn. Brunetti vond ze tegelijkertijd opwindend en rustgevend, maar had geen idee hoe de kunstenaar dat had weten te bereiken.

'Mijn man schildert,' zei de vrouw op voorzichtig neutrale toon met een gebaar naar de schilderijen, waarna ze dat gebaar voortzette om hun de bank te wijzen. De manier waarop ze dat formuleerde – niet dat haar man schilder was – wekte Brunetti's nieuwsgierigheid, en hij wachtte op een verduidelijking. Die kwam. 'Hij is bankier, en hij schildert wanneer hij kan.' Ze sprak met hoorbare trots op een toon die kalm en precies was, en haar stem had een zeer aangenaam, laag timbre.

'Aha,' zei Brunetti, en hij ging naast Vianello zitten, die een opschrijfboekje uit de binnenzak van zijn colbert had gehaald en klaarzat om aantekeningen te maken. Nadat hij haar had bedankt dat ze hen te woord wilde staan, zei hij: 'We willen graag nog een keer horen wat het precieze tijdstip was waarop u en uw man laatst zijn thuisgekomen.'

'Waarom moet u dat nog een keer vragen?' Ze klonk eerder oprecht verbaasd dan geïrriteerd. 'Dat hebben we al aan die andere agenten verteld.'

Brunetti loog ontspannen en soepel, en glimlachte terwijl hij dat deed. 'Er zat een halfuur verschil tussen wat de hoofdinspecteur en een van de agenten zich van uw verklaring herinnerde, signora. Alleen maar daarom.'

Ze dacht even na voordat ze antwoord gaf. 'Het moet vijf of tien over twaalf zijn geweest,' zei ze. 'We hoorden de klokken van La Madonna dell'Orto toen we afsloegen vanaf de Strada Nuova, en toen was het dus twaalf uur. Dus zo lang als het heeft geduurd om daarvandaan hiernaartoe te lopen.'

'En u heeft niets ongewoons gezien toen u hier aankwam?'

'Nee.'

Op vriendelijke toon vroeg hij: 'Kunt u me vertellen waar u geweest was, signora?'

Ze was verrast door die vraag, waaruit Brunetti kon afleiden dat Alvise die niet had gesteld. Ze schonk hem een klein glimlachje en zei: 'Na het eten hebben we geprobeerd televisie te kijken, maar het was te heet, en het was allemaal zo stom wat er op tv was, dus toen besloten we een eindje te gaan lopen. Trouwens,' zei ze op zachtere toon, 'het is eigenlijk het enige tijdstip dat een mens door de stad kan lopen zonder tegen de toeristen op te botsen.'

Vanuit zijn ooghoek zag Brunetti Vianello instemmend knikken.

'Zeg dat wel,' zei Brunetti met een solidair glimlachje. Hij keek om zich heen naar de hoge plafonds en de linnen gordijnen, en het viel hem opeens op hoe buitengewoon aantrekkelijk de kamer eruitzag. 'Kunt u me vertellen hoe lang u hier al woont, signora?'

'Vijf jaar,' antwoordde ze met een glimlach, niet ongevoelig voor het compliment dat in zijn blik besloten lag.

'Hoe bent u aan zo'n prachtige woning gekomen?'

De temperatuur van haar stem daalde en ze zei: 'Mijn man kende iemand die hem erop gewezen heeft.'

'Aha. Dank u wel,' zei Brunetti, en toen vroeg hij: 'Hoe lang wonen signora Fontana en haar zoon hier al?'

Ze keek naar een van de schilderijen, een dat zich onderscheidde door de dikte van de baan geel in het midden, richtte haar blik toen weer op Brunetti en zei: 'Ik denk drie of vier jaar.' Ze glimlachte niet, maar haar trekken werden zachter, ofwel omdat ze had besloten dat ze Brunetti wel mocht, ofwel, en dat kon net zo makkelijk het geval zijn, omdat hij niet doorging op de vraag hoe ze aan hun woning waren gekomen.

'Kende u hen goed?'

'O nee, niet beter dan een mens normaal gesproken zijn buren kent,' zei ze. 'We kwamen elkaar wel eens tegen op de trap of op de binnenplaats.'

'Bent u ooit bij hen op bezoek geweest?'

'Lieve hemel, nee,' zei ze, duidelijk geschokt bij de gedachte alleen al. 'Mijn man is bankdirecteur.'

Brunetti knikte op een manier alsof het de normaalste zaak van de wereld was dat ze zo zou reageren.

'Heeft iemand anders in het gebouw, of misschien iemand uit de buurt, ooit met u over hen gesproken?'

'Over signora Fontana en haar zoon?' vroeg ze, alsof ze het ook nog over andere mensen hadden gehad.

'Ja.'

Ze keek opzij naar een ander schilderij, ditmaal een met twee verticale strepen rood die door een wit veld liepen, en zei: 'Nee, niet dat ik me kan herinneren.' Ze bewoog een klein beetje met haar lippen, iets wat misschien als glimlach bedoeld was, of ook het gevolg kon zijn van het kijken naar het schilderij.

'Juist, ja,' zei Brunetti, die tot de conclusie kwam dat dit gesprek hoe dan ook nergens toe zou leiden. 'Dank u voor uw tijd,' zei hij op besliste toon.

Ze stond in één enkele sierlijke beweging op, terwijl zowel hijzelf als een zichtbaar verraste Vianello zich met behulp van de armleuning uit de bank omhoog moesten duwen.

Bij de deur bleven de beleefdheden tot een minimum beperkt; toen ze de eerste treden van de trap af liepen, hoorden ze de deur al achter zich dichtgaan. Zodra die in het slot was gevallen zei Vianello, op een toon waarin geschoktheid en afkeuring doorklonk: '"Lieve hemel, nee. Mijn man is bankdirecteur."'

'Een bankdirecteur met een uitstekende smaak op het gebied van woninginrichting,' voegde Brunetti eraan toe.

'Pardon?' was Vianello's verblufte reactie.

'Iemand die zo'n blouse draagt had nooit die gordijnen uit kunnen kiezen,' zei Brunetti, waardoor de verwarring bij Vianello alleen maar groter werd.

Op de eerste verdieping bleef hij voor de deur staan en belde aan bij de naam 'Marsano'. Na een hele tijd vroeg een vrouwenstem binnen wie daar was.

'*Polizia*,' antwoordde Brunetti. Hij meende voetstappen te horen die zich van de deur verwijderden en even later hoorde hij een stem die klonk als een kinderstem vragen: 'Wie is daar?' Er begon een hond achter de deur te blaffen.

'Dit is de politie,' zei Brunetti zo vriendelijk als hij maar kon. 'Dat heb ik ook al tegen je moeder gezegd.'

‘Dat was mijn moeder niet: dat is Zinka.’

‘En hoe heet jij?’

‘Lucia,’ zei ze.

‘Lucia, denk je dat je de deur open kunt doen en ons binnen kunt laten?’

‘Mijn moeder zegt dat ik nooit iemand in huis mag laten,’ zei het meisje.

‘Nou, dat is heel goed dat ze dat tegen je zegt,’ gaf Brunetti toe, ‘maar voor de politie is het anders. Heeft je moeder dat niet tegen je gezegd?’

Het duurde een hele tijd voor het meisje antwoord gaf. Toen ze weer sprak verraste ze hem door te vragen: ‘Gaat dit over wat er met signor Araldo is gebeurd?’

‘Ja.’

‘Het gaat niet over Zinka?’ Er klonk bijna iets van volwassen bezorgdheid door in haar stem.

‘Nee, ik weet niet eens wie Zinka is,’ zei Brunetti naar waarheid.

Uiteindelijk hoorden ze een sleutel in het slot omdraaien en ging de deur open. Voor hen stond een meisje dat misschien acht of negen was. Ze droeg een spijkerbroek en een witkatoenen truitje; ze was blootsvoets. Ze stond een eindje bij de deuropening vandaan en keek hen nieuwsgierig aan. Ze was mooi zoals kleine meisjes dat kunnen zijn.

‘Hebben jullie geen uniform?’ was het eerste wat ze zei.

De twee mannen lachten, wat het meisje van hun goede wil overtuigde, zij het niet van hun beroep.

Brunetti zag achter in de gang iets bewegen, en er kwam een vrouw met een blauw schort uit een van de kamers tevoorschijn. Ze had het aardappellichaam van een Oost-Europese, en het ronde gezicht en piekerige blonde haar dat daar vaak bij hoorde. Hij zag het meteen: ze was illegaal en werkte daar als hulp in de huishouding of als oppas, maar zelfs angst voor de politie kon haar er niet van weerhouden om te kijken of het kind wel veilig was.

Brunetti haalde zijn portefeuille uit zijn zak en nam zijn politiepasje eruit. Hij liet het aan de vrouw zien en zei: 'Signora Zinka, ik ben commissario Brunetti en ik ben hier om wat vragen te stellen over signor Fontana en zijn moeder.' Hij probeerde te zien hoeveel ze begreep. Ze knikte, maar bleef staan waar ze stond. 'Ik ben niet in andere dingen geïnteresseerd, signora. Begrijpt u dat?' Haar houding leek minder star te worden, dus hij stapte opzij, nog steeds buiten de deuropening, en gebaarde naar Vianello, die naast hem stond, ook nog steeds op de overloop. 'En mijn assistent, ispettore Vianello, ook niet.'

Aarzelend en zonder iets te zeggen deed ze een paar stappen in hun richting. Het kind wendde zich tot haar en zei: 'Toe maar, Zinka. Praat maar met ze. Ze doen ons geen kwaad: ze zijn van de politie.'

Bij dat woord bleef de vrouw meteen staan, en de uitdrukking die over haar gezicht gleed deed vermoeden dat het leven haar geleerd had andere conclusies te trekken over het gedrag van de politie.

'Als u niet wilt dat we binnenkomen,' begon Brunetti, en hij sprak langzaam en duidelijk, 'kunnen we ook later vanmiddag terugkomen, of op een ander tijdstip wanneer Lucia's moeder thuis is.' De vrouw deed nog een stap dichter naar het kind toe, hoewel Brunetti geen idee had of ze bescherming wilde zoeken of bieden.

Hij keek naar het kind. 'Op welke school zit je, Lucia?'

'Foscarini,' zei ze.

'Ach, dat is leuk. Daar heeft mijn dochter ook op gezeten,' loog hij.

'Heeft u een dochter?' vroeg het meisje, alsof dat niet iets was wat een politieman hoorde te hebben. Vervolgens, alsof ze hem daarmee in een hoek dreef, vroeg ze: 'Hoe heet ze?'

'Chiara.'

'Zo heet mijn beste vriendin ook,' zei het meisje met een brede glimlach, en ze deed een stap naar achteren. Met een vormelijkheid die hen verbaasde, zei ze: 'Komt u binnen, alstublieft.'

'*Permesso*,' zeiden ze allebei toen ze naar binnen stapten. Op dat moment werd Brunetti de airconditioning gewaar, die hem overviel met een plotselinge kilte na de hitte van de dag.

'We kunnen naar mijn vader z'n werkkamer gaan. Daar neemt hij bezoekers altijd mee naartoe als het mannen zijn,' zei ze, en ze liep de gang in en deed aan de rechterkant een deur open. 'Kom maar,' moedigde ze hen aan. Vianello deed de voordeur dicht, en de twee mannen volgden het kind de kille gang in. Bij de ingang van de werkkamer zei Brunetti tegen de vrouw: 'Het zou ons erg helpen als we ook met u kunnen praten, signora, maar alleen als u dat wilt. We willen alleen maar iets weten over signora Fontana en haar zoon.'

De vrouw deed nog een stapje hun kant op en zei: 'Goeie man.'

'Signor Fontana?'

Ze knikte.

'U kende hem?'

Ze knikte nogmaals.

Het kind ging de kamer in en zei: 'Kom nou, doe niet zo gek.' Ze liep naar een groot bureau, aarzelde even en ging toen in de stoel zitten die erachter stond. Haar schouders kwamen amper boven het bureaublad uit, en Brunetti moest onwillekeurig glimlachen.

De vrouw zag zijn glimlach, keek naar het kind, vervolgens weer naar Brunetti, en hij zag haar het tafereel en zijn reactie inschatten. 'Ik heb echt een dochter, signora,' zei hij, waarop hij naar een van de stoelen voor het bureau toe liep en ging zitten. Vianello nam de andere.

De vrouw kwam de kamer in maar bleef staan, halverwege tussen het bureau en de open deur, een positie die haar de gelegenheid bood het kind gauw te pakken en in veiligheid te brengen, mocht dat nodig zijn.

'Waar is je moeder?' vroeg Vianello.

'Die werkt. Daarom hebben we Zinka. Die blijft bij mij. We zouden vandaag eigenlijk naar het strand gaan – we hebben een *cabina* bij het Excelsior – maar mama zegt dat het te warm is vandaag, dus zijn we maar thuisgebleven. Zinka heeft gezegd dat ze me zou laten helpen met het middageten.'

'Dat is leuk,' zei Vianello. 'Wat gaan jullie maken?'

'*Minestra di verdura.* Zinka zegt dat ik de aardappelen mag schillen als ik lief ben.'

Brunetti richtte zijn aandacht op de vrouw, die geen moeite leek te hebben om het gesprek te volgen. 'Signora,' zei hij met oprechte warmte, 'als ik niet beloofd had alleen iets over signora Fontana te vragen, zou ik u vragen of u me kunt leren hoe ik mijn dochter blij kan maken met het idee dat ik haar misschien wel haar kamer *laat* schoonmaken.' Hij glimlachte om te laten zien dat het een grapje was; haar gezicht werd zachter, en vervolgens glimlachte ze terug.

Opeens drong het onrechtmatige van wat hij deed tot Brunetti door, maar wat hem nog meer dwarszat was het onfraaie ervan. God allemachtig, ze was nog maar een kind. Was zijn behoefte om meer te weten te komen dan zo groot dat hij zich hiertoe verlaagde?

Hij wendde zich tot de vrouw. 'Ik denk dat het niet goed is om Lucia nog meer vragen te stellen. Dus misschien moeten we jullie maar verder laten gaan met de *minestra*.' Vianello wierp hem een verraste bik toe, maar Brunetti negeerde die en zei tegen het meisje: 'Ik hoop dat het morgen niet meer zo warm is, zodat jullie dan wel naar het strand kunnen.'

'Dank u wel, signore,' zei ze met aangeleerde beleefdheid. 'Maar misschien is het niet zo erg als we er niet naartoe kunnen. Zinka heeft een hekel aan het strand.' Ze wendde zich tot haar en zei: 'Toch?'

De vrouw glimlachte weer, breder nu. 'Strand houdt ook niet van mij, Lucia.'

Brunetti en Vianello stonden op. 'Kunt u me zeggen wanneer ik de Marsano's thuis zou kunnen treffen? Dan komen we dan terug.'

Ze keek naar het meisje en zei: 'Lucia, wil je in keuken kijken of ik bril heb laten liggen, alsjeblieft?'

Blij haar van dienst te kunnen zijn liet het meisje zich van de stoel zakken en verliet de kamer.

'Signor Marsano zal u niet vertellen. Signora ook niet.'

'Wat vertellen, signora?' vroeg Brunetti.

'Fontana was goeie man. Ruzie met signor Marsano, ruzie met mensen boven.'

Ze gebruikte het woord voor 'strijd', dus Brunetti vroeg: 'Ruzie met woorden of ruzie met handen, signora?'

'Woorden, alleen woorden,' zei ze, alsof die andere mogelijkheid haar angst aanjoeg.

'Wat is er gebeurd?'

'Zij schelden: signor Fontana zegt signor Marsano niet eerlijk, zelfde met man boven. Dan signor Marsano zegt hij is slechte man, gaat met mannen.'

'Maar u denkt dat hij een goed mens was?' vroeg Brunetti.

'Ik wéét,' zei ze met plotselinge felheid. 'Hij advocaat voor mij gevonden. Goeie man bij Tribunale. Hij helpt mij met papieren, om te blijven.'

'Om in Italië te blijven?' vroeg Brunetti.

'Hij ligt er niet, Zinka,' riep het meisje van het einde van de gang, en terwijl ze kwam aanlopen vroeg ze vervolgens op die wat zeurderige toon van een ongeduldig kind: 'Gaan we nu weer verder met de soep?'

Zinka glimlachte toen het meisje in de deuropening verscheen en zei: 'Eén minuut, dan wij weer soep maken.'

'Kunt u me de naam van die advocaat geven, signora?' vroeg Brunetti.

'Penzo. Renato Penzo. Vriend van signor Fontana. Hij is ook goeie man.'

'En signora Fontana?' vroeg Brunetti, zich bewust van het ongeduld van het kind en de toenemende ongemakkelijkheid van de vrouw, 'is zij ook een goeie vrouw?'

De vrouw keek hem aan en keek toen naar het kind. 'Onze gasten gaan nu, Lucia. Jij deur opendoen, oké?'

Het kind, dat wist dat ze nu de kans zou krijgen om aan de aardappelen te beginnen, rende bijna naar de voordeur. Ze trok hem open en liep de overloop op, waar ze over de balustrade leunde en naar beneden het trapgat in keek. Brunetti zag hoe nerveus het de vrouw maakte om haar daar te zien en liep naar de deur toe.

Vlak voor de deuropening bleef hij staan. 'En signora Fontana?' vroeg hij.

Ze schudde haar hoofd, zag dat Brunetti het accepteerde dat ze liever niet meer wilde praten, en zei: 'Niet zoals zoon.'

Brunetti knikte, zei Lucia gedag en begon de trap af te lopen, gevolgd door Vianello.

21

Denkend aan de hitte die hen buiten op de kade te wachten stond, bleef Brunetti nog even op de binnenplaats staan en vroeg aan Vianello: 'Heb jij ooit van die Penzo gehoord?'

Vianello knikte. 'Ik heb die naam wel een paar keer horen noemen. Hij doet veel pro-Deowerk. Komt van een goede familie. De publieke zaak dienen; dat soort dingen.'

'Dat pro-Deowerk, is dat voor immigranten?' vroeg Brunetti, die zich nu herinnerde wat hij over de advocaat had gehoord.

'Als hij voor die vrouw daarboven werkt, zou je zeggen van wel. Ze zal zeker niet genoeg verdienen om een advocaat te kunnen betalen.' Vianello zweeg even, en Brunetti kon bijna horen hoe hij in zijn geheugen groef. Vervolgens zei hij: 'Ik kan me geen dingen herinneren die hem specifiek in verband brengen met immigranten. Ik heb alleen zo'n vage herinnering in mijn hoofd dat mensen hem hoog hebben zitten.' Vianello maakte een wuivend gebaar dat leek te verwijzen naar het mysterie van het geheugen. 'Je kent dat wel.'

'Hm-hmm,' beaamde Brunetti. Hij keek op zijn horloge en zag tot zijn verbazing dat het nog geen halftwee was. 'Als ik nou eens het Tribunale bel om uit te zoeken of hij daar vandaag is, denk je dat je dan de energie op kunt brengen om daar helemaal naartoe te gaan zonder in te storten?'

Vianello sloot zijn ogen, en Brunetti vroeg zich heel even af of hij zou worden getrakteerd op een staaltje melodrama, al was Vianello daar nooit de man naar geweest. De inspecteur deed zijn ogen weer open en zei: 'We kunnen de *traghetto* vanaf Santa Sofia nemen. Dat is het kortst, en dan hebben we alleen op de Strada Nuova en in de gondel de volle zon.'

Brunetti belde het centrale nummer van de rechtbank, werd doorverbonden met de secretaresse en kreeg te horen dat avvocato Penzo die dag met een cliënt in de rechtszaal moest verschijnen. De zaak moest eigenlijk om elf uur voorkomen, in *aula* 17D, maar het ging allemaal erg langzaam, dus de *udienza* was waarschijnlijk niet voor enen begonnen, hoewel hij daar alleen maar zeker van kon zijn als hij ter plaatse ging kijken. Brunetti bedankte haar en verbrak de verbinding. 'Het is uitgelopen op de rechtbank,' zei hij.

Vianello deed de *portone* open, nam een kijkje buiten, draaide zich om naar Brunetti en zei: 'De zon staat hoog.'

Twintig minuten later stapten ze het Tribunale binnen zonder dat hun om enigerlei vorm van legitimatie werd gevraagd. Ze gingen naar de tweede verdieping en liepen de gang in die naar de rechtszalen voerde. Door de ramen links van hen konden ze door de kantoorruimten heen de *palazzi* aan de andere kant van het Canal Grande zien.

De lucht bewoog niet, net zomin als de mensen die in de gang tegen de muren leunden of zaten. Alle stoelen waren bezet; sommige mensen hadden hun koffertje op de grond gelegd en zaten erop; één man zat boven op een stapel dossiermappen. De deuren van de kantoren stonden allemaal open om de lucht te laten circuleren, en af en toe kwamen er mensen door naar buiten die de gang in liepen en zo goed en zo kwaad als het ging over voeten en benen heen stapten en tussen onderuitgezakte lichamen door zigzagden.

Helemaal aan het einde vonden ze *aula* 17D. Ook hier stond de deur open en liepen er mensen naar believen in en uit. Brunetti hield een beambte aan die hij kende en vroeg hem waar avvocato Penzo was. Zijn zaak diende op dit moment, zei de man, en hij voegde eraan toe: 'tegen Manfredi' – een advocaat die Brunetti wel kende. Ze gingen naar binnen en trokken vervolgens allebei tegelijk hun colbert uit om niet aan de hitte te bezwijken.

Achter in de zaal zat de rechter op een podium dat zelf weer op een verhoogd platform stond. Hij droeg zijn baret en toga, en Brunetti verbaasde zich erover dat hij dat uithield. Hij had wel eens gehoord dat sommige rechters 's zomers alleen hun ondergoed onder hun toga aanhadden: vandaag wilde hij dat wel geloven. De ramen die uitkeken op het kanaal stonden open, en de weinige aanwezigen zaten allemaal in de stoelen die er het dichtst bij stonden, behalve de advocaten, die tegenover de rechter stonden of zaten; ook zij waren gekleed in een formele zwarte toga. Eén vrouwelijke advocaat zat aan het eind van de rij stoelen het verst bij de ramen vandaan en liet haar hoofd tegen de rugleuning rusten. Zelfs van een afstand kon Brunetti zien dat haar haar eruitzag alsof ze net onder de douche vandaan kwam. Haar ogen waren dicht, haar mond stond open: ze kon net zo goed bewusteloos zijn als in slaap, net zo goed door de warmte bevangen als dood.

Vianello en hij liepen zonder erover na te hoeven denken naar de raamkant en vonden twee lege stoelen. Er was wel een geluidsinstallatie in de zaal, en er stonden microfoons voor de rechter en op de advocatentafels, maar er was iets mis met de verbinding, want de stemmen uit de twee luidsprekers hoog aan de muur waren onverstaanbaar door de ruis. De stenografe zat net onder de rechter: ze was ofwel in staat door het lawaai heen te verstaan wat er werd gezegd, of ze zat dicht genoeg bij de stemmen om ze te kunnen horen. Ze typte voort op haar machine alsof ze op een andere, koelere planeet zat.

Brunetti keek toe, vertrouwd met het toneel en de acteurs die er deel van uitmaakten. Hij deed net alsof hij in het vliegtuig zat en hield zich voor dat dit ook weer een scène was om zonder koptelefoon te bekijken. Hij keek naar het gebaar waarmee de mouw van een toga theatraal naar achteren werd geworpen, naar de wijde boog van een arm op het moment dat de spreker een overtuigend argument naar voren bracht, of een vlieg wegjoeg. De andere advocaat trok een gezicht waar de verbijstering overduidelijk van af te lezen viel; de eerste advocaat gooide zijn handen in de lucht, alsof dat de enige manier was om uiting te geven aan zijn ongeloof. Brunetti vroeg zich af of de rechters wel eens het geluid uitzetten en alleen maar naar de gebaren keken, of ze de waarheid of valsheid leerden zien van wat er werd gezegd door de gebaren die de niet-gehoorde woorden vergezelden. Het was natuurlijk wel zo, in een stad zo klein als deze, dat iedere advocaat een bepaalde reputatie had waaraan zijn eerlijkheid kon worden afgelezen, dus misschien hoefde een ervaren rechter alleen maar naar de namen van de advocaten van de eiser en de gedaagde te kijken om te weten waar de waarheid lag.

Veel van wat er gezegd werd was per slot van rekening gelogen, of op z'n minst ontwijkend en interpretatief. Het ging er bij de rechtsbedeling niet om dat de waarheid boven tafel kwam, maar dat de macht van de staat tegenover zijn burgers werd bevestigd.

Brunetti's ogen gingen weer naar de advocate, die zich niet had verroerd, en vervolgens raakten ze bevangen door de hitte en vielen dicht. Hij schrok wakker door een por van links. Vianello maakte een hoofdgebaar in de richting van de rechter.

Twee figuren in toga liepen op de rechter toe, die zich naar voren boog en een paar woorden zei die niet door de luidsprekers klonken, zelfs niet vervormd. Alsof hij tegemoet wilde komen aan Brunetti's gedachte dat dit allemaal mime was, tikte de rechter op zijn horloge. De twee advocaten spraken tegelijkertijd; de rechter schudde zijn hoofd. Hij pakte wat papieren bij elkaar, stond op en liep de rechtszaal uit.

De advocaten, die nog voor het podium stonden, wisselden wat woorden met elkaar. Eén van hen opende een dossiermap en liet de ander een papier zien. De tweede pakte het van hem aan en las het. Geen van beiden trok zich iets aan van het geluid van stoelen die naar achteren werden geschoven toen de toeschouwers overeind kwamen en de rechtszaal begonnen te verlaten. Brunetti en Vianello stonden ook op, om de mensen makkelijker te kunnen laten passeren, en gingen weer zitten toen hun rij leeg was.

De tweede advocaat bevochtigde zijn lippen en trok toen zijn wenkbrauwen op op een manier die aangaf dat hij met tegenzin ergens mee instemde. Hij nam het papier mee naar zijn cliënt, legde het papier voor de man op tafel en wees ernaar. De ander zette zijn vinger op het papier en bewoog die heen en weer langs de regels, alsof hij ervan uitging dat zijn vinger de tekst naar hem zou overbrengen. Op een gegeven moment gaf zijn vinger het op en viel zijn hand plat op het papier, waardoor hij – per ongeluk of met opzet – de tekst bedekte die hij zojuist had gelezen.

Hij keek naar zijn advocaat en schudde zijn hoofd. De advocaat zei iets, en de man keek van hem weg. Er verstreek wat tijd, waarna de advocaat nog iets zei en vervolgens het papier van tafel pakte en terugbracht naar zijn collega. Hij overhandigde hem het inmiddels gekreukte vel papier, en daarna draaiden de twee advocaten zich om, verlieten de rechtszaal en lieten de cliënt van de tweede advocaat alleen achter aan zijn tafel.

Brunetti en Vianello stonden op en liepen naar de deur. 'Degene die verloren heeft was Manfredi,' zei Brunetti, 'dus dat betekent dat Penzo heeft gewonnen.'

'Ik vraag me af wat er op dat papier stond,' zei Vianello.

'Manfredi is zo corrupt als wat,' zei Brunetti op een toon waaruit veel ervaring sprak, 'dus ik denk dat het iets was waaruit bleek dat hij of zijn cliënt gelogen heeft.'

'En Penzo kan dat bewijzen.'

'Dat zou je denken,' zei Brunetti, die niet zo erg geneigd was in de integriteit van een advocaat te geloven wanneer hij nog nooit persoonlijk met die persoon te maken had gehad. 'Laten we maar eens met hem gaan praten.' Ze vonden de advocaat aan het eind van de gang, waar hij door een raam naar buiten stond te kijken. Zijn toga lag op een hoop op de vensterbank en hij hield zijn armen weg van zijn lichaam in een volgens Brunetti vruchteloze poging om wat af te koelen. Nu hij Penzo op de rug zag, viel het Brunetti op hoe mager de man was: heupen niet breder dan die van een jongen, en een overhemd dat zich kreukelde in vochtige, lege plooien van schouder tot middel.

'Avvocato Penzo?' zei Brunetti.

Penzo draaide zich om, met een licht nieuwsgierige uitdrukking op zijn gezicht. Net als zijn lichaam was zijn gezicht smal, een effect dat werd gecreëerd door de holten onder zijn jukbeenderen, waardoor bovendien zijn neus, een heel normale neus, onevenredig groot leek. Zijn ogen hadden de kleur van melkchocolade en werden omgeven door het soort kleine rimpeltjes dat het gevolg was van jarenlang in het felle zonlicht kijken.

'*Sì?*' informeerde hij. Zijn blik ging van Brunetti naar Vianello en weer terug, en het was duidelijk dat hij meteen zag dat ze van de politie waren. 'Wat is er?' vroeg hij beleefd, en het beviel Brunetti dat hij geen grapje maakte over het feit dat ze van de politie waren, zoals veel andere mensen wel zouden doen.

Alsof hij Penzo's blik van herkenning niet had opgemerkt, zei Brunetti: 'Ik ben commissario Guido Brunetti, en dit is ispettore Lorenzo Vianello.'

Penzo pakte zijn toga van de vensterbank en hing die over zijn arm. 'Waarmee kan ik u van dienst zijn?' vroeg hij.

'We zouden graag met u willen spreken over een cliënt van u,' zei Brunetti.

'Natuurlijk. Waar zullen we dat doen?' vroeg Penzo, en hij keek om zich heen in de gang. Het was er niet langer druk, nu het lunchtijd was, maar er liepen nog steeds af en toe mensen voorbij.

'We zouden even iets kunnen gaan drinken bij Do Mori,' stelde Brunetti voor. Vianello slaakte een hoorbare zucht van verlichting, en Penzo glimlachte instemmend.

'Geef me vijf minuten om dit kwijt te raken,' zei Penzo, en hij hief de arm met de toga omhoog, 'en zullen we elkaar dan bij de ingang treffen?'

Dat was goed, en Brunetti en Vianello draaiden zich om naar de trap.

Terwijl ze naar beneden liepen, vroeg Brunetti: 'Wie denk je dat hij belt?'

'Zijn vrouw, waarschijnlijk, om te zeggen dat hij later thuiskomt voor de lunch,' zei Vianello, die kennelijk een goede indruk van de advocaat had gekregen.

Geen van beiden zei verder iets totdat ze buiten stonden. De zon had alle leven van het Campo San Giacometto weggeblazen. De bloemenwinkel en de twee kramen waar gedroogd fruit verkocht werd waren dicht; zelfs het waterstraaltje van de fontein oogde lusteloos van de hitte. Alleen de kraam die zich schuilhield onder de bescherming van de lange arcade was open.

Brunetti en Vianello stapten de schaduw van de arcade in en wachtten. Kort daarna kwam Penzo naar buiten, met een koffertje in zijn hand.

'Wat heeft u uw collega laten zien, avvocato?' vroeg Vianello, die zich meteen daarna verontschuldigde voor zijn nieuwsgierigheid.

Penzo barstte in lachen uit, een aanstekelijk geluid. 'Zijn cliënt eiste schadevergoeding voor een whiplash die hij volgens eigen zeggen bij een verkeersongeluk heeft opgelopen. Mijn cliënt was de bestuurder van de andere auto. De cliënt van mijn collega beweerde dat hij maandenlang niet heeft kunnen werken en dat hij daardoor een promotie is misgelopen.'

Nieuwsgierig geworden, vroeg Brunetti: 'Hoeveel schadevergoeding eiste hij?'

'Zestienduizend euro.'

'Hoe lang heeft hij niet gewerkt?'

'Vier maanden.'

'Wat deed hij?' viel Vianello in.

'Pardon?' vroeg Penzo.

'Wat deed hij voor werk?'

'Hij is kok.'

'Vierduizend per maand,' zei Vianello waarderend. 'Niet gek.'

De drie mannen liepen inmiddels in de richting van Do Mori en gingen automatisch rechtsaf en linksaf en weer rechtsaf. Voor de deur bleef Penzo staan, alsof hij dit deel van hun gesprek wilde afronden voor ze naar binnen gingen, en zei: 'Maar zijn vakbond zorgde ervoor dat hij ondertussen doorbetaald werd. Dat was compensatie voor pijn en lijden.'

'Aha,' zei Brunetti. Elke week compensatie voor pijn en lijden. Veel beter dan werken. 'Wat heeft u hem laten zien?'

'Een verklaring van twee koks die in een restaurant in Mira werken, die zeiden dat de man drie van de vier maanden waarover hij schadevergoeding eiste bij hen had gewerkt.'

'Hoe bent u daarachter gekomen?' vroeg Vianello impulsief, ook al wist hij dat dit iets was wat advocaten niet graag prijsgaven.

'Zijn vrouw,' zei Penzo, die opnieuw luid lachte. 'Ze woonde in die tijd al niet meer bij hem – ze zijn inmiddels gescheiden – en hij begon achter te lopen met de alimentatie. Hij gebruikte het ongeluk als excuus, maar ze kende hem goed genoeg om argwaan te koesteren, en dus liet ze hem volgen wanneer hij naar Mira ging. Toen ze erachter kwam dat hij daar werkte, heeft ze het aan mij verteld, en ik ben ernaartoe gegaan en heb die koks gesproken en een verklaring gekregen.'

'Als ik zo vrij mag zijn om dat te vragen, avvocato,' begon Brunetti, 'hoe lang geleden is dit gebeurd?'

'Acht jaar,' antwoordde Penzo langs zijn neus weg, en vertrouwd als ze waren met de manier waarop de rechtspraak functioneerde, vonden ze dit geen van drieën erg opmerkelijk.

'Dus hij is zestienduizend euro kwijt?' vroeg Vianello.

'Hij is niets kwijt, ispettore,' corrigeerde Penzo hem. 'Hij krijgt gewoon niet het geld waar hij geen recht op heeft.'

'En moet toch zijn advocaat betalen,' merkte Brunetti op.

'Ja, dat is een fijne bijkomstigheid,' stond Penzo zichzelf toe te zeggen. Nu dat onderwerp was afgehandeld, maakte hij een gebaar naar de dubbele deuren, die openstonden, en wachtte tot Brunetti en Vianello voor hem uit naar binnen waren gegaan.

22

Verschillende mensen die aan de bar stonden, met een glas wijn in de ene hand en een *tramezzino* in de andere, had Brunetti ook in de rechtszaal gezien. Door de open deuren aan beide uiteinden van de smalle bar kwam een gestage stroom relatief koele lucht naar binnen: het was een opluchting om hier naar binnen te stappen, en niet alleen vanwege de overvloed aan heerlijkheden die voor hun neus stond uitgestald. Wat weerhield Sergio en Bambola van de bar vlak bij de Questura ervan om het aanbod hier na te doen? De *tramezzini* die zij maakten leken, in vergelijking met deze, maar fletse voorbeelden van het genre. Brunetti keek Vinello aan en zei: 'Waarom ligt de Questura niet meer hier in de buurt?'

'Omdat je dan elke dag *tramezzini* zou eten en nooit meer naar huis zou gaan om te lunchen,' zei Vianello, en hij bestelde een bord met artisjokharten en -bodems, wat gebakken olijven, garnalen en calamari, en verduidelijkte: 'Dat is voor ons drieën.' Hij vroeg ook om een *tramezzino* met artisjok en ham en eentje met garnalen en tomaat, Penzo koos bresaola en ruccola, speck en gorgonzola, en speck en champignons, en Brunetti betrachtte matigheid en hield het bij bresaola en artisjok, en speck en champignons.

Ze namen alle drie Pinot Grigio en een groot glas mineraalwater. Ze namen de glazen en borden mee naar het kleine barblad achter hen, stalden alles uit en gaven de sandwiches door. Toen ze alle drie hun eerste *tramezzino* op hadden, hief Vianello zijn glas; de anderen volgden zijn voorbeeld.

Penzo stak een prikkertje in een van de gebakken olijven, beet er de helft van af en vroeg: 'Over welke cliënt wilden jullie me iets vragen?'

Voor Brunetti antwoord kon geven, werd Penzo op de rug geklopt door een man die langskwam en hem toevoegde: 'Geven ze je te eten of komen ze je arresteren, Penzo?' Het was echter als grapje bedoeld, en werd ook zo opgevat, en Penzo richtte zijn aandacht weer op de overgebleven helft van de olijf. Hij gooide het prikkertje op het bord en pakte zijn wijn.

'Zinka,' zei Brunetti. Hij wilde uitleggen hoe het kwam dat hij nieuwsgierig was naar deze vrouw, maar een flits van pijn die over Penzo's gezicht trok weerhield hem ervan. De advocaat deed even zijn ogen dicht, opende ze weer en nam een slokje wijn.

Hij zette zijn glas neer, pakte zijn tweede sandwich en wendde zich tot Brunetti. 'Zinka?' vroeg hij met lichte stem. 'Waarom bent u in haar geïnteresseerd?'

Brunetti dronk wat water en pakte ook zijn tweede sandwich, achteloos alsof hij Penzo's reactie niet had opgemerkt. 'We zijn niet echt in haar geïnteresseerd, maar in iets wat ze gezegd heeft.'

'O ja? Wat dan?' vroeg Penzo, die zijn stem weer onder controle had en volkomen kalm klonk. Hij bracht de sandwich naar zijn mond, maar legde hem toen weer op zijn bord zonder er een hap van te hebben genomen.

Vianello keek Brunetti even aan en trok zijn wenkbrauwen op terwijl hij zijn wijnglas leegdronk. 'Iemand nog een tweede?' vroeg hij.

Brunetti knikte; Penzo bedankte.

Vianello liep naar de bar. Brunetti zette zijn lege glas neer en zei: 'Ze had het over een ruzie die haar werkgever heeft gehad met een van zijn buren.'

Penzo keek naar zijn sandwich en vroeg beleefd, met neergeslagen ogen: 'Ah, is dat zo?'

'Met Araldo Fontana,' zei Brunetti. Penzo had hem nu ondertussen aan moeten kijken, maar hij hield zijn blik op de sandwich gericht, alsof die tegen hem sprak in plaats van Brunetti. 'En ze zei dat signor Fontana ook ruzie had met de bewoner van de bovenste verdieping.' Brunetti liet wat tijd verstrijken en zei toen: 'Aangezien er op de begane grond niemand woont, zou je kunnen zeggen dat signor Fontana met iedereen in het gebouw ruzie had.'

Penzo reageerde niet.

'Toch zei signora Zinka – en ze leek me een heel verstandig iemand – dat signor Fontana een goed mens was.' Brunetti keek naar de bar, waar Vianello met zijn rug naar hen toe aan een glas witte wijn stond te nippen.

Als het normale aantal klanten er was geweest, zou Penzo's stem in het geroezemoes verloren zijn gegaan, zo zacht zei hij: 'Dat was hij ook.'

'Ik ben blij dat dat zo is,' antwoordde Brunetti. 'Het maakt zijn dood erger, maar het maakt zijn leven beter.'

Penzo hief langzaam zijn hoofd op en keek Brunetti aan. 'Wat zei u?' vroeg hij.

'Dat zijn goedheid zijn leven beter moet hebben gemaakt,' herhaalde Brunetti.

'En zijn dood erger?' vroeg Penzo.

'Ja,' zei Brunetti. 'Maar daar gaat het niet om, hè? Wat telt is het leven dat eraan voorafging. En wat de mensen zich zullen herinneren.'

'Het enige wat de mensen zich zullen herinneren,' zei Penzo zacht, bijna fluisterend, maar daarom niet minder fel, 'is dat hij homo was en vermoord is door iemand die hij opgepikt en mee naar huis genomen heeft voor seks op de binnenplaats.'

'Pardon?' zei Brunetti, niet in staat zijn verbazing te verbergen. 'Waar heeft u dat gehoord?'

'In het Tribunale: in de kantoren, in de gangen. Dat hoor je de mensen zeggen. Dat het een flikker was die van gevaarlijke seks hield en dat hij door een van zijn anonieme vriendjes is vermoord.'

'Dat is absurd,' zei Brunetti.

'Natuurlijk is dat absurd,' siste Penzo. 'Maar dat weerhoudt de mensen er niet van om het te zeggen, en het weerhoudt ze er ook niet van om het te geloven.' Er klonk woede in zijn stem, maar Penzo had zijn aandacht weer op het bord gericht, dus Brunetti kon zijn gezichtsuitdrukking niet goed zien.

Onder andere omstandigheden zou Brunetti bij het horen van die toon een troostende hand op de arm van de spreker hebben gelegd, maar nu hield hij zich in vanuit een vaag gevoel dat het verkeerd begrepen zou worden. In een flits realiseerde hij zich wat dat moest betekenen, en hij besloot de gok te wagen en zei: 'U moet erg veel van hem hebben gehouden.'

Penzo richtte zijn hoofd op en staarde Brunetti aan als een man die neergeschoten is. Zijn blik was wezenloos, Brunetti's woorden hadden er iedere uitdrukking aan ontnomen. Hij probeerde iets te zeggen, en Brunetti las de geschiedenis van jaren van ontkenning die hem aanspoorden verbaasd te kijken en te vragen wat Brunetti daar in hemelsnaam mee bedoelde. De voorzichtigheid was immers een gewoonte geworden en hij was erin getraind om op Fontana's naam te reageren als op iedere andere naam, en de man te behandelen als iedere andere collega.

'We kenden elkaar van het *liceo*. Dat is bijna veertig jaar geleden,' zei Penzo, en hij pakte zijn glas water. Hij legde zijn hoofd in zijn nek en dronk het in vier grote slokken leeg.

Vervolgens, alsof het water zijn gesprek met Brunetti weer had teruggebracht tot een puur zakelijke aangelegenheid, vroeg hij: 'Wat wilde u over hem weten, commissario?'

Alsof hij Penzo zijn vorige vraag niet gesteld had, vroeg Brunetti: 'Heeft u enig idee waarom signor Fontana ruzie met zijn buren had?'

In plaats van antwoord te geven zei Penzo: 'Zou u nog een glas water voor me kunnen halen, alstublieft?' Toen Brunetti aanstalten maakte om naar de bar te lopen voegde Penzo eraan toe: 'U mag de inspecteur wel weer mee terug nemen.'

Brunetti deed beide. Nadat Penzo de helft van het water had opgedronken, zette hij het glas neer en zei tegen Brunetti: 'Araldo heeft me verteld dat hij dacht dat de mensen die daar woonden – boven en onder hem – hun woning gekregen hadden omdat ze de huisbaas een dienst hadden bewezen.'

'Signor Puntera?' vroeg Brunetti.

'Ja.'

Penzo keek naar de grond en zei: 'Het is erg ingewikkeld.'

Brunetti keek Viannello vragend aan, waarop de inspecteur zei: 'We hebben geen haast, avvocato. Neem gerust de tijd.'

Penzo knikte, met de lippen op elkaar geperst. Hij keek Brunetti aan en zei: 'Ik weet niet zo goed waar ik moet beginnen.'

'Bij zijn moeder,' stelde Brunetti voor.

'Ja,' zei Penzo met een bitter lachje, 'bij zijn moeder.' Hij ging verder. 'Ze is weduwe. Het weduwschap is zo ongeveer een fulltime baan voor die vrouw. Araldo was pas achttien toen zijn vader stierf, en omdat hij enig kind was, nam hij aan dat het zijn verantwoordelijkheid was om voor zijn moeder te zorgen. Zijn vader was ambtenaar geweest, en in eerste instantie was er wat geld, maar dat had zijn moeder al gauw opgemaakt. Ze gaf het uit om de schijn op te houden dat ze het goed hadden. Araldo zou naar de universiteit gaan: we zouden allebei rechten gaan studeren. Maar toen het geld op was, moest hij gaan werken, en het leek zijn moeder het veiligst als hij ambtenaar werd, net als zijn vader.'

'Dus ging hij bij het Tribunale werken?' zei Brunetti.

'Ja. En hij werkte hard en maakte promotie, en er werd vaak een beetje lacherig over hem gedaan – dat wist hij zelf ook – omdat hij zijn werk zo serieus nam. Maar er was nooit genoeg geld, en toen werd zijn moeder vijf jaar geleden ziek, of ze dacht dat ze ziek was. En toen hadden ze nog meer geld nodig voor dokters en onderzoeken en behandelingen.

Het werd moeilijk voor hem om haar rekeningen en ook nog de huur te betalen. Ik heb aangeboden om te helpen, maar daar wilde hij niets van weten. Dat wist ik wel, maar ik wilde het toch proberen. Dus toen zijn ze verhuisd, van Cannaregio naar een donker appartementje in Castello. En ze werd zieker en zieker, en kreeg steeds meer onderzoeken.'

'Mankeerde ze ook inderdaad iets?' vroeg Vianello.

Penzo haalde zijn schouders op, een gebaar dat boekdelen sprak. 'Ze mankeert wel iets, maar de onderzoeken hebben nooit iets uitgewezen.'

Hij zweeg, zo lang dat Brunetti uiteindelijk vroeg: 'En wat gebeurde er toen?'

'Hij is naar zijn bank gegaan om te proberen geld te lenen om de rekeningen te betalen. Hij kende genoeg mensen om de directeur te spreken te krijgen, maar die zei tegen Araldo dat het onmogelijk was om hem geld te lenen omdat er geen enkele garantie was dat hij het ooit terug zou betalen.'

'Was die bankdirecteur soms signor Fulgoni?' vroeg Brunetti.

'Wie anders?' vroeg Penzo bitter.

'Juist, ja,' zei Brunetti. 'En toen?'

'En toen verscheen op een gegeven moment, als Venus die oprees uit zee of neerdaalde op een wolk, rechter Coltellini bij Araldo op kantoor – ik denk dat dat een jaar of drie geleden was – en die zei tegen hem dat ze gehoord had dat hij op zoek was naar een nieuw appartement.'

Penzo keek even of het belang van die naam voldoende tot hen was doorgedrongen, en vervolgde toen: 'Araldo zei tegen haar dat hij helemaal niet op zoek was, en toen zei zij dat dat erg jammer was omdat een vriend van haar een appartement aan de Misericordia had dat hij wilde verhuren aan wat hij "nette mensen" noemde. Ze zei dat de huurprijs hem niet kon schelen, dat hij gewoon mensen in dat appartement wilde hebben die betrouwbaar waren, fatsoenlijke mensen.'

Penzo keek hen aan met een blik die vroeg of ze ooit zoiets hadden gehoord. 'Voordat hij er met mij over sprak, maakte Araldo de fout om het met zijn moeder te bespreken.'

'En zij wilde verhuizen?' zei Brunetti.

'Hun appartement was vijftig vierkante meter: twee kamers, voor twee mensen, een van de twee een vrouw die ziek was. De boiler was minstens veertig jaar oud, en Araldo zei dat ze er nooit zeker van konden zijn wanneer ze warm water hadden.'

'Heeft u het ooit gezien?' vroeg Vianello.

'Ik heb geen enkele woning van ze ooit gezien,' antwoordde Penzo op een toon die duidelijk maakte dat hij daar verder niet op in wilde gaan.

'Het appartement aan de Misericordia had een lagere huur, en het was twee jaar eerder gerenoveerd. Het had nieuwe centrale verwarming en gas en licht waren bij de prijs inbegrepen. Zoals ze het bracht, klonk het alsof ze de huisbaas er een plezier mee zouden doen. En daarmee werd precies de juiste snaar geraakt bij Araldo's moeder. Die heeft zich altijd beter gevoeld dan anderen.' Er sloop iets bitters in zijn stem toen hij zei: 'Echt iets voor haar om minzaam te doen tegenover een huisbaas.'

'Dus toen heeft hij het genomen?' vroeg Brunetti.

'Toen hij haar er eenmaal over verteld had,' zei Penzo, en hij schudde berustend het hoofd, 'had hij geen keus meer. Ze zou hem helemaal gek gemaakt hebben als hij het niet had genomen.'

'En toen ze verhuisd waren?'

'Toen was ze er blij mee, in ieder geval in het begin.' Penzo keek naar de sandwich die hij had teruggelegd. 'Maar ze kon nooit lang blij zijn.' Hij drukte met een vinger het veerkrachtige witte brood in en haalde zijn vinger toen weer weg. Het brood bleef ingedrukt. Hij schoof het bord naar achteren en nam een slok water.

Brunetti en Vianello wachtten.

'Op een gegeven moment, toen ze er ongeveer een halfjaar woonden, gaf rechter Coltellini na een zitting een dossier terug aan Araldo. Hij nam het dossier mee naar zijn kamer en controleerde of alle papieren erin zaten. Ik denk dat hij de enige is bij het Tribunale die de moeite neemt – nam – om zoiets te doen. Er ontbrak een document, de koopakte van een huis. Dus hij ging met dat dossier terug naar de rechter en zei tegen haar dat de akte ontbrak, en toen zei zij dat ze er niets van wist, dat het niet in het dossier had gezeten toen ze het had doorgelezen, of in ieder geval dat ze zich niet kon herinneren dat ze het was tegengekomen.'

'Hoe reageerde hij?'

'Hij geloofde haar natuurlijk. Ze was per slot van rekening rechter, en hij was grootgebracht met het idee dat je rang en gezag moet respecteren.'

'En toen?' wilde Vianello weten.

'Een paar maanden later schorste de rechter een zitting omdat het dossier over de zaak ontbrak,' zei hij, en hij zweeg.

'En waar was het?' vroeg Brunetti.

'Op haar bureau. Het lag onder een paar andere mappen. Araldo vond het toen hij 's middags terugging om de dossiers op te halen.'

'Heeft hij haar erop aangesproken?'

'Ja. En ze verontschuldigde zich en zei dat ze het niet gezien had, dat het in een van de andere mappen terecht moest zijn gekomen.'

'En dit keer?' Het was Vianello die dit vroeg.

'Hij zocht er nog steeds geen kwaad achter. Dat zei hij tenminste tegen mij.'

'En toen?' vroeg Brunetti.

'En toen is hij ermee opgehouden om me erover te vertellen.'

'Hoe weet u dat er iets te vertellen was?'

'Zoals ik al zei, commissario. We kennen elkaar van het *liceo*. Veertig jaar. Na zo'n tijd weet je wel wat er in iemand omgaat, en of hij ergens mee zit.'

'Heeft u er nog wel eens naar gevraagd?' vroeg Brunetti.

'Ja, een paar keer.'

'En?'

'Dan zei hij dat ik hem met rust moest laten, dat er iets op zijn werk was en dat hij er niet over wilde praten.' Penzo richtte zijn aandacht weer op de sandwich. Dit keer kerfde hij met zijn duimnagel een x in de nog zichtbare vingerafdruk, waarna hij zich weer tot Brunetti wendde.

'Dus toen heb ik het onderwerp laten rusten, en hebben we geprobeerd verder te gaan alsof er niets aan de hand was.'

'Maar?'

Penzo pakte het hoge glas, liet het resterende water een

paar keer ronddraaien en dronk het op. 'U moet weten dat Araldo een eerlijk mens was. Een goed mens, en een eerlijk mens.'

'En dat betekent?' vroeg Brunetti.

'Dat betekent dat hij erg zou schrikken van het idee dat een rechter tegen hem loog, of over iets loog. En dat hij daar vervolgens boos over zou worden.'

'Wat zou hij daaraan doen?' vroeg Brunetti.

Penzo haalde zijn schouders op. 'Wat kon hij doen? Hij zat in een lastig parket, hè? Zijn moeder was zo gelukkig als ze maar kon zijn. Zou hij dat van haar af willen pakken?'

'Wist hij zeker dat hij die woning zou kwijtraken?'

Penzo nam niet de moeite hierop te antwoorden.

'Was die woning zo belangrijk voor haar?'

'Ja,' antwoordde Penzo meteen. 'Want ze woonde nu op stand en kon haar vriendinnen – die paar vriendinnen die ze had – uitnodigen om op bezoek te komen en te zien hoe goed ze het hadden, zij en haar zoon, die maar een eenvoudige ambtenaar was. En geen advocaat.'

'En dus?' vroeg Brunetti.

'En dus praatte hij er niet over. En ik vroeg er niet naar.'

'En dat was dat?' vroeg Brunetti.

Penzo wierp hem een blik toe alsof hij niet goed wist of hij zich gekrenkt moest voelen of niet. 'Ja, dat was dat,' zei hij.

In deze hitte lag er bij iedereen een laagje zweet op het gezicht en op de armen, dus Brunetti had aanvankelijk niet in de gaten dat er tranen over Penzo's wangen liepen. Hij leek er zelf ook geen erg in te hebben; in ieder geval deed hij geen moeite om ze weg te vegen. Brunetti zag hoe ze van zijn kin druppelden en op zijn witte overhemd tot onzichtbaarheid uiteenspatten.

'Ik zal er de rest van mijn leven spijt van hebben dat ik niets gedaan heb. Ik had hem over moeten halen om te praten. Om me te vertellen wat hij deed. Wat zij wilde dat hij deed,' zei Penzo, en hij veegde afwezig zijn tranen weg. 'Ik wilde geen problemen veroorzaken.'

'Heeft u hem die dag gezien?' vroeg Brunetti. 'Of gesproken?'

'U bedoelt de dag dat hij is vermoord?'

'Ja.'

'Nee, ik was op bezoek bij een cliënt in Belluno en kwam de volgende ochtend pas terug.'

'Welk hotel?' vroeg Vianello vriendelijk.

Penzo's gezicht bevroor, en het kostte hem moeite zich tot de inspecteur te wenden. 'Hotel Pineta,' zei hij afgemeten. Hij bukte zich, pakte zijn koffertje en liep zo snel de bar uit dat Brunetti en Vianello geen van beiden de tijd zouden hebben gehad om hem tegen te houden als ze dat gewild hadden.

23

Brunetti liep naar de bar en was even later weer terug met nog twee glazen witte wijn. Hij gaf er een aan Vianello en nam een slok van zijn eigen glas.

'En?' vroeg hij.

De inspecteur pakte het prikkertje dat hij had gebruikt om een artisjok te eten en begon die afwezig in kleine stukjes te breken, die hij een voor een op het bord naast Penzo's ongegeten sandwich legde. 'Nou,' zei hij uiteindelijk, 'het ziet ernaar uit dat we zijn leven maar eens onder de loep moeten nemen.'

'Van Fontana of van Penzo?'

Vianello keek snel op. 'Van allebei, eigenlijk, maar met Fontana zijn we al begonnen. Eerst komen we erachter dat hij homo is, en dan krijgen we het droeve verhaal over zijn treurige leven van iemand die wel eens zijn geliefde zou kunnen blijken te zijn – tenzij ik het helemaal verkeerd gezien heb. Dus het is misschien een goed idee om eens uit te zoeken waar Penzo was op de avond dat Fontana werd vermoord.'

'Wil je daarmee zeggen dat je niet overtuigd bent door zijn droeve verhaal?' vroeg Brunetti op een toon die cynischer was dan gewoonlijk.

Vianello brak nog een stukje van het stokje af en antwoordde: 'Jawel, het heeft me wel overtuigd. Het is duidelijk dat hij van Fontana hield.'

'Maar?'

'Mensen doden vaak genoeg de mensen van wie ze houden,' zei Vianello.

'Precies,' bevestigde Brunetti.

'Wil je daarmee zeggen dat we hem als verdachte beschouwen?'

'Ik wil daarmee zeggen dat we hem als verdachte móeten beschouwen,' zei Brunetti. Hij keek de inspecteur aan en vroeg: 'Wat denk jij?'

'Zoals ik al zei: ik denk dat Penzo van hem hield,' zei Vianello. Hij zweeg even en vervolgde toen met bijna iets van teleurstelling in zijn stem: 'Maar ik denk niet dat hij hem heeft vermoord.'

Brunetti kon niet anders dan Vianello gelijk geven, maar even later gaf hij uiting aan een ongemakkelijk gevoel dat hij aan het gesprek met de advocaat had overgehouden: 'Jij denkt dat dat betekent dat Penzo zijn geliefde was?'

'Je hebt gehoord hoe hij over hem sprak,' hield Vianello vol.

'Veertig jaar van iemand houden is niet hetzelfde als zijn geliefde zijn,' zei Brunetti.

Hij zag het verzet in Vianello's ogen, en voor de inspecteur iets kon zeggen voegde Brunetti eraan toe: 'Het is niet hetzelfde, Lorenzo.' Het kwam in Brunetti op dat Vianello en hij zeker van elkaar hielden, maar dat was niet iets wat hij kon zeggen, zeker niet tegen Vianello. En hij moest toegeven dat hij ook niet zou willen dat Vianello het tegen hem zei.

'Jij mag best vinden dat het iets anders is,' zei Vianello, op een toon alsof hij daar zelf nooit voor zou kiezen. 'Maar als nou blijkt dat hij die avond niet in Belluno was, wat doen we dan?'

Brunetti kon niet veel anders doen dan die mogelijkheid met een schouderophalen wegwimpelen.

Terug in zijn kamer ging een verlepte Brunetti bij het raam staan, op zoek naar een eventueel voorbijkomend briesje. Hij dacht na over nieuwe verbanden en de mogelijkheden die daaruit voortvloeiden. Penzo en Fontana als liefhebbende vrienden, wat dat ook mocht betekenen. Of als geliefden: hij sloot die mogelijkheid niet uit. Fontana en rechter Coltellini die vanwege zoekgeraakte juridische documenten tegenover elkaar waren komen te staan. Fontana als tegenpartij in twee verbale *battaglie* met zijn medehuurders. En dan signor Puntera, de rijke zakenman en eigenaar van het *palazzo*, met overal een vinger in de pap en dus goede redenen om welwillende vrienden bij de rechtbank te willen hebben.

Hij gaf de hoop op verkoeling op en ging naar beneden naar signorina Elettra. Haar deur was dicht. Hij klopte, hoorde een geluid en ging naar binnen. Het paradijs in. Het was koel, en het was droog, en er ging automatisch een rilling door hem heen, al kon hij niet zeggen of die van de kou of van verrukking was. Ze zat achter haar computer en droeg een lichtblauw vest dat – kon dat in augustus? – van kasjmier leek te zijn.

Hij stapte naar binnen en deed gauw de deur dicht. 'Hoe heeft hij dat voor elkaar gekregen?' wilde hij weten. En vervolgens, niet in staat zijn verbazing te verbergen: 'Heeft u hem geholpen?'

'Ach toe, commissario,' zei ze op verontwaardigde toon. 'U weet hoe ik over airconditioning denk.' Dat wist hij inderdaad. Ze hadden bijna ruzie gehad over het onderwerp, omdat hij volhield dat het voor bepaalde mensen en onder bepaalde omstandigheden – waartoe hij stilzwijgend ook zijn eigen huis in de maanden juli en augustus rekende – nodig was, terwijl zij vond dat het verspilling was en dus immoreel.

'Wat is er dan gebeurd?'

'Hoofdinspecteur Scarpa,' zei ze met onverbloemde minachting, 'heeft een vriend die airconditioners opknapt; hij heeft hem er vanmorgen een in de kamer van de vicequestore laten installeren.' Ze ging wat rechter zitten en voegde eraan toe: 'Ik heb tegen hem gezegd dat ik er geen nodig had: elke keer als de deur opengaat komt hier al genoeg koude lucht binnen.'

Daarop vloog de deur achter signorina Elettra's bureau met een klap tegen de muur, en in plaats van koude lucht stormde Patta de kamer binnen. 'Daar ben je dus. Ik zit al uren naar je kamer te bellen. Naar binnen.' Hij schreeuwde niet: dat hoefde ook niet. De kracht van zijn woede deed het effect van de airconditioning bijna teniet.

De vice-questore draaide zich om en wilde zijn kamer binnen stappen, maar omdat de deur was dichtgevallen door de kracht waarmee hij hem had opengegooid, moest hij hem opnieuw opendoen.

Brunetti had nog net tijd om een blik op signorina Elettra te werpen, maar zij hief in een leeg gebaar haar handen op en schudde haar hoofd. Brunetti liep achter Patta aan zijn kamer in en deed de deur dicht.

'Ben jij helemaal gek geworden?' zei Patta toen hij achter zijn bureau stond. Hij ging zitten, maar gebaarde Brunetti niet om ook plaats te nemen, en dat betekende dat het goed mis was en dat er met Patta niet te spotten viel.

Brunetti kwam wat dichter bij het bureau staan en zorgde ervoor dat hij zijn handen naast zijn lichaam hield. 'Wat is er aan de hand, meneer?' vroeg hij.

'Wat is er aan de hand?' herhaalde Patta, en voor het geval iemand die zich achter zijn archiefkast had verstopt het niet gehoord had, zei hij het nog een keer: 'Wat is er aan de hand?' Vervolgens, ervan overtuigd dat iedereen het gehoord had, ging hij verder: 'Wat er aan de hand is, is dat ik vanmorgen twee keer ben gebeld, en dat ik allebei de keren te horen moest krijgen dat jij je zo ongeveer misdadig hebt gedragen. Dat is er aan de hand.'

'Mag ik vragen wie er gebeld heeft, meneer?' vroeg Brunetti, die al het ergste vreesde.

'Ik ben gebeld door de man van signora Fulgoni, die zei dat zijn vrouw erg van streek was geraakt door de teneur van jouw ondervraging.' Patta hief zijn hand op om een eventuele poging van Brunetti om zijn gedrag te verklaren of te verdedigen bij voorbaat weg te wuiven. 'Erger nog, hij vertelde me dat je het hebt gewaagd om naar beneden te gaan en een kind te ondervragen.' De gedachte aan de gevolgen hiervan trok Patta omhoog uit zijn stoel; hij leunde over zijn bureau en bulderde, tegen het lage gezoem van de airconditioning in: 'Een kind, Brunetti. Weet je wel wat voor moeilijkheden ik hierdoor kan krijgen?'

'Wie heeft er nog meer gebeld, meneer?' vroeg Brunetti.

'Ik stond op het punt om je dat te vertellen. De directeur van de Dienst Maatschappelijk Werk, die zei dat ze een klacht had gehad dat de politie een kind had lastiggevallen en wilde weten wat er aan de hand was.' Brunetti onderdrukte de neiging om te vragen wie die klacht had ingediend, in de wetenschap dat Patta dat toch niet zou vertellen.

Patta liet zich weer in zijn stoel zakken en zei op kalmere toon: 'Gelukkig zit haar man bij mij op de Lions Club, dus ik ken ze vrij goed. Ik heb haar verzekerd dat het absoluut een misverstand was, en ze leek me te geloven. In ieder geval komt er geen officieel onderzoek.' Zijn opluchting was tastbaar. 'Dat is tenminste één ding waar ik me geen zorgen over hoef te maken.'

Brunetti bleef doodstil staan en besloot dat het het beste was om de golven van Patta's woede op hem te laten breken tot het tij keerde, en daarna met een verklaring te komen.

‘Fulgoni is bankdirecteur,’ zei Patta. ‘Heb je wel enig idee hoeveel invloed zo’n man kan hebben? Hij is bovendien een vriend van de questore.’ Patta zweeg even om de volle omvang van deze mededeling tot Brunetti door te laten dringen en zei toen op rustiger toon: ‘Maar ik geloof dat ik hem zover heb gekregen dat hij geen klacht indient.’

Patta sloot zijn ogen en haalde diep adem, om Brunetti duidelijk te laten zien hoezeer zijn geduld op de proef werd gesteld door dit meest recente voorbeeld van de onbesuisdheid en onverantwoordelijkheid van zijn ondergeschikte, dat eens te meer aantoonde hoezeer hij geplaagd werd door bekommernissen van zijn ambt.

‘Goed dan,’ zei Patta vermoeid. ‘Blijf daar niet zo staan. Ga zitten en vertel me jouw versie van wat er gebeurd is.’

Brunetti deed wat hem gezegd werd, en zorgde ervoor dat hij rechtop zat, met zijn benen bij elkaar, handen op zijn knieën: niet dat non-verbale verzet van armen over elkaar. ‘Ik heb inderdaad met signora Fulgoni gesproken, vicequestore. Volgens het rapport van hoofdinspecteur Scarpa hebben zij en haar man ons het tijdstip gegeven voorafgaand waaraan de moord niet kan hebben plaatsgevonden. Ik was benieuwd of hun misschien iets vreemds of ongewoons was opgevallen. Ik wilde wat meer weten over die vier bergingen: daar zou iemand zich makkelijk schuil hebben kunnen houden.’

‘Daar heeft Fulgoni niets over gezegd,’ zei Patta met de argwaan van iemand die eraan gewend is dat er tegen hem wordt gelogen. ‘Hij zei dat je persoonlijke vragen had gesteld.’

Brunetti trok een verbijsterd gezicht, alsof hij het idee alleen al een belediging vond, als hij tenminste het recht zou hebben om dat te vinden. ‘Nee hoor, meneer. Zodra ze antwoord had gegeven op mijn vraag hoe laat zij en haar man thuis waren gekomen, heb ik alleen maar een complimentje gemaakt over haar woning en gevraagd of ze contact had met de Fontana's. Ze zei van niet, en toen zijn Vianello en ik weer vertrokken.'

'En naar beneden gegaan om dat kind te ondervragen,' zei Patta, wiens eerdere woede weer helemaal terugkwam.

Brunetti deed zijn handen omhoog om ongegronde kritiek af te weren. 'Dat is óf een misverstand, óf ernstig overdreven, meneer. We zijn naar beneden gegaan en hebben aangebeld. Een kind zei iets door de dichte deur, en toen heb ik gevraagd of ik haar moeder mocht spreken. Toen de deur openging zag ik aan het eind van de gang een vrouw staan,' – hij vond het niet nodig daar een beschrijving van het uiterlijk van de vrouw bij te geven – 'en nam aan dat het haar moeder was. Dus ik ben naar binnen gegaan in de hoop haar te spreken, maar zodra ik merkte dat die vrouw niet de moeder van het meisje was, zijn Vianello en ik weggegaan. Meteen, meneer. Dat kan Vianello bevestigen.'

'Daar twijfel ik niet aan,' zei Patta in een van die flitsen van nuchterheid die het Brunetti al jaren onmogelijk maakten hem af te doen als een volstrekte idioot.

'Hoe gaan we dit brengen?' vroeg Patta. 'Ik heb het sectierapport gezien,' voegde hij eraan toe. 'Het zal ongetwijfeld niet lang duren voor de pers het ook te pakken heeft.'

'Niet van Rizzardi,' zei Brunetti zo fel dat Patta hem een waarschuwende blik toewierp.

'Dottor Rizzardi is niet de enige die in het pathologisch laboratorium werkt, zoals je misschien nog weet, en ook niet de enige die toegang heeft tot dat rapport,' zei Patta. 'Als dit eenmaal bekend is, hoe spelen we het dan?'

Brunetti keek naar de poten van Patta's bureau en dacht aan signora Fontana en hoe lang ze bepaalde dingen voor zichzelf verborgen had gehouden en hoe ze dat voor elkaar had gekregen. Wat wensten moeders voor hun zonen? En van hun zonen? Een gelukkig leven? Kleinkinderen? Redenen om trots op hen te zijn? Brunetti kende vrouwen die alleen maar wilden dat hun zonen van de drugs af zouden blijven en niet in de gevangenis terecht zouden komen; andere die wilden dat ze met een mooie vrouw zouden trouwen, rijk zouden worden en sociale status zouden verwerven; en een handjevol dat eenvoudig wilde dat ze gelukkig zouden worden. Wat had signora Fontana zichzelf toegestaan voor haar zoon te wensen?

'Nou?' Patta's stem riep Brunetti's afgedwaalde gedachten tot de orde.

'Rizzardi zei tegen me dat het wel een tijdje duurt voordat de laboratoriumtests terug zijn, meneer,' zei Brunetti.

'En dus?'

'En dus denk ik dat we moeten kijken wie er in aanmerking komt voor de moord op...'

Voor Brunetti de naam Fontana kon noemen, onderbrak Patta hem: 'Hij klinkt niet als het soort man dat zomaar vermoord wordt. Dit kan gewoon een geval van straatcriminaliteit zijn geweest.'

Brunetti was geneigd te vragen wie dan degene was geweest die met zo veel geweld het leven uit hem had gebeukt, maar onderdrukte die neiging voorzichtigheidshalve en zei: 'Daar lijkt het inderdaad wel op, vice-questore. Maar iemand hééft hem willen vermoorden, en iemand heeft dat gedaan ook.' Hij kende Patta goed genoeg om te weten dat deze nu zou voorstellen dat de politie het misdrijf als een mogelijke straatroof zou betitelen, en hij zou daarbij waarschijnlijk het idee hebben dat dit de mensen in de stad gerust zou stellen. Daarom besloot Brunetti tot een preventieve aanval en zei hij: 'Het is misschien niet verstandig om het als een geval van straatcriminaliteit af te schilderen, vice-questore. Niemand komt graag naar een stad waar mensen op straat worden beroofd en vermoord.'

Patta was weliswaar een Siciliaan, maar Brunetti wist dat de vice-questore genoeg tijd had doorgebracht met politici en wat doorging voor de high society van de stad om zich het Venetiaanse geloof in toerisme eigen te hebben gemaakt. Offer kleine kinderen op, drijf de bewoners van de stad bijeen en verkoop ze als slaven, slacht alle mannen van kiesgerechtigde leeftijd af, verkracht maagden op de altaren van de goden: doe al die dingen, en meer nog, maar blijf met je handen van de toeristen en het toerisme af. Het zwaard van Mars was bij lange na niet zo machtig als hun creditcards; hun bestedingen waren alles.

'... wel wat ik zeg, Brunetti?'

'Natuurlijk, signore. Ik probeerde te bedenken hoe we dit in de pers kunnen brengen.' Ook Brunetti had de taal van het accommoderen geleerd.

Patta deed zijn armen over elkaar en keek naar zijn bureaublad, dat even vrij van papieren was als zijn gemoed van onzekerheid. 'De resultaten van de autopsie zullen vroeg of laat bekend worden gemaakt, dus ik denk dat we het beste kunnen zeggen dat we beginnen te vermoeden dat zijn dood verband houdt met zijn privéleven.'

'Zonder bewijs?' vroeg Brunetti, die met zijn gedachten nog steeds bij Fontana's moeder was.

'Natuurlijk is er bewijs. Er is het sperma van een andere man.'

'Daar is hij niet van doodgegaan,' reageerde Brunetti onbesuisd.

Patta zette zijn ellebogen op het bureau en drukte zijn lippen tegen zijn gevouwen handen, alsof hij poogde te onderdrukken wat hij tegen Brunetti wilde zeggen. Zo zaten de twee mannen daar een tijdje, totdat Patta vroeg: 'Wil jij dit verhaal naar de kranten brengen, of zal ik vragen of hoofdinspecteur Scarpa dat wil doen?'

Op de meest gematigde en redelijke toon die hij in zich had, zei Brunetti: 'Ik denk dat het beter is als de hoofdinspecteur dat doet, meneer.'

'Weet je zeker dat jij het niet wil doen, Brunetti? Een paar van die journalisten zijn per slot van rekening vrienden van je.'

'Dank u wel, meneer, maar als ik hun vraag om het te plaatsen, zou ik moeten zeggen dat ik het niet geloof. De hoofdinspecteur is veel meer op zijn gemak als hij met de pers praat.' Brunetti glimlachte en kwam overeind. Hij liep naar de deur, deed die open en sloot hem zachtjes, waarbij hij hem stevig naar zich toe trok om er zeker van te zijn dat hij goed dicht zat: hij wilde niet te veel koude lucht uit de kamer van de vice-questore laten ontsnappen.

24

Nadat hij Patta's kamer had verlaten, koos Brunetti voor wijsheid en bleef niet nog even met signorina Elettra staan praten. Hij ging naar boven naar zijn eigen kamer en belde naar de boerderij waar Paola en de kinderen verbleven. Bij de zevende keer overgaan nam Paola op.

'Het is warm en vochtig en de kleine kanalen stinken,' zei hij bij wijze van begroeting, en daarna: 'Waarom ben je niet aan het wandelen?'

'We zijn de hele dag buiten geweest, Guido. Ik zat op de patio te lezen.'

'Boerderijen horen helemaal geen patio's te hebben,' zei Brunetti knorrig.

'Helpt het als ik zeg dat ze vroeger op deze plek de varkens slachtten en dat het plaveisel schuin afloopt naar een goot waarin het bloed werd opgevangen? En het ruikt nog steeds vaag naar varkensbloed als de zon erop schijnt, waardoor het onmogelijk is om de genuanceerde dialogen van *The Europeans* mijn volle kritische aandacht te geven.'

'Sta je te liegen?'

'Ja.'

'Waarom?'

'Om jou een plezier te doen.' Na aldus aan de sentimentele verplichtingen te hebben voldaan, vroeg Paola: 'Hoe is het daar?'

'Een belangrijk iemand wiens vrouw ik heb ondervraagd, heeft zijn beklag gedaan bij Patta, dus ik heb net een kwartier lang zijn paranoia moeten aanhoren.'

'Waar is Patta bang voor?' vroeg ze.

'God mag het weten. Niet uitgenodigd te worden voor het bal van de Lions Club, als je het mij vraagt. Als ze dat hebben, tenminste. Ik begrijp hem niet: hij gedraagt zich alsof hij nog aan het hof van de Bourbons leeft, en alsof herkend worden door een prins het hoogste is wat er te bereiken valt. Als hij ooit met je vader zou lunchen, zou hij waarschijnlijk de geest geven van vreugde.'

'Mijn vader is geen prins,' merkte ze op.

'Nou ja, graven zitten in dezelfde branche.'

'De monarchie is in 1946 opgeheven,' zei ze met de strengheid van een geschiedkundige.

'Als je kijkt naar alle pluimstrijkerij die ik in mijn leven heb meegemaakt, zou je dat niet zeggen,' reageerde Brunetti.

'Wat is er aan de hand?' vroeg ze, niet geïnteresseerd in Brunetti's observaties met betrekking tot de hogere kringen.

'De man die is vermoord, is door twee betrouwbare getuigen omschreven als een goed mens. Hij heeft ruzie gehad met zijn buren, lag in de clinch met een rechter en was waarschijnlijk homoseksueel.'

'Rijk en suggestief als die informatie is, weet ik niet zeker of ik er genoeg aan heb om de moordenaar voor je aan te wijzen, als je daarvoor belde,' zei ze.

'Nee, daar kan niemand erg veel mee, hè?' beaamde Brunetti. 'Ik belde eigenlijk om te zeggen dat ik jou en de kinderen met heel mijn hart mis en dat ik wou dat ik daar was.'

'Los het dan maar gauw op en kom hiernaartoe. We kunnen altijd nog een week langer blijven.'

'En de kinderen verwennen?' zei hij met gespeelde ontzetting.

'En vakantie vieren,' verbeterde ze hem. Ze wisselden nog

wat vriendelijke woorden, waarna Brunetti verfrist de telefoon neerlegde.

Hij liet zijn gedachten nog eens gaan over zijn gesprek met signora Fulgoni. Hij had haar gevraagd hoe laat zij en haar man waren thuisgekomen, en ze had een tijd genoemd die bepaald werd door het geluid van de middernachtsklokken: preciezer kon een antwoord bijna niet zijn. Daarna had hij haar gevraagd hoe lang ze al in het gebouw woonden, en toen was haar antwoord net zo precies geweest. Pas toen hij vroeg hoe ze aan het appartement gekomen waren, was haar manier van doen veranderd.

'Nou, laten we dan maar eens kijken hoe dat zit,' zei hij hardop.

Brunetti trof Vianello aan in de agentenkamer en die verzekerde hem dat het vrij eenvoudig was om aan informatie over het huurcontract te komen, omdat hij er kort geleden achter was gekomen hoe hij toegang kon krijgen – het gebruik van dat eufemisme verried dat signorina Elettra degene was van wie hij die kennis had – tot de bestanden van de Commune. Hij maakte zijn woorden waar: gebruikmakend van de namen van Puntera en de Fulgoni's vond hij binnen een paar minuten de datum van het contract en het nummer van het dossier in het Ufficio di Registri waar een kopie ervan te vinden was.

'Moeten we daar naartoe om uit te vissen hoeveel huur ze betalen?' vroeg Brunetti.

Vianello wilde iets zeggen, aarzelde, leek enigszins in verlegenheid gebracht en zei toen: 'Nee, in principe niet.'

'Ik neem aan dat het huurbedrag hier niet in staat,' zei Brunetti, terwijl hij met een vingernagel op het scherm tikte.

'Nee,' zei Vianello, waarna hij zichzelf onmiddellijk verbeterde. 'Ik bedoel ja.'

'Wat is het nou, Lorenzo? Ja of nee?' vroeg Brunetti.

'Het staat in het contract, dat sowieso, maar waarschijnlijk niet in de computerbestanden van het Ufficio di Registri.'

'Waar dan wel?'

'In Puntera's belastingaangiften.'

'Zitten die daar ook in?' vroeg Brunetti met een vriendelijk knikje in de richting van de computer, die hij daarmee tot een metoniem voor de informatie zelve maakte.

'Ja.'

'Nou?' zei Brunetti, en hij wapperde ongeduldig met zijn hand naar het scherm.

'Ik weet niet hoe ik daarin moet komen,' bekende Vianello.

'Ah,' zei Brunetti, en hij ging terug naar zijn kamer. Zonder zich er iets van aan te trekken dat Patta waarschijnlijk nog op kantoor was, belde hij signorina Elettra om te vragen of ze via Puntera's belastinggegevens kon uitzoeken hoeveel huur hij ontving voor de drie appartementen in het *palazzo* aan de Misericordia.

'Geen probleem, commissario,' zei ze. Hij legde de telefoon neer en probeerde de achteloosheid van haar reactie geen afbreuk te laten doen aan zijn respect voor Vianello.

Hij keek een paar tellen naar de muur en belde haar vervolgens weer. 'Als u toch met die informatie bezig bent, kunt u dan ook eens kijken of er advocatenkosten worden opgevoerd en of u namen tegenkomt van advocaten die hij de afgelopen jaren betaald heeft? En boetes die hij misschien heeft moeten betalen voor bedrijven van hem? Of schadevergoedingen die hem zijn opgelegd? Eigenlijk alles wat hem in verband brengt met advocaten of de rechterlijke macht.'

'Natuurlijk, signore,' zei ze, en Brunetti dankte de hemel

in stilte dat die hem had gezegend met deze moderne Mercurius die zo moeiteloos boodschappen overbracht tussen hem en wat hij in de loop der jaren was gaan beschouwen als de cyberhemel. Als man van zijn leeftijd, met de vooroordelen van iemand die was grootgebracht met papier, vond hij het een buitengewoon verontrustend idee dat zo veel persoonlijke en vertrouwelijke informatie elektronisch ter beschikking stond van iedereen die er maar bij kon komen. Hij was natuurlijk geheel en al bereid van signorina Elettra's rooftochten te profiteren, maar dat nam niet weg dat hij haar activiteiten wel als zodanig beschouwde: als rooftochten.

Opeens werd Brunetti overmand door een golf van iets dat in de buurt kwam van uitputting. Je had de hitte, het vooruitzicht vanavond weer in zijn eentje te moeten eten, de noodzaak het hoofd te buigen voor Patta teneinde te kunnen doen wat hij goed en juist vond, en dan had je nog de bloedvlek op het plaveisel van de binnenplaats, het bloed van die goede man, Fontana.

Hij verliet de Questura zonder iemand iets te zeggen, nam de Nummer Een naar San Silvestro, waar hij bij Antico Panificio naar binnen ging en een meeneempizza met pikante worst, ruccola, rode peper, ui en artisjok bestelde, en ging vervolgens naar huis om op het terras zijn pizza op te eten, waarbij hij twee biertjes dronk en Tacitus las, wiens sombere kijk op de politiek het enige was dat hij in deze huidige staat kon verdragen. Daarna ging hij naar bed en sliep diep en goed.

Toen hij de volgende ochtend op de Questura arriveerde, kreeg Brunetti van de agent die op wacht stond te horen dat ispettore Vianello hem wilde spreken. In de agentenkamer stond Vianello met Zucchero te praten, maar de jonge agent deed een stap bij hem vandaan toen hij Brunetti zag binnenkomen.

'Wat is er?' vroeg Brunetti toen hij bij Vianello's bureau was aangekomen.

'Ik heb alle Fontana's in het telefoonboek gebeld, en een van hen, Giorgio, zei dat het slachtoffer zijn neef was. Toen ik vroeg of we langs konden komen om met hem te praten, zei hij dat hij liever hiernaartoe kwam.'

'Klonk het alsof hij ons iets te vertellen had?'

Vianello gebaarde met open handen dat hij dat niet wist. 'Dat is het enige wat hij zei, dat hij nu langs zou komen om met ons te praten.'

'Wat heb je tegen hem gezegd?'

'Dat jij hier om negen uur zou zijn.'

'Mooi,' zei Brunetti. 'Kom maar mee naar boven.'

Vianello's telefoon ging, en na een knikje van Brunetti nam hij op. Hij luisterde even en zei toen: 'Oké. Wil je hem de weg wijzen naar de kamer van commissario Brunetti, alsjeblieft?' Hij hing op en zei: 'Hij is er.'

Ze gingen gauw naar boven. Brunetti gooide de ramen open, maar dat maakte weinig verschil, het bleef benauwd en bedompt in de kamer. Een paar minuten later klopte Zucchero op de deurpost en zei: 'Er is bezoek voor u, commissario: signor Fontana.' Hij salueerde netjes en stapte naar achteren.

Araldo Fontana was omschreven als een kleine, alledaagse man, alsof hij een onbelangrijk personage in een saaie roman was. Brunetti had een dag eerder de kans gehad om Fontana in het echt te zien, maar lafheid – er is geen ander woord voor – had hem ervan weerhouden Rizzardi te vragen hem te laten zien.

De man die nu Brunetti's kamer binnen kwam, zag eruit als een personage dat geprobeerd had zich aan de bladzijden van diezelfde roman te ontworstelen maar daar niet in geslaagd was. Hij was van gemiddelde lengte en gemiddelde bouw, en had haar dat niet lichtbruin en niet donkerbruin was en dat ook niet al te dik gezaaid was. Hij bleef net voorbij de drempel staan, deed gauw een stap naar voren toen Zucchero de deur achter hem dichtdeed, en vroeg: 'Commissario Brunetti?'

Brunetti liep op hem toe om hem een hand te geven.

'Giorgio Fontana,' zei de man. Zijn handdruk was licht en vluchtig. Hij keek naar Vianello, stapte op hem af en stak hem zijn hand toe. Vianello schudde die en zei: 'Wij hebben elkaar al gesproken. Ik ben Vianello, de assistent van de commissario.'

Vianello gebaarde naar de stoel naast de zijne, wachtte tot de ander zat en nam toen zelf ook plaats. Brunetti ging weer achter zijn bureau zitten.

'Ik ben heel blij dat u met ons komt praten, signor Fontana,' zei Brunetti. 'We zijn nu bezig familieleden van uw neef op te sporen, en u bent de eerste die we hebben kunnen bereiken.' De manier waarop Brunetti dit zei suggereerde dat de politie de namen al had gevonden, wat niet het geval was. Hij schonk hem een zowel dankbaar als hoffelijk glimlachje en zei: 'U hebt ons tijd bespaard door hiernaartoe te komen.'

Fontana bewoog zijn lippen in iets wat een glimlach zou kunnen zijn. 'Ik ben bang dat ik de enige ben,' zei hij. Toen hij hun blikken zag, vervolgde hij: 'Mijn vader was de enige broer van Araldo's vader, en ik ben zijn enige kind. Dus wat familie betreft ben ik de enige die u hoeft te zoeken,' besloot hij met een heel klein glimlachje.

'Juist, ja,' zei Brunetti. 'Fijn dat u dat zegt. We zijn blij met alle hulp die u ons kunt bieden.'

'Wat voor soort hulp?' vroeg Fontana, bijna alsof hij vreesde dat ze hem om geld zouden vragen.

'Alles wat u over uw neef kunt vertellen, zijn leven, zijn werk, vrienden die hij had. Alles waarvan u denkt dat het voor ons van belang zou kunnen zijn.'

Fontana glimlachte weer nerveus, keek van de een naar de ander, vervolgens naar zijn schoenen, en vroeg toen, de ogen nog steeds neergeslagen: 'Komt dit in de kranten?'

Brunetti en Vianello wisselden een snelle blik; Vianello's lippen plooiden zich tot de halfgrimas die een mens op zijn gezicht krijgt bij de ontdekking van iets dat wel eens interessant zou kunnen zijn.

'Alles wat u ons vertelt, signore,' zei Brunetti op zijn meest officiële toon, de toon die hij gebruikte wanneer het hem beter uitkwam iets anders te beweren dan wat hij wist dat de waarheid was, 'blijft strikt vertrouwelijk.'

Zijn geruststelling bracht geen zichtbare tekenen van ontspanning in Fontana teweeg, en Brunetti begon te vermoeden dat dit een man was die zich niet kón ontspannen, of die, als hij het wel kon, daar in ieder geval niet toe in staat was in aanwezigheid van anderen.

Fontana schraapte zijn keel, maar zei niets.

'Ik heb met uw tante gesproken, maar het leek me in deze moeilijke tijd nogal hardvochtig om haar te vragen over haar zoon te vertellen.' Moeiteloos transformeerde hij de dingen die hij had nagelaten te doen tot werkelijkheid en zei: 'Vanmiddag hebben we afspraken staan met een paar vrienden van hem.'

'Vrienden?' vroeg Fontana, alsof hij niet goed wist wat dat woord betekende.

'De mensen die met hem werkten,' verduidelijkte Brunetti.

'O,' zei Fontana, en hij wendde zijn ogen af.

'Denkt u dat collega's een beter woord is, signore?' viel Vianello in.

'Misschien,' zei Fontana ten slotte.

Brunetti vroeg: 'Praatte hij wel eens over de mensen met wie hij werkte?' Toen Fontana geen antwoord gaf, zei hij: 'Ik ben bang dat ik geen idee heb hoe intiem u met uw neef was, signor Fontana.'

'Intiem genoeg,' was de enige reactie die hij kreeg.

'Praatte hij met u wel eens over zijn werk, signore?' vroeg Brunetti.

'Nee, niet veel.'

'Mag ik u vragen,' begon Brunetti met een ongedwongen glimlach, 'waar u dan wel over sprak?'

'O, dingen, familiedingen,' was zijn karige antwoord.

'Zijn familie of uw familie?' vroeg Vianello op zachte toon.

'Het is dezelfde familie,' zei Fontana enigszins bruusk.

Vianello leunde naar voren en glimlachte in Fontana's richting. 'Natuurlijk, uiteraard. Ik bedoel: praatte u over uw kant van de familie of over de zijne?'

'Allebei.'

'Praatte hij wel eens over uw tante, zijn moeder?' vroeg Brunetti, die zich erover verbaasde dat ze er zo veel tijd mee kwijt waren om het over zo'n kleine familie te hebben.

'Zelden,' zei Fontana. Zijn ogen gingen van de een naar de ander, en hij keek steeds naar degene die hem een vraag had gesteld en richtte zijn aandacht op hem terwijl hij antwoord gaf, alsof hij dat als kind zo had geleerd en niet wist hoe hij zich anders zou moeten gedragen.

'Praatte hij wel eens over zichzelf?' vroeg Brunetti op een toon die hij opzettelijk laag en kalm en warm van belangstelling hield.

Fontana keek Brunetti een hele tijd aan, alsof hij zocht naar de valstrik of voetangel die zeker nog aan het licht zou komen. 'Soms,' antwoordde hij uiteindelijk.

Als het zo doorging, besefte Brunetti, zaten ze hier tegen

de winter nóg, en dan zou Fontana nog steeds van de een naar de ander zitten kijken. 'Waren jullie intiem?' vroeg hij ten slotte.

'Intiem?' herhaalde hij, alsof hij vergeten was dat die vraag hem al was gesteld.

'Qua vriendschap,' verduidelijkte Brunetti met eindeloos geduld. 'Konden jullie openhartig met elkaar praten?'

In eerste instantie staarde Fontana hem aan, alsof hij verbaasd was over deze nieuwe manier waarop twee mannen met elkaar konden omgaan. Maar nadat hij even had nagedacht, zei hij op zachtere toon: 'Ja.'

'Praatte hij met u wel eens over zijn privéleven?' vroeg Brunetti, die de stem van de priester imiteerde die hem tientallen jaren geleden zijn eerste biecht had afgenomen. Hij meende Fontana een heel klein beetje te zien ontspannen en zei: 'Signor Fontana, we willen degene vinden die dit gedaan heeft.' Fontana knikte een paar keer, en Brunetti vroeg nogmaals: 'Praatte hij over zijn privéleven?'

Fontana keek van Brunetti naar Vianello, en daarna keek hij naar zijn knieën. 'Ja,' zei hij nauwelijks hoorbaar.

'Is dat de reden waarom u met ons bent komen praten, signor Fontana?' vroeg Brunetti, die wenste dat hij er eerder aan gedacht had om dit te vragen.

Nog steeds met neergeslagen ogen zei Fontana: 'Ja.'

Brunetti had geen idee welk deel van Fontana's leven, het persoonlijke of het professionele, zijn dood had veroorzaakt, maar er klonk geen spoor van die onzekerheid in zijn stem door toen hij zei: 'Mooi. Ik denk dat daar wel eens de reden voor zijn dood zou kunnen liggen.'

Dat was genoeg om Fontana zover te krijgen dat hij zijn blik losmaakte van zijn knieën. Hij keek Brunetti aan, die getroffen werd door de triestheid in zijn ogen. Fontana zei: 'Ik ook.'

‘Kunt u ons dan iets over hem vertellen, signore?’ vroeg Brunetti.

‘Hij was een goed mens,’ begon Fontana, en het verraste Brunetti dat hij dezelfde woorden gebruikte als signora Zinka. ‘Mijn oom was ook een goed mens, en hij heeft Araldo ook op die manier opgevoed.’ Als Brunetti het al vreemd vond dat Fontana hier niets zei over de moeder van zijn neef, hield hij dat voor zich.

‘We gingen altijd heel veel met elkaar om toen we kinderen waren, misschien wat minder toen we ouder werden, maar dat is normaal, denk ik.’ Het werd gezegd als een bewering, maar Brunetti had het gevoel dat het eigenlijk een vraag was. Fontana haalde diep adem en ging verder. ‘Maar toen trouwde ik en kreeg kinderen. En het werd anders.’ Hierop glimlachte Brunetti, en hij vermeed het Vianello’s kant op te kijken. ‘Ik had toen minder tijd voor Araldo.’

‘Zag u hem nog wel?’

‘O, natuurlijk. Hij is de peetoom van allebei mijn kinderen en dat nam hij serieus.’ Fontana zweeg even en wendde zijn blik af. Hij keek door het raam naar het dak van het Casa di Cura aan de overkant van het kanaal. Brunetti had de indruk dat Fontana zich wat gesterkt voelde nu hij zijn kinderen ter sprake had gebracht; in ieder geval klonk zijn stem krachtiger. Brunetti deed geen poging zijn aandacht weer te winnen.

Ze wachtten, en na een tijdje zei Fontana: ‘Hij was homoseksueel, Araldo.’

Brunetti knikte, en zijn knikje was zowel een reactie op de opmerking als een kennisgeving dat de politie dit al wist.

Fontana haalde een katoenen zakdoek uit zijn zak. Hij veegde zijn gezicht af en stopte de zakdoek weer terug. ‘Hij heeft het me jaren geleden verteld, een jaar of vijftien, misschien wel langer.’

'Was u verrast?' vroeg Brunetti.

'Ik geloof het niet,' zei Fontana. Hij keek afwezig naar zijn schoot, plukte aan de vouw in zijn broekspijp, ging er met duim en wijsvinger langs, maar dat gebaar hielp niet tegen het gewicht van de vochtigheid in de kamer, in de stad. 'Nee, ik was niet verrast. Niet echt,' verbeterde hij zich. 'Ik had al jaren het idee dat hij het was. Niet dat het me iets uitmaakte.'

'Maakte het zijn ouders iets uit, denkt u?' vroeg Vianello. 'Waren die verrast?'

'Zijn vader was al dood toen hij het me vertelde.'

'En zijn moeder?' vroeg de inspecteur.

'Ik weet het niet,' zei Fontana. 'Ze is heel wat slimmer dan ze zich voordoet. Ze kan het best geweten hebben. Of vermoed.'

'Zou ze het erg hebben gevonden?' vroeg Vianello.

Fontana haalde zijn schouders op, wilde iets zeggen, hield zich in, en zei toen snel: 'Zolang niemand ervan wist en hij de huur betaalde, kon het haar niet schelen, niet echt.'

'Het is wel bijzonder om dat over iemands moeder te zeggen,' viel Brunetti in.

'Het is een bijzondere vrouw,' zei Fontana, die hem scherp aankeek.

Er viel een stilte. Hoe interessant een gesprek over signora Fontana misschien ook was, Brunetti had niet het idee dat het hen veel verder zou brengen. Het was tijd om terug te keren naar Fontana's dood, dus vroeg hij: 'Heeft uw neef ooit iets over zijn privéleven verteld?'

'U bedoelt seks?' vroeg Fontana.

'Ja.'

Fontana probeerde nogmaals de vouw in zijn broekspijp terug te krijgen, maar de vochtigheid won opnieuw. 'Hij heeft me,' begon hij, en hij schraapte een paar keer zijn keel.

'Hij heeft me wel eens verteld dat hij me benijdde.' Hij zweeg.

'Wat benijdde hij dan aan u, signor Fontana?' was Brunetti uiteindelijk gedwongen te vragen.

'Dat ik van mijn vrouw hou.' Hij wendde zijn blik af nadat hij dit had gezegd.

'En waarom was dat?' vroeg Brunetti.

Fontana schraapte nogmaals zijn keel, kuchte een paar keer en zei toen, zonder Brunetti aan te kijken: 'Omdat – dat heeft hij gezegd – hij nooit in staat was de liefde te bedrijven met iemand van wie hij echt hield.'

25

Brunetti knikte opnieuw, en wekte daarmee de indruk dat deze informatie hem al had bereikt. Zo meevoelend als hij maar kon, zei hij: 'Dat moet zijn leven erg moeilijk hebben gemaakt.'

Fontana haalde nauwelijks merkbaar zijn schouders op en zei: 'In zekere zin, maar niet echt.'

'Ik ben bang dat ik dat niet begrijp,' zei Brunetti, maar als hij aan Fontana's moeder dacht, begreep hij het misschien toch wel.

'Op die manier kon hij zijn emotionele leven scheiden van zijn seksuele leven. Hij hield van mij en van zijn moeder en van zijn vriend Renato, maar wij waren – hoe moet je dat zeggen? – seksueel verboden terrein.' Hij zweeg even, alsof hij nadacht over wat hij zichzelf zojuist had horen zeggen, en ging toen verder. 'Nou ja, Renato niet, waarschijnlijk. Maar ik denk dat Araldo geen enkele verwarring in zijn leven kon verdragen. Dus door ze te scheiden, die twee dingen, zou hij geen verwarring krijgen. Of dat dacht hij in ieder geval.' Weer die schouders, waarna Fontana zei: 'Ik weet niet hoe ik het uit moet leggen, maar het klopt wel, vind ik. Als je hem kent, bedoel ik. Als je weet hoe hij is. Was.'

'U zei daarstraks, signore, dat u denkt dat dit misschien iets met zijn dood te maken kan hebben gehad,' zei Brunetti. 'Kunt u daar iets meer over vertellen, alstublieft?'

Fontana vouwde stijfjes zijn handen in zijn schoot en zei, zich tot Brunetti richtend: 'Door dingen gescheiden te houden, was hij vrij – als dat het juiste woord is – om anonieme seks te hebben. Toen we jonger waren... waren dat soort dingen allemaal geen probleem, waarschijnlijk. Maar daarna, nou ja, werd het voor mij anders. Maar voor Araldo niet.'

Toen de stilte te lang aanhield, vroeg Brunetti: 'Heeft hij u dat verteld?'

Fontana hield zijn hoofd een beetje scheef. 'Min of meer.'

'Neem me niet kwalijk,' zei Brunetti. 'Ik weet niet zeker of ik het goed begrijp.' Hij begreep het waarschijnlijk wel, maar hij wilde van Fontana horen wat deze in gedachten had.

'Hij vertelde wel eens wat, gaf antwoord op vragen, zinspeelde zo'n beetje op dingen,' zei Fontana, en hij stond plotseling op. Maar het enige wat hij deed was zijn broekspijpen lostrekken van de achterkant van zijn dijen en een paar passen op de plaats maken om ze weer vrij van zijn lichaam te laten vallen. Hij ging weer zitten en zei: 'Ik wist wat hij bedoelde, ook al zei hij het niet met zo veel woorden.'

'Heeft hij u verteld waar dit plaatsvond?' vroeg Brunetti.

'Her en der. Bij andere mensen thuis.'

'Niet bij hem?'

Fontana wierp Brunetti een strenge blik toe en vroeg: 'Heeft u zijn moeder wel eens ontmoet?'

'Natuurlijk,' zei Brunetti, die naar zijn bureaublad keek en vervolgens weer naar Fontana.

Bij wijze van verontschuldiging voor de scherpte van zijn laatste opmerking zei Fontana dit: 'Een keer toen ik bij ze op bezoek ging, waren de intercom en de deuropener kapot, dus toen moest ik Araldo bellen met mijn *telefonino*, en daarna kwam hij naar beneden om me binnen te laten. Toen we over de binnenplaats liepen, bleef hij even staan en keek om zich heen. En toen zei hij iets over dat dat zijn liefdesnestje was.'

'Wat zei u toen?' vroeg Vianello.

'Ik geneerde me, dus ik heb hem genegeerd en net gedaan

alsof hij niets gezegd had.' Na een korte stilte zei hij: 'Ik wist niet wat ik moest zeggen. We waren als kinderen zo dik met elkaar geweest, en nu zei hij zoiets. Ik begreep het niet.'

'Misschien geneerde hij zich ook wel,' opperde Brunetti. Vervolgens, meer ter zake: 'Heeft hij ooit iemand met name genoemd of een opmerking gemaakt die u in staat zou stellen een van zijn...' – Brunetti kon niet een-twee-drie op het juiste woord komen: 'minnaars' leek volstrekt misplaatst, in het licht van wat Fontana hem had verteld – '... partners te identificeren?'

Fontana schudde zijn hoofd. 'Nee. Niets. Dat zou Araldo verkeerd hebben gevonden.' Hij wachtte tot ze hem zouden vragen dit toe te lichten, en toen dat niet gebeurde, vervolgde hij: 'Hij vond het geen probleem om over zijn eigen leven te praten, maar hij zei nooit iets over iemand anders: geen namen, zelfs geen leeftijden. Niets.'

'Alleen dat hij niet van ze kon houden,' zei Vianello op droevige toon.

Fontana knikte en fluisterde toen: 'Of mocht houden.'

Daarna was de informatie die Fontana verstrekte niet zo interessant meer: zijn neef had hem nooit voorgesteld aan iemand anders dan een vriend van school of een collega van zijn werk, en hij had ook nooit met speciale genegenheid over iemand gesproken, afgezien van Renato Penzo, die hij had geprezen als zijnde een goede vriend. Hij was altijd met zijn moeder op vakantie gegaan en had wel eens voor de grap gezegd dat dat meer werk was dan naar zijn werk gaan.

De afgelopen maanden had hij nerveus en afwezig geleken, en toen Giorgio daar iets over had gezegd, zei zijn neef alleen maar dat hij problemen had op zijn werk en thuis.

'Veel mensen die ik heb gesproken,' begon Brunetti, 'hebben me verteld dat hij een goed mens was. En u hebt die woorden zelf ook gebruikt. Kunt u me zeggen wat u daarmee bedoelt?'

Aan Fontana's gezicht was te zien dat hij echt verbluft was door die vraag. 'Maar iedereen weet toch wat dat betekent?' Hij keek naar Vianello voor bevestiging, maar de inspecteur zei niets.

Uiteindelijk stond Brunetti zichzelf toe het te zeggen. 'Er zijn veel mensen die hem niet goed zouden vinden als ze eenmaal zouden weten dat hij homoseksueel was.'

'Maar dat is belachelijk,' reageerde Fontana. 'Wat ik al zei: hij was een goed mens. Het afgelopen jaar heeft hij kleren ingezameld voor die vrouw – die dienstbode – hoe heet ze ook alweer?'

'Zinka?' zei Brunetti.

'Ja. Hij heeft kleren ingezameld voor haar familie in Roemenië en die naar ze opgestuurd. En ik weet dat zijn vriend Penzo een *permesso di soggiorno* voor haar probeert te regelen. En hij had engelengeduld met zijn moeder. Hij zou alles gedaan hebben om te zorgen dat ze gelukkig bleef. En hij was werkelijk niet in staat tot oneerlijkheid. In wat voor vorm dan ook.' Vervolgens schoot hem iets te binnen en zei hij: 'Ah, dat was ik alweer vergeten. Hij vertelde me een maand of twee geleden dat hij erover dacht om te gaan verhuizen, maar hij moest er niet aan denken hoe erg dat voor zijn moeder zou zijn.'

'Heeft hij ook gezegd waarom?'

Fontana schudde zijn hoofd. 'Niet iets wat ik kon begrijpen. Iets met zijn werk en dat het niet juist was dat ze in dat *palazzo* woonden. Maar hij heeft het niet echt uitgelegd.'

'Denkt u dat hij ook inderdaad verhuisd zou zijn?' vroeg Brunetti.

Fontana sloot zijn ogen en trok zijn wenkbrauwen op. Toen hij zijn ogen weer opendeed, ontmoette hij Brunetti's blik en zei: 'Als dat zou betekenen dat zijn moeder volledig van slag zou raken...' Hij maakte zijn zin niet af.

'Denkt u echt dat dat appartement zo belangrijk voor haar is?' vroeg Brunetti, die zijn verbazing hierover niet kon verbergen.

'U heeft mijn tante gesproken?'

'Ja.'

'U heeft die kleine rode wangetjes en dat elegante kapsel gezien?'

'Ja.'

Fontana boog zich zo snel naar voren dat Vianello gauw opzij deinsde om bij hem uit de buurt te komen. 'Mijn tante is een harpij,' zei Fontana met een heftigheid die Brunetti verbijsterde en Vianello's mond deed openvallen. 'Als ze niet krijgt wat ze wil, moeten andere mensen ervoor boeten, en ze wil dat appartement. Zoals ze nog nooit in haar leven iets gewild heeft.'

Een tijd lang wist niemand in de kamer wat hij moest zeggen, totdat Brunetti vroeg: 'En was dat genoeg om uw neef ervan te weerhouden te doen wat hij wilde doen?'

'Ik weet het niet, maar als ik er nu aan terugdenk, heb ik het idee dat dat de reden is waarom hij zo nerveus was de laatste paar keer dat ik hem heb gezien of gesproken.'

'Heeft uw neef het ooit over een rechter Coltellini gehad?' vroeg Brunetti opeens.

Fontana was zichtbaar verrast. 'Ja. De laatste paar jaar, nou ja, twee jaar, misschien. Hij was erg over haar te spreken. Ze deed altijd heel aardig tegen hem, leek zijn werk op prijs te stellen.' Fontana zweeg even en voegde er toen aan toe: 'Araldo werd af en toe verliefd op vrouwen, vooral vrouwen van zijn werk die meer macht of verantwoordelijkheid hadden dan hij.'

'Hoe liep dat af met die vrouwen?'

'O, daar kreeg hij vroeg of laat genoeg van. Of ze deden iets wat zijn goedkeuring niet kon wegdragen, en dan zonken ze weer terug onder de golven en werden ze weer net zo behandeld als ieder ander.'

'Is dat ook met rechter Coltellini gebeurd?' Terwijl hij die vraag stelde, werd Brunetti zich ervan bewust hoezeer deze man, en hun omgang met hem, was veranderd sinds hij zijn kamer binnen gekomen was. De gedweeheid was verdwenen, en ook de beschroomdheid. In plaats van een vertoon van onzekerheid zag Brunetti nu intelligentie en gevoeligheid. Zijn aanvankelijke nervositeit kon dus worden toegeschreven aan de beduchtheid die iedere gemiddelde burger voelde wanneer hij met de politie te maken kreeg.

Ergens midden in een zin liet Brunetti weer tot zich doordringen wat Fontana zei. '... waardoor alles anders werd. Toen hij niet meer over haar sprak – die verandering viel me op omdat hij zo vol van haar was geweest – vroeg ik er op een gegeven moment naar, en toen zei hij dat hij zich in haar vergist had. En dat was dat. Hij wilde er verder niets over zeggen.'

'Heeft u sinds zijn dood uw tante nog gezien?'

Fontana schudde zijn hoofd. Hij zat een tijdje voor zich uit te kijken en zei toen: 'Morgen is de begrafenis. Daar zal ik haar wel zien. En ik hoop dat ik haar daarna nooit meer hoef te zien. Maar dan ook nooit meer.'

Brunetti en Vianello wachtten.

'Ze heeft zijn leven verpest. Hij had bij Renato moeten gaan wonen toen hij de kans had.'

'Wanneer was dat?' vroeg Brunetti.

Toen Fontana hem aankeek, zag Brunetti dat zijn ogen nog triester stonden. 'Dat doet er niet meer toe, hè? Hij had het kunnen doen, en moeten doen, maar hij heeft het niet gedaan, en nu is hij dood.'

Fontana stond op, gaf Brunetti over het bureau heen een hand, en daarna Vianello. Hij zei verder niets meer, maar liep naar de deur en verliet de kamer.

26

Het bleef stil in de kamer nadat Fontana vertrokken was, en noch Brunetti, noch Vianello wilde die stilte verbreken. Na een tijdje stond Brunetti op en liep naar het raam, maar er was geen zuchtje wind om de drukkende zwaarte van de dag of van Fontana's woorden te verdrijven. 'Mijn gezin slaapt onder een dekbed, en wij moeten morgen naar een begrafenis,' zei hij, terwijl hij door het raam naar buiten keek.

'Ik heb toch niks beters te doen, nu Nadia en de kinderen weg zijn,' zei Vianello melancholiek. 'Het duurt waarschijnlijk niet lang meer of ik begin in mezelf te praten. Of bij McDonald's te eten.'

'In jezelf praten kan waarschijnlijk minder kwaad,' merkte Brunetti op. Vervolgens, ernstiger: 'Jij luistert terwijl ik praat, oké?'

Vianello sloeg zijn armen over elkaar en zakte onderuit in zijn stoel, voeten naar voren, enkels gekruist.

Brunetti leunde met zijn rug naar het raam tegen de vensterbank, steunend op zijn handen, en zei: 'Het DNA-monster dat Rizzardi op Fontana's lichaam heeft gevonden, brengt ons alleen maar verder als we het aan iemand kunnen koppelen. Penzo en Fontana waren geen geliefden, voor wat dat waard mag zijn. Die moeder wist misschien dat hij homo was, maar bekommerde zich meer om het appartement dat ze niet kwijt wilde. Fontana had een soort verliefdheid opgevat voor rechter Coltellini, maar daar kwam een einde aan om redenen die nog achterhaald moeten worden. Fontana hield van anonieme seks. Iemand van het Tribunale beweert dat hij van gevaarlijke seks hield. Hij had ruzie met allebei zijn buren; we weten niet waarover. Sommige zaken die aan rechter Coltellini zijn toegewezen, hebben extreme vertraging opgelopen. Fontana wilde niet over haar praten. Hij wilde uit dat appartement weg, maar kon er waarschijnlijk niet de moed voor opbrengen.'

Vianello deed zijn enkels andersom over elkaar. Brunetti ging weer achter zijn bureau zitten. 'Het is een legpuzzel: we hebben een heleboel stukjes, maar we hebben geen idee hoe ze in elkaar passen.'

'Misschien is dat niet zo,' merkte Vianello op.

'Wat?'

'Misschien passen ze niet in elkaar. Misschien heeft hij iemand opgepikt en meegenomen naar de binnenplaats. En is de zaak uit de hand gelopen.'

Brunetti ondersteunde zijn kin met één hand en zei: 'Ik hoop dat die gedachte niet voortkomt uit een of ander idee dat homoseks altijd gevaarlijk moet zijn.' Zijn toon was neutraal, maar zijn bedoeling was dat niet.

'Guido,' zei Vianello ietwat geërgerd, 'gun me even het voordeel van de twijfel, oké? We hebben een heleboel kleine feitjes, en zelfs nog meer dingen die we daaruit op kunnen maken, maar we hebben ook iemand die drie keer met zijn hoofd tegen een marmeren beeld is gebeukt, en dat is niet iets wat met een goed mens gebeurt, tenzij hij wel heel onbezonnen bezig is.'

'Of te maken heeft met iemand die niet goed is én die onbezonnen is,' reageerde Brunetti meteen.

'Ik denk dat we...' begon Vianello, maar hij werd onderbroken door Pucetti, die de kamer binnen kwam rennen en bijna tegen Vianello's stoel aan botste. 'Het Ospedale,' wist hij nog net uit te brengen voordat hij zich vooroverboog om twee keer diep adem te halen. 'We zijn gebeld,' zei hij, maar hij was nog niet uitgesproken of Brunetti's telefoon ging.

'Commissario,' zei een stem die Brunetti niet herkende, 'het Ospedale heeft gebeld. Er is iets aan de hand in het lab.'

'Wat?'

'Het klinkt als een gijzelingssituatie, meneer.'

'Een wát?' zei Brunetti, die zich afvroeg of ze daar te veel televisie hadden gekeken.

'Het klinkt alsof iemand zich opgesloten heeft in het lab en dreigende taal uitslaat.'

'Wie heeft er gebeld?' wilde Brunetti weten.

'De *portiere*. Hij zei dat er mensen uit het lab zijn ontsnapt. Een van hen heeft hem gebeld.'

'Hoe bedoelt u: "ontsnapt"?' wilde Brunetti weten. Hij dekte de hoorn af en zei tegen Vianello: 'Ga Foa zoeken. Ik wil een boot.' Vianello knikte en was weg. Pucetti ging met hem mee de kamer uit.

Brunetti richtte zijn aandacht net op tijd weer op de telefoon om de uitleg te horen. 'De *portiere* zei dat degene die hem gebeld heeft dat zei.'

'Wat heeft hij nog meer gezegd, diegene die gebeld heeft?'

'Dat weet ik niet, meneer. De *portiere* heeft 113 gebeld, maar er werd niet opgenomen, dus toen heeft hij ons gebeld. Dat is alles.'

'Bel hem terug en zeg dat we eraan komen,' zei Brunetti.

Buiten, toen hij de kade overstak op weg naar de boot, realiseerde Brunetti zich dat hij zijn colbert op zijn kamer had laten liggen, en dus ook zijn zonnebril. Het ochtendlicht overweldigde hem en hij sprong half blind op de boot. Vianello pakte zijn arm beet om hem in evenwicht te houden en nam hem mee de kajuit in om aan het licht te ontkomen. Ook al lieten ze de deuren openstaan, en schoof Vianello de ramen open, toch werden ze gesloopt door de hitte.

Foa maakte een driepuntsdraai en voer in de richting van de Rio di Santa Marina. Hij zette de sirene aan en uit om naderende boten te waarschuwen dat een politieboot de verkeerde kant op kwam. Hij minderde vaart om de bocht naar de Rio dei Mendicanti te nemen en kwam tot stilstand bij de ambulanceaanlegplaats van het Ospedale. Brunetti en Vianello sprongen op de kade. Brunetti draaide zich om naar Foa en zei dat hij op hen moest wachten, en vervolgens liepen ze vlug het Ospedale in, terwijl ze hun best deden eruit te zien als mannen die haast hadden om medische redenen. De tocht kon hooguit vijf minuten hebben geduurd.

Brunetti ging voorop, langs de zijkant van de kloostergang, daarna naar links en de trap op naar het laboratorium. De deur naar het lab was aan het einde van een gang, en voor de deur naar die gang stonden vijf mensen, van wie er drie een witte laboratoriumjas droegen en twee het blauwe uniform van de beveiliging. Brunetti herkende een van de assistenten van Rizzardi, Comei.

'Wat is er aan de hand,' vroeg Brunetti aan hem.

De starende blauwe ogen van de jongeman tekenden zich alarmerend af in zijn gebruinde gezicht. De vakantietijd was voorbij.

Het duurde even voordat hij Brunetti herkende, maar toen dat het geval was, verdween er iets van de spanning uit zijn gezicht. 'Ah, commissario.' Hij greep Brunetti's arm beet alsof hij op het punt stond te verdrinken en alleen Brunetti hem kon redden.

'Wat is er gebeurd, Comei?' zei Brunetti, die hoopte hem met zijn stem te kalmeren.

'Ik was daar binnen, en opeens begon ze te schreeuwen, en toen gooide ze iets. Daarna veegde ze alles van haar bureau af: glaswerk en chemicaliën en bloedmonsters. Het kwam overal terecht.' Hij keek naar zijn voeten, pakte Brunetti's arm weer beet en zei: '*Oddio.* Kijk dan, kijk dan wat ze gedaan heeft.'

Brunetti volgde zijn wijzende vinger en zag een rode vlek op de neus van de groene plastic klomp van de laborant.

'Ze is gek geworden,' zei Comei, en een plotselinge gil die vanuit het laboratorium door de gang klonk onderstreepte zijn woorden.

'Wie is het?' vroeg Brunetti.

'Elvira, de laborante.'

'Montini?' vroeg Brunetti.

Comei knikte afwezig, alsof de naam er niet toe deed, en boog zich voorover. Voorzichtig pakte hij zijn broekspijp ter hoogte van de knie beet en trok hem omhoog, waardoor zijn enkel en de bovenkant van zijn blote voet zichtbaar werden. Er liepen vier langwerpige bloedspatten over zijn wreef.

De laborant leunde zwaar tegen Brunetti aan. '*Oddio, oddio,*' fluisterde hij, en vervolgens maakte hij zich van Brunetti los en bleef roerloos staan, zijn ogen nog steeds op het bloed gericht.

Net toen Brunetti iets wilde zeggen, draaide Comei zich om en liep vlug in de richting van het centrale deel van het ziekenhuis.

Er klonk opnieuw een geluid uit de gang, van iets zwaars dat viel.

Een vrouw in een witte jas kwam naar Brunetti toe. 'Bent u van de politie?' vroeg ze.

Brunetti knikte. 'Kunt u ons vertellen wat er is gebeurd?'

Ze was lang en slank en maakte een competente indruk. 'Ik ben dottoressa Zeno,' zei ze, zonder een hand te geven. 'Ik heb de leiding over het laboratorium.'

Brunetti knikte nogmaals.

'Ongeveer een halfuur geleden heb ik bij signorina Montini geïnformeerd naar een bloedmonster dat ze vorige week heeft onderzocht. De resultaten kwamen niet overeen met de resultaten van hetzelfde onderzoek dat drie dagen geleden in het ziekenhuis in Mestre is gedaan, en de arts van de patiënt belde op om te vragen of dat eerste onderzoek wel goed gedaan was omdat het onverwachte verschil hem voor een raadsel stelde.'

Ze zweeg even en ging toen verder.

'Ik heb onze lijsten bekeken en zag dat signorina Montini de oorspronkelijke tests had gedaan.' Ze keek van Brunetti naar Vianello. 'Dit is niet de eerste keer dat er zoiets gebeurd is of dat ik haar ernaar heb moeten vragen.'

Brunetti probeerde te kijken alsof hij het begreep.

'Ik ben naar haar toe gegaan om het te bespreken, maar zodra ik erover begon...' – haar stem klonk iets minder beheerst toen ze verder ging – '... rukte ze de lijst met de nieuwe resultaten uit mijn hand en verscheurde die, en daarna maaide ze een paar dingen van haar bureau: flesjes en een microscoop. Comei werkt naast haar.'

Brunetti vroeg: 'En toen, dottoressa?'

'Ze duwde me weg en begon te gillen.' Alsof ze zelf hoorde wat ze zei, verbeterde ze zichzelf snel. 'Ze duwde me niet echt, maar legde zo'n beetje haar handen op mijn armen en draaide me om, bij haar vandaan. Ze heeft me geen pijn gedaan.'

'En wat gebeurde er toen, signora?'

'Toen pakte ze zo'n afbreekmes dat we gebruiken om dozen open te maken en begon ermee om zich heen te zwaaien. Ze zei dat we naar buiten moesten. Allemaal. Toen ik met haar probeerde te praten, hield ze dat mes omhoog.'

'Heeft ze u bedreigd, dottoressa?'

'Nee, nee,' zei ze op een toon die afdaalde naar pijn. 'Ze hield hem boven haar pols en zei dat ze zou snijden als we niet naar buiten gingen.'

Ze haalde diep adem, en daarna nog een keer. 'We zijn allemaal hiernaartoe gegaan. Ik heb de beveiliging gebeld en er is iemand naar beneden gegaan om de *portiere* te waarschuwen. Daarna zei iemand dat u onderweg was, dus toen zijn we hier blijven wachten, allemaal.' Hij dacht dat ze klaar was, maar ze voegde eraan toe: 'Ik heb dottor Rizzardi thuis gebeld. Ze kon altijd goed met hem opschieten.'

'Komt hij hiernaartoe?'

'Ja.'

Brunetti wisselde een blik met Vianello, zei tegen de vijf mensen dat ze moesten blijven staan waar ze stonden, en duwde de deur naar de gang open. Die viel zachtjes achter hen dicht en sloot hen op in de plakkerige hitte van de gang. Ze hoorden een of ander laag geluid uit het lab komen, als het gebrom van een machine die ergens in de verte aan stond.

'Wachten we op Rizzardi?' vroeg Vianello.

Brunetti wees naar de deur van het lab, een witte plaat hout met een rond raampje. 'Ik wil eerst even naar binnen kijken, om te zien wat ze aan het doen is.'

Ze liepen zo stil als ze konden de gang door, maar naarmate ze dichterbij kwamen werd het geluid geleidelijk aan luid genoeg om hun voetstappen te overstemmen. Brunetti liep langzaam op het raampje toe, zich ervan bewust dat een plotselinge beweging van binnenuit gezien zou kunnen worden. Een stap, en nog een, en toen kon hij het laboratorium in kijken.

Hij zag de gebruikelijke geordende warboel: flesjes rechtop in houten rekken, donkere apothekerspotten tegen de muur, weegschalen en computers bij alle werkplekken, boeken en schriften links van de computers. Eén tafel midden in het vertrek was leeg. Op de vloer eromheen lagen, als wrakstukken van een gezonken schip, een computerscherm, glasscherven en paperassen in kleine rode plasjes.

Zijn ogen volgden zijn oren naar het geluid. Een vrouw met een witte laboratoriumjas boog zich over een van die diepe gootstenen, met haar rug naar hem toe. Het geluid en stoom kwamen van de klaterende straal water die zo te zien over iets wat ze in haar handen had stroomde. Hij dacht aan zijn kinderen, de waterpolitie, en hoe die geen goed woord over zouden hebben voor de verspilling van al dat warme water en de energie die nodig was om het te produceren.

Hij stapte opzij en liet Vianello zijn plaats innemen. Hoewel het stromende water het mogelijk maakte om op normale toon te praten, fluisterde Vianello toch toen hij vroeg: 'Waarom wast ze haar handen?'

Net als de Romeinse edelen, dacht Brunetti terwijl hij zich langs Vianello drong en de deur openduwde. Tijdens het rennen griste hij de hoorn van een telefoon van een bureau en rukte het snoer los. Net toen hij haar bereikte, zakte de vrouw over de rand van de gootsteen in elkaar, en zag hij het rood – roze eigenlijk – kolkend in de afvoer verdwijnen.

Hij pakte haar beet, trok haar naar achteren en legde haar op de grond, waarna hij het telefoonsnoer als tourniquet om haar rechterarm bond. Vianello knielde naast hem neer met een ander stuk telefoondraad en bond haar linkerarm af.

Het gezicht van de vrouw die daar lag was bleek, haar haar viel tot op haar schouders en was meer grijs dan bruin. Ze droeg geen make-up, maar die had maar weinig kunnen uitrichten tegen de onaantrekkelijkheid van die grove trekken en pokdalige huid.

'Haal iemand,' zei Brunetti, en Vianello was weg. Hij keek naar haar polsen: de sneden waren diep, maar ze waren horizontaal in plaats van verticaal, en dat liet ruimte voor hoop. De tourniquets hadden het bloeden gestopt, al was er wel wat bloed op de vloer terechtgekomen.

Haar ogen gingen open. Haar wimpers en wenkbrauwen waren dun, de ogen een stoffig bruin. 'Ik wilde het niet doen,' zei ze. Het voortdurende geraas van het water maakte het moeilijk haar te verstaan.

Brunetti knikte, alsof hij het begreep. 'We doen allemaal dingen waar we spijt van hebben, signora.'

'Maar hij vroeg het aan me,' zei ze, en ze sloot haar ogen, die zo lang dicht bleven dat Brunetti vreesde dat ze dood was. Maar toen deed ze ze weer open en zei: 'En ik was bang dat hij... dat hij bij me weg zou gaan als ik het niet deed.'

'Maakt u zich daar nu maar geen zorgen over, signora. Blijf maar rustig liggen. Er komt zo iemand bij u.' Ze waren nota bene in een ziekenhuis: waarom duurde het zo lang?

Hij hoorde voetstappen, keek op en zag Rizzardi. De dokter kwam naar hen toe en knielde aan de andere kant van de vrouw neer. Hij zuchtte, kreunde bijna, toen hij haar daar zo zag liggen. 'Elvira,' zei hij, 'wat heb je gedaan?' Het viel Brunetti op dat hij het familiaire '*tu*' gebruikte. Hij klonk als een ouder die teleurgesteld was in een kind dat ergens in gefaald had.

'Dottore,' zei ze, en ze deed haar ogen open. Ze glimlachte. 'Ik wilde geen problemen veroorzaken.'

Rizzardi boog zich over haar heen en legde een van zijn handen over de hare. 'Je hebt nog nooit een moment problemen veroorzaakt, Elvira. Integendeel. De enige reden waarom ik nog vertrouwen in dit lab heb, is omdat jij er werkt.'

Ze deed haar ogen weer dicht en er welden tranen op uit de buitenste hoeken. Die brachten Rizzardi ertoe te zeggen: 'Niet huilen, Elvira. Er gebeurt niets met je. Het komt allemaal goed.'

'Hij gaat bij me weg,' zei ze, met haar ogen nog steeds dicht, terwijl haar tranen in haar oren liepen.

'Nee, als hij weet wat je gedaan hebt, zal hij je willen helpen,' zei Rizzardi, en hij keek naar Brunetti alsof hij wilde vragen of hij de juiste dingen zei.

'Hij kan de laboratoriumresultaten nu niet meer gebruiken,' zei ze. 'Mensen zullen niet meer geloven dat hij ze helpt.' Ze sloot haar ogen weer even en sloeg ze toen op naar Rizzardi. 'Maar dat doet hij wel, dottore. Dat doet hij echt.' Ze glimlachte, en haar gezicht veranderde heel even in iets wat bijna mooi te noemen was. 'Hij heeft mij geholpen.'

Er klonk een hoop lawaai achter hen. Brunetti keek op en zag drie ziekenbroeders in groene jassen de deuropening blokkeren met een brancard op wielen. Ze stootten er herhaaldelijk mee tegen de zijkanten van de deuropening, tot een van hen erlangs glipte naar de voorkant en de brancard erdoorheen leidde. Twee van de broeders liepen vlug op de vrouw toe en duwden de mannen die naast haar op hun knieën zaten met hun lichaam opzij.

Brunetti en Rizzardi stonden op. Bijna gek van het geluid nam Brunetti twee stappen naar de gootsteen toe en draaide de kraan dicht. Vianello, die samen met de ziekenbroeders binnen was gekomen, ging naast Rizzardi staan. De derde broeder duwde de brancard voor zich uit hun kant op. Hij deed iets met een hendel waardoor de brancard bijna tot op de grond zakte, voegde zich toen bij zijn collega's, en gezamenlijk tilden ze de vrouw erop. Met een druk op een knop kwam ze langzaam omhoog tot op heuphoogte. De eerste broeder pakte een slang die aan een fles met doorzichtige vloeistof boven de brancard hing en bracht de naald aan in een ader in haar arm.

Rizzardi stapte naar voren, vouwde zijn vingers om haar pols en hield die een tijdje vast, om haar hartslag op te nemen, of anders om haar nog een laatste keer gerust te stellen. 'Breng haar naar spoedeisende hulp,' zei hij.

Een van de broeders wilde iets zeggen, maar de eerste, die de leiding leek te hebben, zei: 'Hij is een arts.'

Toen Rizzardi zijn vingers van haar pols losmaakte, deed ze haar ogen weer open en zei: 'Wilt u met me meekomen, dottore?'

Rizzardi glimlachte naar haar, en Brunetti realiseerde zich opeens hoe zelden hij de dokter had zien glimlachen in al die jaren dat hij hem kende. 'Natuurlijk,' zei hij, waarop de broeders zich naar de deur begaven.

27

Brunetti's eerste gedachte was: de contessa. Hij wist niet precies hoe Gorini had geprofiteerd van de laboratoriumresultaten die signorina Montini blijkbaar had veranderd, maar hij wist wel dat ze het ten voordele van hem had gedaan, en uit liefde, opdat hij niet bij haar weg zou gaan. Als Gorini tot zoiets in staat was, wilde Brunetti zijn schoonmoeder bij hem uit de buurt houden.

'Ik kan Paola's moeder niet naar hem toe laten gaan.' Vianello, die van Brunetti's gesprek wist, begreep het. Brunetti haalde zijn *telefonino* uit zijn zak, vond het nummer van Palazzo Falier en werd snel met haar doorverbonden.

'Ah, Guido, wat fijn om je stem te horen. Hoe gaat het met Paola en de kinderen?' vroeg ze, alsof ze haar dochter niet minstens twee keer per dag sprak.

'Goed, goed. Maar ik bel over dat andere.'

Het was heel eventjes stil en meteen daarna zei ze: 'O, je bedoelt die Gorini.'

'Ja. Heb je al iets gedaan om met hem in contact te komen?'

'Alleen indirect. Het blijkt dat een vriendin van me, Nuria Santo, al maanden bij hem komt, en ze heeft gezegd dat ze me met alle plezier aan hem wil voorstellen. Ze is ervan overtuigd dat hij haar man gered heeft.'

'O, hoe dan?' informeerde Brunetti op zijn vriendelijkste toon, waarin hij slechts tekenen van een zeer bescheiden nieuwsgierigheid liet doorklinken.

'Iets met zijn cholesterol. Ze zei dat het onbegrijpelijk is:

Piero eet muizenbeetjes, neemt nooit kaas, houdt niet van vlees, maar zijn slechte cholesterol – ik geloof dat je goede en slechte hebt...' De contessa zweeg even en voegde er toen aan toe: 'Is het niet vreemd dat de natuur zo manicheïstisch is?' Brunetti negeerde die opmerking en hield zichzelf voor geduldig te zijn en te luisteren, waarna ze vervolgde: 'Wat het ook is dat ze meten, het rees de pan uit, en de goede hielp ook niet erg. Nuria vertelde me dat Gorini tijdens een van zijn consulten een kruidenthee had aangeraden – kost een vermogen – waar het gegarandeerd van omlaag zou gaan, en dat was ook zo, en nu is ze ervan overtuigd dat hij een heilige is en dat vertelt ze aan al onze vriendinnen.'

'Heb je al een afspraak met hem?' vroeg Brunetti op wat hij hoopte dat een gewone conversatietoon was.

'Komende dinsdag,' zei ze, en ze lachte. 'Het is wel een slimmerik, hè? Laat mensen een week wachten voor hij ze ontvangt.'

'Donatella, ik wil graag dat je niet gaat.'

Evenzeer gewaarschuwd misschien door de verandering in zijn stem als door zijn woorden vroeg de contessa: 'Is dit iets wat ik aan Nuria moet vertellen?'

Hoe die andere vrouw te waarschuwen zonder zijn prooi af te schrikken? 'Misschien kun je voorstellen dat ze haar afspraak afzegt.'

De contessa was een tijdje stil en vroeg toen: 'Kun je me erover vertellen?'

'Nu niet. Maar dat komt nog.' Hij realiseerde zich hoe snel hij sprak, om haar tot spoed te manen.

'Goed. Ik zal het tegen haar zeggen. Dankjewel, Guido,' zei ze, en ze hing op.

Brunetti keek naar Vianello en vroeg: 'Je hebt er niets van gehoord, hè?'

De inspecteur had een paar tellen nodig om te herleiden

naar welk gesprek Brunetti verwees, en toen hij dat had gedaan, zei hij: 'Nee, niets. Ik kwam te laat binnen.'

'Ze heeft het gedaan omdat ze van hem houdt,' vertelde Brunetti hem, en hij voelde de triestheid van die woorden op zich drukken.

'Wat gedaan?' vroeg Vianello ongeduldig.

'Ze zei dat hij – Gorini, ongetwijfeld – de laboratoriumresultaten gebruikte om – dat moet het volgens mij haast wel betekenen – mensen ervan te overtuigen dat hij ze kon genezen. Ze zei dat als hij niet meer over die resultaten kon beschikken, dat de mensen dan niet meer zouden geloven dat hij hen kon helpen. En dat hij dan bij haar weg zou gaan.' Brunetti hief zijn hand op in een vaag gebaar van onbegrip of acceptatie. 'Dus ze veranderde ze.' Vianello had haar niet tegen Rizzardi horen zeggen dat ze geen problemen had willen veroorzaken, maar Brunetti wist niet of hij het aankon om dat te herhalen.

Vianello keek om zich heen naar de flesjes met vloeistoffen in verschillende kleuren die nog rechtop in de houten rekjes stonden, naar de diverse apparaten die misschien te zwaar waren geweest om door signorina Montini te worden vernield, en naar de potten en flessen waarvan alleen een deskundige begreep waar ze voor dienden. Brunetti kon bijna horen hoe de inspecteur alles op een rijtje probeerde te zetten. Om hem te helpen zei hij: 'Hij hoefde maar één persoon ervan te overtuigen dat hij een remedie had, en dan verspreidde het nieuws zich verder vanzelf wel.' Hij wachtte even en zei toen, met een klopje op de zak waarin hij zijn *telefonino* had gestopt: 'Mijn schoonmoeder vertelde dat een vriendin van haar ervan overtuigd is dat hij haar man heeft gered door hem een of andere kruidenthee te geven waardoor zijn cholesterol verdwijnt.'

'Het wordt een wedstrijdje, hè, zodra mensen iemand vinden van wie ze denken dat hij hen kan helpen,' zei Vianello.

'Mijn dokter is beter dan jouw dokter,' zei Brunetti. 'Maak één persoon wijs dat je hem hebt genezen, en voor je het weet staan al zijn vrienden en vriendinnen bij je op de stoep, en voor je het weet moet je ze met een bootshaak van je afslaan.'

'Maar die onderzoeken dan?' wierp Vianello tegen. 'Hoe kon hij er zeker van zijn dat Montini die zou doen?' Voor Brunetti de kans kreeg om daarover te speculeren, werden ze gestoord door een geluid bij de deur. Dottoressa Zeno deed een half stapje het lab in. 'Mogen we weer binnenkomen?' vroeg ze.

'Ja, ja, natuurlijk,' zei Brunetti, en hij liep op haar toe. 'Ik wil u graag even spreken, dottoressa.'

Ze hadden al gauw een duidelijk beeld van hoe signorina Montini het had kunnen doen. De mensen van het laboratorium werkten al zo lang samen dat ze zelf konden kiezen wie welk onderzoek deed: degenen die 's ochtends als eersten binnenkwamen, kozen meestal de eerste monsters die bij het lab waren afgeleverd of de onderzoeken die ze wilden doen, en de anderen namen wat over was. Aangezien signorina Montini meestal als eerste arriveerde, had zij de eerste keus.

Het werd dottoressa Zeno al snel duidelijk waar hun gedachten naar uitgingen, en ze vertelde hun dat ze makkelijk na kon gaan of signorina Montini tests had uitgevoerd waarbij ongunstige resultaten in korte tijd waren verbeterd.

Ze had maar een paar minuten nodig om die resultaten in de computer te vinden, en ze waren opmerkelijk, zag Brunetti toen ze ze voor hem had uitgeprint: onder de mensen van wie signorina Montini gedurende de laatste twee jaar monsters had onderzocht, waren er meer dan dertig – allemaal ruim boven de zestig jaar – wier cholesterolniveau plotseling omhooggegaan was, maar na een periode van een maand of twee geleidelijk weer naar een normaal niveau was gedaald. Hetzelfde patroon deed zich voor in talloze gevallen van wat ouderdomsdiabetes zou kunnen zijn geweest, met plotseling hoge glucoseniveaus die in een paar maanden tijd zakten naar normaal.

'O, wat een uitgekookte smeerlap,' riep Vianello uit toen het patroon duidelijk werd. Vervolgens, praktischer: 'Waarom heeft niemand dit gezien?'

Signora Zeno drukte op een paar toetsen, en het getal 73.461 verscheen op het scherm.

'Wat is dat?' vroeg Vianello.

'Het aantal afzonderlijke tests dat we in de afgelopen maand hebben gedaan,' antwoordde ze koeltjes. En om het hem extra in te wrijven voegde ze eraan toe: 'Dat zijn alleen nog maar de tests die we doen voor patiënten in de ziekenhuizen in de stad. Daarnaast krijgen we ook nog van alles toegestuurd door artsen die zelf monsters nemen.' Ze glimlachte en vroeg aan de inspecteur: 'Wilt u dat aantal ook nog zien?'

Vianello deed zijn handen omhoog als een man die een pistool op zich gericht ziet. 'U wint, dottoressa. Ik had geen idee.'

Genadig in haar overwinning zei ze: 'De meeste mensen niet, zelfs mensen die in het ziekenhuis werken.'

Brunetti hoorde een geluid en zag dat twee van de laboranten in de richting van de deur keken. Hij draaide zich om en zag Rizzardi. Brunetti had geen flauw idee hoe het kon, maar de normaal gesproken onberispelijke patholoog-anatoom zag er verwilderd en verkreukeld uit, alsof hij in zijn kleren had geslapen. Hij deed een paar stappen het vertrek in en maakte met zijn rechterhand een gebaar dat eindigde met zijn hand ondersteboven en zijn vingers gestrekt, wijzend naar niets en het niets.

'Ze hebben haar polsen verbonden en zijn met een transfusie begonnen, maar toen werd de verpleegster naar een andere kamer geroepen,' begon hij, en hij keek naar Brunetti. Hij haalde zijn zakdoek tevoorschijn en veegde zijn gezicht en zijn voorhoofd af, en daarna zijn handen. 'Toen de verpleegster weg was, heeft ze het verband eraf getrokken en het infuus eruit gehaald.' Hij schudde zijn hoofd.

Brunetti moest meteen aan Cato denken, die edelste der republikeinse edelen. Toen het leven hem ondraaglijk was geworden, sneed hij zijn buik open, en toen zijn vrienden hem probeerden te redden, rukte hij zijn ingewanden eruit omdat de dood te verkiezen was boven een leven zonder eer.

'Ik ga naar huis,' zei Rizzardi. 'Ik doe het niet.' En weg was hij.

Dottoressa Zeno liet hen alleen en ging naar de laboranten toe om met hen te praten. 'Wat doet hij niet?' vroeg Vianello.

'De autopsie, neem ik aan,' zei Brunetti, en hij wenste dat Vianello het niet gevraagd had.

Daar schrok Vianello wel van.

'Dit betekent het einde van de zaak,' zei Brunetti. Zonder de getuigenverklaring van signorina Montini – en er was nooit reden geweest om te geloven dat ze zou hébben getuigd – was er geen bewijs tegen Gorini. Dingen gaan niet altijd vlekkeloos, in ziekenhuizen worden allerlei soorten fouten gemaakt: mensen lijden en gaan dood als gevolg ervan. 'We weten niet of ze alleen maar met die cholesteroltests gesjoemeld heeft.'

'Denk je dat ze mensen in gevaar zou hebben gebracht?'

Nee, dat dacht Brunetti niet, maar dat was niet genoeg om de mensen van wie ze monsters had onderzocht een veilig gevoel te geven. 'Ze zullen alle tests die ze gedaan heeft over moeten doen,' zei Brunetti, en hij bedacht dat alleen Patta, of misschien de directeur van het ziekenhuis, daar opdracht toe kon geven. Wat Gorini betrof: het was onmogelijk om actie tegen hem te ondernemen. Door de dood van signorina Montini liep hij geen enkel risico meer, en het was niet waarschijnlijk dat ze een geschreven verslag had bijgehouden van wat ze allemaal deed. Een dergelijk document zou ze zeker niet hebben bewaard in het huis dat ze deelde met Gorini, en ook niet op haar werk, de plek waar ze haar eigen eer had verraden.

'Het enige wat we kunnen doen is de politie in Aversa en Napels bellen,' zei Brunetti berustend, 'en zeggen dat hij hier zit.'

28

Zoals Brunetti al vermoed en gevreesd had, bleek het onmogelijk vice-questore Patta ervan te overtuigen dat de laboratoriumtests die door signorina Montini waren uitgevoerd, moesten worden overgedaan. Zijn meerdere had het hele idee om signor Gorini of de relatie met zijn cliënten te onderzoeken al van tafel geveegd. De man – Patta had dit uit gezaghebbende bron – had goede diensten bewezen bij het behandelen van de vrouw van een gemeenteraadslid, en dus was het ondenkbaar om hem – nota bene zonder enig bewijs – overlast te bezorgen.

Toen Brunetti bleef vasthouden aan het idee om de tests over te doen, vroeg Patta: 'Heb jij wel enig idee hoeveel verlies de ULSS elk jaar lijdt?' Toen Brunetti geen antwoord gaf, zei Patta: 'En daar wil jij nog eens een schepje bovenop doen vanwege een of andere wilde theorie die je hebt dat een gebedsgenezer die vrouw heeft weten te verleiden tot het vervalsen van medische rapporten?'

'Een gebedsgenezer met een lang strafblad, dottore,' zei Brunetti.

'Een lange geschiedenis van beschuldiging van een misdrijf,' verbeterde Patta hem. 'Ik denk niet dat uitgerekend jij, commissario, eraan herinnerd hoeft te worden dat dat niet hetzelfde is.' Patta glimlachte hier vriendelijk, alsof hij een grapje maakte tegen een oude vriend die het verschil nooit goed had begrepen.

Brunetti wilde er niets van weten. 'Als die vrouw met de testresultaten heeft geknoeid, vice-questore, dan moeten die tests worden overgedaan.'

Patta glimlachte nogmaals, maar er lag geen humor in zijn stem toen hij zei: 'Bij afwezigheid van bewijs dat deze vrouw betrokken was bij crimineel gedrag – los van wat jij-vermoedt, commissario – denk ik dat het onverantwoordelijk van ons zou zijn om nodeloos paniek te zaaien onder de mensen bij wie ze misschien die tests heeft gedaan.' Hij dacht even na en voegde er toen aan toe: 'Of op enigerlei wijze het vertrouwen van het publiek in de overheidsinstellingen te ondermijnen.'

Zoals zo vaak het geval was wanneer Brunetti met Patta te maken had, kon hij niet anders dan bewondering opbrengen voor de behendigheid waarmee zijn meerdere zijn eigen tekortkomingen en nalatigheid – in dit geval blinde ambitie en een absolute weigering om ook maar iets te ondernemen waar hij niet zelf rechtstreeks voordeel van had – in schijnbare rechtschapenheid wist om te zetten.

Zonder de moeite te nemen het uit te leggen of de verandering van onderwerp in te leiden, zei Brunetti: 'Ik ga morgen naar de begrafenis van Fontana, meneer.'

De verleiding bleek te sterk voor Patta, die vroeg: 'In de hoop de moordenaar daar te zien?' Zijn glimlach was een uitnodiging aan Brunetti om in het grapje mee te gaan.

'Nee, meneer,' zei Brunetti kalm. 'Om te zorgen dat zijn dood niet wordt behandeld als iets onbelangrijks.' Verstandigheid en overlevingsinstinct weerhielden Brunetti ervan om het woordje 'ook' in die zin te stoppen. Hij stond op, zei iets beleefds tegen de vice-questore, ging naar boven en voerde twee frustrerende telefoongesprekken met zijn collega's in Aversa en Napels. Daarna ging hij naar huis en bracht de rest van de dag en avond door met lezen in de *Overpeinzingen* van Marcus Aurelius, een genoegen dat hij zichzelf al een paar jaar niet meer had gegund.

De begrafenisdienst werd gehouden in de Madonna dell'-Orto, de parochiekerk waartoe Fontana's moeder al sinds haar geboorte behoorde en die altijd het spirituele centrum van haar leven was geweest. Brunetti en Vianello arriveerden tien minuten voordat de mis begon en namen plaats in de twaalfde rij. Vianello droeg een donkerblauw pak, dat van Brunetti was van donkergrijs linnen. Hij was blij met zijn colbert, want dit was een van de zeer weinige plekken in de stad waar het koel was.

De hitte had de ziekelijk nieuwsgierigen en de vaste begrafenisgangers weggehouden, dus er waren maar iets van vijftig mensen, die verspreid en in treurige afzondering in de rijen voor hen zaten. Na een ruwe telling van de aanwezigen realiseerde Brunetti zich dat hun aantal neerkwam op niet meer dan één persoon voor elk jaar van Fontana's leven.

Brunetti en Vianello zaten te ver naar achteren om te kunnen zien wie er in de eerste rijen zaten, die gereserveerd waren voor familie en goede vrienden, maar wanneer ze straks achter de kist aan de kerk verlieten, zou duidelijk worden wie ze waren.

De muziek begon: een of ander afschuwelijk orgelthema dat goed zou hebben gepast in een lift in een zeer nette, zij het niet per se rijke buurt. Tussen de orgelklanken door hoorden ze wat lawaai achter zich; Brunetti en Vianello gingen staan en draaiden zich om.

Een met bloemen bedekte kist werd op een baar met wielen over het middenpad gereden, voortgeduwd door vier mannen in zwarte pakken die eruitzagen alsof ze absoluut geen deel hadden aan de emotionele lading die dit tafereel misschien had. Zou die moeder doofstommen hebben ingehuurd als ze beschikbaar waren geweest, vroeg Brunetti zich af. Toen de kist voor het altaar halt hield, ging iedereen in de kerk zitten en nam de mis een aanvang. De eerste paar minuten was Brunetti er nog met zijn gedachten bij, maar de plechtigheid was nu saaier dan toen hij als jongen de begrafenissen van zijn grootouders en van zijn ooms en tantes had meegemaakt. De mis werd opgedragen in het Italiaans: hij miste de magische betovering van het Latijn. Zich plotseling bewust van de stilte vroeg hij zich af of het uitblijven van het luiden van de doodsklok tijdens de mis – het geluid dat zo veel leden van zijn familie naar hun laatste rustplaats had begeleid, het meest recent zijn moeder – ook de bedoeling was in deze moderne, en banale, plechtigheid.

Terwijl hij ging staan en ging zitten, en vervolgens even knielde om daarna weer op te staan, liet Brunetti zijn gedachten gaan over deze vreemde dood. Signorina Elettra had 'toegang' kunnen krijgen tot de bestanden van het Tribunale en signor Puntera's juridische geschiedenis weten te achterhalen. Zowel de zaak van de betwiste opslagruimten als die van de ongelukkige werknemer was toegewezen aan rechter Coltellini, en in beide zaken was er sprake van herhaaldelijk langdurig uitstel als gevolg van het ontbreken of tijdelijk zoekraken van dossiers en belangrijke documenten. Daarnaast hadden zich ook in andere zaken die onder deze rechter vielen soortgelijke vertragingen voorgedaan. In al die zaken, zo had signorina Elettra's onderzoek uitgewezen, was het zo dat één partij profijt had van het uitstel. De rechter had echter haar eigen huis, dat ze drie jaar geleden had gekocht, niet aan signor Puntera te danken.

De bank waarvan signor Fulgoni directeur was, bleek signor Puntera een lening te hebben verstrekt tegen een zeer gunstige rente, en signor Marsano was advocaat bij een firma die ooit een cliënt had vertegenwoordigd in een zaak die, zonder succes, was aangespannen tegen signor Puntera. Uit signor Puntera's belastingaangifte bleek dat de huurprijs voor hun beider appartementen, en voor dat van de

Fontana's, vierhonderdvijftig euro per maand was, oftewel twintig procent van de prijs die normaal gesproken voor dat soort woningen werd betaald.

De priester liep om de doodskist heen en doopte telkens zijn kwast in het wijwater om de kist ermee te besprenkelen. Brunetti zag hoe de rituelen van het voorchristelijke Rome – priesters die bezweringen mompelden om kwade geesten te verjagen en die de toekomst lazen in de ingewanden van geofferde dieren – volmaakt overeenstemden met die van het nieuwe Italië: kwade geesten op afstand gehouden door een magische *tisana*, de toekomst geopenbaard door het omkeren van een kaart. We reizen van eeuw naar eeuw, en we leren niets.

Ook Puntera had zich aangepast aan de nieuwe orde: niets van wat hij had gedaan was ook maar enigszins ongewoon in deze moderne tijd, en het was hoogst onwaarschijnlijk dat er iets van bewijs tegen rechter Coltellini gevonden kon worden voor de keren dat ze zich te zijner gunste inschikkelijk had getoond. Met bitter cynisme moest Brunetti toegeven dat ze niet echt iets te vrezen hadden gehad van eventuele onthullingen van Fontana's kant. Puntera en Coltellini hadden hooguit kortstondig in verlegenheid kunnen worden gebracht, maar als verlegenheid een belemmering was voor succes, dan zou er geen regering zijn en geen kerk.

Het orgel dat zijn geklaag hervatte, maakte een einde aan Brunetti's overpeinzingen en gaf aan dat de mis was afgelopen; Brunetti en Vianello gingen staan en draaiden zich met hun gezicht naar het middenpad toe.

De vier mannen reden de kist langzaam naar de uitgang van de kerk; als eerste kwam signora Fontana erachteraan, haar hoofd bedekt door een zwarte sluier, die ongemerkt overging in de zwarte jurk met lange mouwen die ze droeg. Een man die Brunetti niet herkende liep vlak naast haar en ondersteunde haar bij haar rechterarm. Twee stappen achter hen liep de neef, die Brunetti toeknikte toen hij langskwam. Brunetti herkende een paar gezichten, mensen die bij het Tribunale werkten; hij was verbaasd rechter Coltellini onder hen te zien. De mensen die de kist volgden, keken recht voor zich uit of hielden hun ogen op het plaveisel voor hen gericht.

Een vrij jong stel liep arm in arm, en vlak achter hen kwam signora Zinka, omvangrijk en oververhit in een zwarte jurk die te lang en te krap was. Haar gezicht was vochtig en opgezwollen, en niet van de hitte, dacht Brunetti. Op een armlengte rechts van haar liep Penzo, die eruitzag alsof hij ergens anders was, of wilde zijn.

Toen hij het volgende stel zag, besefte Brunetti dat hij zich vergist had toen hij dacht dat de vaste begrafenisgangers zich door de hitte hadden laten weerhouden. Maresciallo Derutti en zijn vrouw waren beroemd in de stad, alomtegenwoordig op begrafenissen, waar hij steevast zijn gala-uniform van de carabinieri droeg, wier gelederen hij al meer dan twintig jaar geleden had verlaten. Toen hij de maresciallo voorbij zag komen, besloot Brunetti dat de stoet voorbij was en stapte hij het middenpad op, met Vianello vlak achter zich aan.

Langzaam en plechtstatig liepen ze door de kerk, zoals paste bij de situatie, en daardoor duurde het enige tijd voor ze de uitgang hadden bereikt. Vanuit de kerk kon Brunetti zien hoe de kist, zonder klokgelui, naar een boot werd gereden die lag aangemeerd aan de *riva*. Vianello en hij stapten naar buiten; het marmeren plaveisel ving het licht en smeet het terug in Brunetti's ogen, waardoor hij een ogenblik verblind raakte. Hij draaide zich om naar de kerk en zocht, beschermd door zijn eigen schaduw, naar zijn zonnebril. Hij voelde die in zijn rechterzak zitten, maar het ding zat vast in zijn zakdoek; hij trok, maar de bril kwam niet los. Hij opende zijn ogen tot spleetjes om te zien wat er aan de hand was, maar voor hij naar beneden kon kijken, zag hij signora Fulgoni uit de kerk het verblindende licht in stappen, aan de arm van een andere vrouw die nog langer was dan zij, maar niet zo slank. Ze droegen allebei een broekpak met brede schouders, en ze bleven allebei staan om hun zonnebril op te zetten.

Hij trok nog een keer en de bril kwam uit zijn zak tevoorschijn. Hij zette hem op en keek eens goed naar signora Fulgoni, en zag toen dat degene die haar bij de arm had eigenlijk een man was die precies dezelfde zonnebril droeg als de vrouw; hij was langer, maar met dezelfde vrouwelijke uitstraling en netjes geknipt kort haar. Samen liepen ze de trap van de kerk af en volgden de andere mensen naar het water.

'En de schellen vielen hem van de ogen,' fluisterde Brunetti, en nog terwijl hij dat zei vroeg hij zich af waar toch die behoefte vandaan kwam om altijd zo wijsneuzig uit de hoek te komen.

'Wat?' vroeg Vianello.

'Patta zei voor de grap dat de moordenaar altijd naar de begrafenis komt,' antwoordde Brunetti.

Enigszins in verwarring gebracht keek Vianello, zijn ogen veilig achter zijn eigen zonnebril, over het kerkplein naar de mensen die zich rond de boot groepeerden die Fontana's kist naar San Michele zou brengen. Hij zag wat Brunetti zag: de moeder van de overledene, die nu in de boot klom die haar zoon van haar weg zou voeren, Penzo's magere gestalte naast de plompe cilinder die Zinka was, de maresciallo, arm geheven in een langdurig saluut, en twee lange mensen die links van hem stonden.

Brunetti, die de verwarring bij de inspecteur zag, zei alleen maar: 'Wacht maar tot die twee zich omdraaien.'

Brunetti en Vianello wachtten, zich allebei opeens niet meer bewust van de zon of de hitte. De man die signora Fontana had begeleid, hielp haar de boot op, stapte vervolgens zelf aan boord en liep achter haar aan de kajuit in. Iemand aan wal gooide het meertouw los, waarna de boot zich langzaam van de *riva* verwijderde. De mensen op de kade bleven roerloos staan terwijl het geluid van de motor afnam en uiteindelijk verdween, om slechts stilte achter te laten. Vervolgens, alsof ze allemaal op hetzelfde moment op hetzelfde commando reageerden, draaiden ze zich om naar links of naar rechts en begonnen die plek van treurnis te verlaten.

Penzo, zag Brunetti, ging een andere kant op dan signora Zinka, die zich bij de twee jonge mensen voegde. Ze begaven zich op weg in de richting van de Misericordia, en Zinka liep in de pas achter hen aan.

Signora Fulgoni leek het andere stel in de gaten te houden, want ze bleef staan, aan de arm van de persoon naast haar, tot de anderen de brug over waren en aan de andere kant in de *calle* verdwenen. Ze hief haar hoofd op en zei iets tegen haar metgezel. Vervolgens begonnen ze dezelfde kant op te lopen als het andere koppel. Signora Fulgoni's metgezel was de dichtstbijzijnde van de twee en was dus en profil te zien.

Het was een man die daar naast signora Fulgoni liep. Daar was niets vreemds aan. Ze zei iets tegen hem, en hij bleef staan en draaide zich naar haar toe. Ze wisselden wat woorden, zo te zien geen vriendelijke woorden, en toen trok de man zijn arm uit de hare en maakte een gebaar met zijn hand alsof hij haar wegjoeg. Was het de manier waarop zijn pols bewoog, eindigend in een scherpe hoek, met vingers die naar het plaveisel wezen, waardoor Vianello het zag? Was het de plotselinge ruk van zijn hoofd, een beweging die onbewust een flagrante parodie van boosheid was?

'"Mijn man is bankdirecteur,"' zei Vianello.

De zon scheen van zijn hoogste punt op hen neer, nagelde hen aan de grond, en ze werden zich weer bewust van zijn zwaarte. Brunetti keek op zijn horloge, en precies op dat moment rolde het geluid van de klokken van een andere kerk over de stad en over hen heen. Verwonderd keek hij omhoog naar de klokkentoren van La Madonna dell'Orto en zag de klokken daar hangen, levenloos. 'De klokken luiden niet,' zei hij verbluft.

29

Zoals Brunetti al geweten en gevreesd had, bleek Patta zich te verzetten tegen het idee om signor en signora Fulgoni – afzonderlijk – te ondervragen over hun doen en laten op de avond van Fontana's dood. Patta wees er bovendien op dat het niet mogelijk was iemand te dwingen een DNA-monster af te staan voor 'eliminatiedoeleinden'. Of om welke reden dan ook.

Brunetti kromp nog steeds ineen bij de herinnering aan de reactie van zijn meerdere op de reden die hij had gegeven om de Fulgoni's te willen ondervragen. 'Jij wil dat ík mijn positie in gevaar breng omdat jij dénkt dat hij misschien homo is?' Ook al was de vice-questore geen vriend van homoseksuelen, de kracht van zijn woede had hem uit zijn stoel omhoog en half over zijn bureau getrokken. 'De man is bankdirecteur. Heb je enig idee van de problemen die dit zou veroorzaken?'

Aldus de werking van Patta's geest. Die van het mechanisme dat de klokken van de Madonna dell'Orto in beweging zette was niet minder vreemd: ze hadden al twee weken niet geluid. Toen Brunetti met de *parroco* sprak, legde deze uit dat het tijdens de vakantie onmogelijk was iemand te vinden die ze weer aan de praat kon krijgen, en dus luidden ze noch bij het verstrijken van de uren, noch bij het verstrijken van een leven.

Nieuwsgierig als hij was naar de reden waarom de ene Fulgoni zou liegen, liet Brunetti nu ook zijn gedachten gaan over de andere. Banken moesten net als ieder ander bedrijf zijn, bedacht hij, met als enige verschil dat hun product geld was, in plaats van potloden of tuingereedschap. Die overeenkomst bracht met zich mee dat ook daar de werknemers zouden roddelen en dat de reputatie van de mensen die het voor het zeggen hadden, gekleurd – zo niet geheel en al bepaald – zou zijn door die roddels. Het was op de Questura algemeen bekend dat signorina Elettra – om redenen die ze nooit helemaal had prijsgegeven en die niemand ooit had kunnen doorgronden – haar baan bij de Banca d'Italia had opgezegd om bij de Questura te komen werken, dus vroeg Brunetti haar of ze bij haar vrienden die nog in die sector werkzaam waren, wilde informeren wat voor roddels er werden verteld over bankdirecteur Lucio Fulgoni.

Diezelfde middag kwam signorina Elettra naar zijn kamer. Hij gebaarde haar te gaan zitten. 'Ik neem aan dat u iets hebt ontdekt, signorina?'

'Niet zoveel, en niets doorslaggevends, ben ik bang,' zei ze, terwijl ze tegenover hem ging zitten.

'Wat wil dat zeggen?' vroeg hij.

'Dat er bepaalde geruchten over hem circuleren.'

Hij onderbrak haar niet om te vragen wat voor soort geruchten: ook al was de man een bankdirecteur, de roddels zouden toch hoogstwaarschijnlijk over zijn seksuele leven gaan.

'De speculaties die de ronde doen – althans, dat heb ik van twee mensen gehoord – betreffen zijn seksuele voorkeur.' Voor Brunetti hier iets op kon zeggen, voegde ze eraan toe: 'Allebei die mensen hebben me verteld dat ze andere hebben horen zeggen dat ze dachten dat hij homoseksueel was, maar niemand lijkt dat met enig bewijs te kunnen staven.' Ze haalde haar schouders op, alsof ze zeggen wilde hoe gangbaar die situatie was.

'Vanwaar dan die geruchten?' vroeg Brunetti.

‘Geruchten zijn er altijd,’ antwoordde ze meteen. ‘Een mens hoeft zich maar op een bepaalde manier te gedragen, een bepaalde opmerking te maken, en er wordt over hem gepraat. En als het eenmaal begonnen is, kan het alleen maar erger worden.’ Ze keek hem aan. ‘Het feit dat er geen kinderen zijn wordt als bewijs gezien.’

Brunetti deed even zijn ogen dicht en vroeg toen: ‘Heeft hij ooit iemand van de bank benaderd?’

‘Nee. Nooit. Tenminste, niet voor zover mijn vrienden weten.’ Ze dacht even na en liet er toen op volgen: ‘Als er echt iets was gebeurd, zou iedereen ervan op de hoogte zijn. U moest eens weten hoe conservatief bankiers zijn.’

Brunetti vouwde zijn vingers tegen elkaar en drukte zijn lippen ertegenaan. ‘En zijn vrouw?’ vroeg hij.

‘Rijk, sociaal ambitieus, en niet erg geliefd.’

Brunetti hield de opmerking voor zich dat die omschrijving van toepassing was op de vrouwen van veel mannen met wie hij te maken had.

‘Als je de mensen zo hoort,’ voegde ze eraan toe, ‘krijg je de indruk dat dat derde wel waar moet zijn, zelfs al zouden die eerste twee dat niet zijn.’

‘Heeft u haar wel eens ontmoet?’ vroeg hij.

Ze schudde van nee en zei: ‘Maar u wel.’

‘Ja,’ antwoordde Brunetti. ‘Ik begrijp wel waarom de mensen haar niet zouden mogen.’

Signorina Elettra nam niet de moeite om een nadere verklaring te vragen.

‘Misschien vragen we de verkeerde mensen om informatie over hem,’ zei Brunetti uiteindelijk, toegevend aan de verleiding die hem al parten speelde sinds zijn gesprek met Patta.

‘En moeten we het aan hoerenjongens vragen in plaats van aan bankiers?’

'Nee. We moeten het rechtstreeks aan de Fulgoni's vragen.' Terwijl hij dat zei, realiseerde hij zich dat zijn ziel de roddel en achterklap beu was, dat hij er genoeg van had om zijn oor te luisteren te leggen en zich met informanten te onderhouden. Rechtstreeks aan hen vragen, dan was het klaar.

Als een soort straf vooraf omdat hij tegen Patta's uitdrukkelijke verbod om de Fulgoni's lastig te vallen in ging, onderwierp Brunetti zich aan de geseling van de zon door naar hun appartement te lopen. Toen hij het muurreliëf van de Moor met zijn kameel passeerde, kwam Brunetti in de verleiding om met hem te overleggen hoe hij de Fulgoni's het beste tegemoet kon treden, maar het enige wat de Moor wilde, al eeuwenlang, was zijn bepakte rijdier van die *palazzo*-muur in Venetië wegvoeren naar zijn geboorteland in het Oosten, dus Brunetti onderdrukte de behoefte.

Hij kondigde zichzelf aan bij signora Fulgoni, die zonder vraag of protest met een druk op de knop de deur naar de binnenplaats voor hem opende. Voordat hij zich naar de trap begaf, liep Brunetti in een halve cirkel over de binnenplaats; de krijtomtrek van Fontana's lichaam was allang weggeboend, er liep alleen nog een sliertig grijs spoor naar de afvoergaten in het midden van de binnenplaats. Het rood-witte lint was verdwenen, maar de bergingdeuren zaten nog steeds met zware kettingen dicht.

Net als de vorige keer wachtte signora Fulgoni hem op bij de deur van het appartement, en opnieuw deed ze geen poging zijn uitgestoken hand aan te nemen. Nu hij haar zo zag, het haar perfect in model geborsteld, nog meer dan de vorige keer ogend als een kariatide met roze lippenstift, vroeg Brunetti zich af of ze misschien een manier had gevonden om zichzelf dagen achtereen vacuüm verpakt te houden. Hij liep door de gang achter haar aan naar dezelfde kamer, die opnieuw de indruk wekte voor de sier te zijn in plaats van voor gebruik.

'Signora,' zei hij toen ze tegenover elkaar zaten, 'ik wil u graag nog een paar vragen stellen over de avond van signor Fontana's dood. Ik weet niet zeker of we alles goed begrepen hebben wat u ons verteld heeft.' Hij verspilde geen glimlach na deze woorden.

Ze keek verbaasd, bijna beledigd. Hoe kon een politieman verkeerd begrepen hebben wat ze had gezegd? En hoe durfde iemand, ongeacht zijn rang, de juistheid van haar beweringen in twijfel te trekken? Maar ze zou niets vragen: ze zou afwachten wat hij te zeggen had.

'U heeft gezegd dat u toen u afsloeg vanaf de Strada Nuova – tijdens uw wandeling om aan de hitte van de avond te ontkomen – de klokken van La Madonna dell'Orto twaalf uur hoorde slaan. Weet u zeker, signora, dat het twaalf uur was, en niet misschien een halfuur of mogelijk zelfs een uur later?' Brunetti's glimlach was nog vriendelijker dan de vraag.

Zoals de vrouw van de datsja de lijfeigene zou aanstaren die in twijfel trok wat ze te zeggen had over de lepels die voor de thee gebruikt dienden te worden, zo keek signora Fulgoni lange seconden naar Brunetti. 'Die klokken luiden al generaties lang,' zei ze, en ze was te beleefd om haar verontwaardiging volledig manifest te laten worden. 'Wilt u beweren dat ik ze niet zou herkennen of dat ik niet zou begrijpen wat voor tijd ze aangaven?'

'Zeker niet, signora,' zei hij met een bescheiden glimlachje. 'Misschien heeft u ze verward met de klokken van een andere kerk die minder nauwkeurig zijn?'

Ze stond toe dat er kleine barstjes in de muur van haar geduld verschenen. 'Ik ben lid van deze parochie, commissario. Staat u me alstublieft toe dat ik de klokken van mijn eigen kerk herken.'

‘Natuurlijk, natuurlijk,’ zei Brunetti neutraal, en hij verraste haar misschien door bij het horen van haar laatste woorden niet onmiddellijk van zijn stoel te vallen en op handen en knieën naar de deur toe te kruipen. ‘U heeft gezegd, signora, dat u en uw man geen omgang met het slachtoffer hadden.’

‘Dat klopt,’ zei ze stijfjes, en ze legde haar handen op haar knieën om haar woorden kracht bij te zetten.

‘Hoe kan het dan,’ besloot hij er maar eens een slag naar te slaan, ‘dat er sporen van zowel signor Fontana als uw man zijn gevonden op dezelfde plek op de binnenplaats?’

Brunetti had geen grotere schok kunnen veroorzaken als hij haar een klap had gegeven. Haar mond ging open, en haar hand schoot omhoog om die te bedekken. Ze keek hem aan alsof ze hem voor het eerst zag en onaangenaam getroffen was door wat ze zag. Maar een moment later had ze zichzelf weer onder controle en was ieder spoor van verrassing van haar gezicht gewist.

‘Ik heb geen idee hoe dat mogelijk is, commissario.’ Ze wijdde enkele ogenblikken aan dit mysterie en zei toen: ‘Het kan natuurlijk zijn dat mijn man signor Fontana op de binnenplaats is tegengekomen en dat hij het niet belangrijk genoeg vond om er iets over te zeggen tegen me. Misschien heeft hij iets helpen tillen.’

Het was niet Brunetti’s ervaring dat bankdirecteuren zware voorwerpen hielpen tillen, maar hij liet haar opmerking passeren met een vriendelijk knikje dat de schijn wekte dat hij haar geloofde.

‘En uw man heeft de woning die avond niet ook nog zonder u verlaten, signora? Om een luchtje te scheppen, misschien? Of om wat wijn uit de berging te halen?’

Ze ging meer rechtop zitten en zei op afgemeten toon: ‘Wilt u soms suggereren dat mijn man iets te maken had met de dood van die man?’

‘Natuurlijk niet, signora,’ zei Brunetti – die dat juist wel wilde – heel kalm. ‘Maar hij zou misschien iets ongewoons gezien kunnen hebben, of iets wat hem was opgevallen, iets wat hij misschien tegen u gezegd heeft en vervolgens zelf is vergeten: het geheugen is iets vreemds.’ Hij zag hoe ze dit idee langzaam tot zich liet doordringen.

Ze keek naar een van de schilderijen aan de verste muur, bestudeerde het lang genoeg om zich de strikte horizontaliteit ervan in te prenten, en keek toen weer naar hem. Ze perste haar lippen op elkaar en sloeg haar ogen neer, en keek vervolgens weer naar hem op met een gegeneerd verraste uitdrukking op haar gezicht: ‘Er was wel iets...’

‘Ja, signora?’

‘De trui,’ zei ze, alsof ze ervan uitging dat Brunetti wel begreep waar ze het over had.

‘Welke trui, signora?’ vroeg hij.

‘Ah,’ zei ze, alsof ze opeens weer terug was in de kamer en zich de omstandigheden van het gesprek herinnerde. ‘Natuurlijk. Die lichtgroene trui. Het was een Jaeger die hij jaren geleden gekocht heeft, met een V-hals. Hij heeft hem gekocht toen we op vakantie waren in Londen. En hij had de gewoonte om hem over zijn schouders te dragen als we gingen wandelen.’ Vervolgens, voor Brunetti het kon vragen: ‘Ja, zelfs met die hitte.’ Haar stem werd opeens zachter toen ze vervolgde: ‘Het was een soort talisman voor hem geworden, nou ja, voor ons allebei, wanneer we ’s avonds de deur uit gingen.’

‘En wat is er met die trui gebeurd, signora?’

‘Toen we die avond weer thuiskwamen, merkte mijn man dat hij niet meer over zijn schouders hing.’ Ze kruiste haar armen en legde haar handen op haar eigen schouders en vond daar geen trui. ‘Dus hij is meteen weer naar beneden gegaan om hem te zoeken. Er waren niet veel mensen op straat geweest, dus als hij van zijn schouders af gegleden was, zou hij daar misschien nog wel op dezelfde plek liggen.'

'Juist, ja,' zei Brunetti. 'En heeft hij hem gevonden?'

'Ja. Ja. Toen hij terugkwam, zei hij dat hij onder aan de Ponte Santa Caterina op de grond lag. Bijna bij de Gesuiti.'

'Dus hij is dezelfde weg teruggelopen die u samen gewandeld had, signora?' vroeg Brunetti, nadat hij de afstand berekend had tussen hun huis en de brug.

'Dat moet wel. Ik lag inmiddels al in bed, dus ik heb alleen maar gevraagd of hij de trui gevonden had, en toen hij zei dat dat het geval was, ben ik meteen in slaap gevallen, vrees ik.'

'Aha, aha,' zei Brunetti. 'Het is wel verbazend dat hij daar niets over gezegd heeft in de verklaring die hij tegenover hoofdinspecteur Scarpa heeft afgelegd.'

'Zoals u al zei, commissario, het geheugen is iets vreemds.' En voordat hij het kon zeggen, voegde ze eraan toe: 'Het is ook vreemd dat ik het me zelf nu pas weer herinner.' Als om te benadrukken hoe merkwaardig dit allemaal eigenlijk was, bracht ze haar hand naar haar voorhoofd en schonk hem een vage blik.

'Hoe lang denkt u dat hij weg is geweest, signora?' vroeg Brunetti.

Ze liet op die typisch Venetiaanse manier haar blik afdwalen terwijl haar geheugen de afstand aflegde. 'Ik denk dat het ongeveer een kwartier zal hebben geduurd voordat hij bij de brug was, want hij zal langzaam hebben gelopen. En dat dus twee keer,' zei ze, en vervolgens, alsof ze niet zeker wist of hij die rekensom wel zonder hulp kon maken, gaf ze de uitkomst: 'Hooguit een halfuur.'

'Dank u wel, signora,' zei Brunetti, en hij stond op.

Tegen de tijd dat Brunetti bij de bank van signor Fulgoni aankwam, plakte zijn colbert aan zijn rug en schurkten zijn broekspijpen bij iedere stap onaangenaam tussen zijn benen. Hij stapte de airconditioned hal binnen en bleef even staan om met zijn zakdoek zijn gezicht en nek af te vegen. Gelukkig was de kunstmatige temperatuur mild in plaats van arctisch, en Brunetti was er al gauw aan gewend. Hij liep over de marmeren vloer naar een bureau waaraan een onberispelijk geklede jonge vrouw zat. Ze keek op en moest daar een wat sjofele man in een verfomfaaid blauw jasje hebben zien staan, want ze vroeg met slecht verhulde minachting: 'Kan ik u misschien helpen, signore?' Ze sprak Italiaans, maar met een onmiskenbare Veneto-cadans.

Brunetti haalde zijn portefeuille tevoorschijn en liet haar zijn legitimatie zien. 'Ik wil signor Fulgoni graag spreken,' zei hij, en hij zorgde ervoor dat hij Veneziano sprak. Brunetti gebruikte het vette accent van de vrienden met wie zijn vader placht te kaarten in de *osterie* van zijn jeugd, toen hij eraan toevoegde: 'Ik wil het met hem over een moord hebben.'

De jonge vrouw kwam overeind met een snelheid die, als er geen airconditioning was geweest, het zweet op haar voorhoofd zou hebben gebracht. Ze keek naar Brunetti, richtte toen haar blik naar links, en pakte vervolgens de telefoon en toetste een nummer in.

'Er is hier iemand die met dottor Fulgoni wil spreken,' zei ze. Na even te hebben geluisterd, voegde ze eraan toe: 'Hij is van de politie.' Ze keek Brunetti met een verzoenende glimlach aan, zei '*sì*', zei dat nog een keer, en legde de telefoon neer.

'Ik breng u wel even,' zei ze. Er zorg voor dragend dat ze niet te dicht bij Brunetti in de buurt kwam, ging ze hem voor naar het achterste deel van de bank.

Brunetti had ooit een artikel gelezen in een boek of tijdschrift dat hij zich niet meer voor de geest kon halen over de locatie van de verschillende vertrekken in een huis op basis van atavistische herinneringen aan gevaar. De kamers waar mensen het kwetsbaarst waren, lagen – volgens dat artikel – onveranderlijk het verst van de ingang, de plek waar het gevaar het huis zou binnendringen. Zo lagen de slaapkamers op de bovenverdieping of achter in het huis, waardoor de binnendringer gedwongen was, zo werd gesuggereerd, om zich met zijn zwaard of knuppel een weg naar binnen te vechten langs minder goed verdedigde posities, zodat de eigenaar gewaarschuwd werd en voldoende tijd had om zich voor te bereiden op de vlucht of de verdediging.

Brunetti twijfelde er niet aan dat signora Fulgoni haar man inmiddels had gebeld, misschien in de hoop hem genoeg tijd te geven om door een achterraam naar buiten te glippen of om zijn bijl te slijpen.

Er stonden twee bureaus aan weerszijden van een deur achter in de bank, alsof het boekensteunen waren en de deur een of andere zeldzame incunabel. Voor een van de bureaus stond een andere jonge vrouw; het andere bureau was leeg.

De eerste vrouw bleef staan en zei met een gebaar in Brunetti's richting: 'Dit is die man van de politie.'

Brunetti onderdrukte de neiging om te grommen en klauwende bewegingen met zijn handen te maken en bedacht zich dat in het land waar geld god was, politiemensen niet geacht werden de tempels te betreden. Hij glimlachte vriendelijk naar de tweede jonge vrouw, die zich omdraaide en de deur opendeed zonder te kloppen. Dottor Fulgoni was geenszins te verrassen.

De man liep al op Brunetti toe. Hij droeg een stemmig donkergrijs pak. Zijn stropdas was kastanjebruin en voorzien van een fijn patroon, en hij had een kastanjebruine pochet in zijn borstzak. Terwijl de man dichterbij kwam zocht Brunetti naar de tekenen van vrouwelijkheid die hem waren opgevallen na de rouwdienst, maar hij zag ze niet.

Zijn stappen waren afgemeten, zijn haar en gezicht goed verzorgd, en zijn wenkbrauwen spitsbogen boven zijn ogen. 'Neemt u me niet kwalijk, commissario; ze hebben uw naam niet genoemd,' zei Fulgoni met een geruststellende bariton. Hij gaf Brunetti een hand en nam hem mee naar een bank die langs de zijwand van het vertrek stond. Brunetti stelde zich voor en koos ervoor plaats te nemen in de leren fauteuil tegenover de bank; Fulgoni nam de bank. Hij had scherpe jukbeenderen en een lange neus. 'Kan ik u iets aanbieden, commissario?' vroeg Fulgoni. Hij had een aangename stem, heel muzikaal, en hij sprak een Italiaans waarin geen spoor van een Veneto-accent of -cadans meer doorklonk.

'Dank u, dottore,' zei Brunetti. 'Misschien straks.'

Fulgoni glimlachte en bedankte de jonge vrouw, die de kamer verliet.

'Mijn vrouw heeft me gebeld om me te vertellen van uw bezoek,' zei Fulgoni. 'Ze zei dat er wat verwarring bestond over het tijdstip waarop we thuiskwamen op de avond dat signor Fontana is vermoord.'

'Ja,' zei Brunetti, 'onder andere.'

Fulgoni deed niet alsof hij hierdoor verrast was. 'Ik neem aan dat mijn vrouw heeft opgehelderd hoe laat we thuiskwamen.'

'Ja, en ze heeft me ook verteld over uw trui, en dat u die bent gaan zoeken,' zei Brunetti.

Fulgoni reageerde niet, maar bleef rustig zitten en bestudeerde Brunetti's gezicht terwijl hij ondertussen het zijne liet bestuderen. Uiteindelijk zei hij: 'Ah, ja. De trui.' Uit de manier waarop Fulgoni dat laatste woord uitsprak, leidde

Brunetti af dat het een enorme betekenis voor hem had, maar hij had geen idee wat die betekenis zou kunnen zijn.

'Ze zei dat u, toen u thuiskwam, merkte dat u een groene trui had verloren. Ze zei dat die trui belangrijk voor u was – ik geloof dat ze het woord "talisman" gebruikte – en dat u dus weer naar buiten bent gegaan om hem te zoeken.'

'Heeft ze ook gezegd dat ik hem gevonden heb?'

'Ja, en dat u dat tegen haar gezegd hebt toen u weer thuiskwam.'

'En toen?'

'En toen, zei ze, is ze gaan slapen.'

'Heeft ze u toevallig ook verteld hoe lang ik weg ben geweest? Om die trui te zoeken?'

'Ze wist het niet helemaal zeker, maar ze zei dat dat ongeveer een halfuur was.'

'Juist, ja,' zei Fulgoni. Hij duwde zichzelf naar achteren op de bank en ging wat meer rechtop zitten. Een ogenblik lang ontmoette zijn blik die van Brunetti, maar daarna keek hij van hem weg en staarde naar de muur tegenover hem. Brunetti onderbrak zijn gedachten niet.

Nadat er een minuut verstreken was, zei Fulgoni: 'Mijn vrouw vertelde me dat u – de politie – op de binnenplaats sporen van signor Fontana en mij heeft gevonden. Op dezelfde plek op de binnenplaats, om precies te zijn.'

'Dat klopt.'

'Wat voor sporen?' vroeg hij. Hij schraapte zijn keel en voegde eraan toe: 'En waar?'

Verstrikt in zijn eigen leugen wachtte Brunetti een tijdje voor hij antwoord gaf. Fulgoni keek hem aan, maar wendde toen zijn blik weer af, waarop Brunetti het riskeerde om te zeggen: 'Ik denk dat u het antwoord op allebei die vragen wel weet, dottore.'

Alleen een man die gewend was eerlijk te zijn, of die argeloos genoeg was om zich door Brunetti's zekere manier van doen om de tuin te laten leiden, zou dat een bevredigend antwoord op zijn vragen hebben gevonden.

'Ah.' Het ontsnapte in een zucht aan Fulgoni's lippen, het soort geluid dat een zwemmer maakt wanneer hij zich, na een gezwommen race, uit het zwembad hijst. 'Wilt u me nog een keer vertellen wat mijn vrouw gezegd heeft?' vroeg hij, en hij moest moeite doen om zijn stem kalm te houden.

'Dat u met haar een wandeling bent gaan maken om aan de hitte in uw woning te ontsnappen, en dat u toen u thuiskwam merkte dat u uw trui had verloren, en dat u toen een halfuur weg bent geweest en bent teruggekomen met die trui.'

'Aha,' zei Fulgoni. Hij keek Brunetti rechtstreeks aan en vroeg: 'En denkt u dat ik op die manier genoeg tijd zou hebben gehad om naar beneden te gaan en Fontana te vermoorden? Om hem met zijn hoofd tegen dat beeld te slaan?'

Zonder te aarzelen zei Brunetti: 'Ja,' en hij voegde eraan toe: 'Er zou tijd genoeg geweest zijn.'

'Maar dat wil nog niet zeggen dat ik het gedaan heb?' vroeg Fulgoni.

'Zolang er geen motief is, kan ik dat niet rijmen, nee,' antwoordde Brunetti.

'Natuurlijk,' zei Fulgoni, 'en wat – hoe zeggen de Engelsen dat ook alweer, "*sporting*?" van u om dat te zeggen.'

Brunetti werd meer verrast door het sentiment dan door het feit dat Fulgoni dat woord gebruikte.

'Zouden die sporen die u gevonden zegt te hebben een motief opleveren?' vroeg Fulgoni.

'Ja,' antwoordde Brunetti, zich zeer bewust van de manier waarop Fulgoni dat formuleerde, 'die u gevonden zegt te hebben.'

Brunetti schrok een beetje toen Fulgoni plotseling opstond. 'Ik geloof niet dat ik hier op kantoor wil blijven, commissario.'

Brunetti stond ook op, maar zei niets.

'Laten we dan maar even naar mijn huis gaan om een kijkje te nemen,' stelde Fulgoni voor.

'Als u denkt dat dat de boel op weg helpt,' zei Brunetti, al had hij eigenlijk geen idee wat hij daar precies mee bedoelde.

Fulgoni pakte zijn telefoon en vroeg of er een taxi voor hem kon worden gebeld.

De twee mannen stonden naast elkaar op het dek zonder een woord te zeggen, terwijl de taxi hen over het Canal Grande en onder de Rialto door voerde. De zon scheen fel, maar door het briesje op het water voelden ze de hitte niet. Brunetti wist uit ervaring dat spanning de meeste mensen aan het praten bracht, en de spanning waar Fulgoni vol mee zat viel gemakkelijk af te lezen aan het wit van zijn knokkels terwijl hij de reling vasthield. Maar net zo vaak hield woede hen stil, en gebruikten ze hun energie om het verleden af te speuren, misschien op zoek naar de plaats of tijd waar dingen misgegaan waren of onbeheersbaar waren geworden.

De taxi legde aan op dezelfde plaats die Foa had gebruikt op de dag dat het lichaam was ontdekt. Fulgoni betaalde de bestuurder en gaf een flinke fooi, en vervolgens stapte hij de kade op. Hij draaide zich om om te zien of Brunetti hulp nodig had, maar die stond al naast hem.

Nog steeds zonder iets te zeggen liepen ze de kade af en staken de brug over. Ze hielden halt bij de *portone*, en Brunetti wachtte terwijl Fulgoni zijn sleutels tevoorschijn haalde en de deur openmaakte.

Fulgoni ging Brunetti voor naar de berging met de vogelkooien en bleef vlak voor de ketting met het hangslot staan. 'Ik neem aan dat u die sporen hier gevonden heeft?' vroeg hij, en hij wees naar binnen.

Brunetti had eraan gedacht de sleutels uit de bewijskamer mee te nemen en haalde ze uit zijn zak. Hij probeerde verschillende sleutels uit tot hij de juiste gevonden had, verwijderde het hangslot en deed de deur open. Het was bijna twaalf uur, dus de zon scheen loodrecht naar beneden en wierp geen enkel licht in de berging. Fulgoni stak een arm naar binnen en deed het licht aan.

Hij negeerde de vogelkooien en liep rechtstreeks naar de dozen die ernaast stonden opgestapeld. Brunetti zag hem de etiketten lezen, hoewel zijn lichaam Brunetti verhinderde ze zelf ook te lezen. Uiteindelijk trok hij er een tussenuit en veroorzaakte daarmee een kleine lawine omdat de dozen erboven naar beneden vielen om het gat op te vullen. Hij zette hem op een kleine ronde tafel met een gehavend blad dat Brunetti over het hoofd had gezien. Fulgoni peuterde aan het verdroogde en lastig los te krijgen tape waarmee de doos was dichtgeplakt en trok het er in één lange strook van af. Hij draaide zich om naar Brunetti en zei: 'Misschien wilt u hem openmaken, commissario.'

Hij stapte langs Fulgoni, sloeg de eerste twee flappen open en daarna de volgende twee. Boven in de doos lag een grijze coltrui.

'Ik denk dat u wat dieper moet zoeken, commissario,' zei Fulgoni, en hij lachte een droog lachje waarin geen enkele humor te ontdekken viel.

Brunetti tilde de trui op; eronder lag een dikke blauwe trui met een rits. En daaronder lag een lichtgroene trui met een V-hals. 'Ja, kijk eens naar het merk,' zei Fulgoni op hetzelfde moment dat Brunetti's oog op het Jaeger-label viel.

Brunetti liet de andere truien weer op hun plaats vallen en deed de flappen van de doos dicht. Hij draaide zich om naar Fulgoni en zei: 'Betekent dit dat u niet uw trui bent gaan zoeken?'

'Die doos staat hier al sinds het eind van de winter, commissario,' zei Fulgoni. 'Dus nee, ik heb hem niet gedragen en ik ben hem niet kwijtgeraakt. En ik ben er dus ook niet naar op zoek gegaan.' Hij legde de trui achteloos boven op de stapel dozen, en bukte zich toen om het verdroogde stuk tape van de grond te rapen.

Hij hield zijn ogen op het bruine tape gericht terwijl hij het om twee vingers wikkelde, en zei: 'Mijn vrouw houdt niet van rommel. Of wanorde.' Hij stopte de papieren cilinder in zijn zak en keek Brunetti aan. 'Ik heb altijd geprobeerd aan haar wensen tegemoet te komen.' Hij knikte naar de vogelkooien en zei: 'Dat is daar wel een bewijs van, denk ik. We hadden geen kinderen, dus op een gegeven moment besloot ze dat ze vogels wilde. Het hele huis stond vol.' Hij zwaaide met een goochelaarsarm over de lege kooien. 'Maar ze gingen dood of ze werden ziek, dus we hebben ze weggegeven. Nou ja, de vogels die niet ziek waren.'

'En de vogels die dat wel waren?' vroeg Brunetti, omdat hij het gevoel had dat hem dat verzocht werd.

'Mijn vrouw heeft ze weggedaan toen ze dood waren,' zei Fulgoni. Hij keek Brunetti aan. 'Ik ben altijd veel sentimenteler geweest dan mijn vrouw, dus ik wilde ze begraven aan de andere kant van de binnenplaats, onder de palmen.' Hij maakte een vaag gebaar naar de deuropening van de berging. 'Maar zij heeft ze in een plastic zak gedaan en met het vuilnis meegegeven.'

'Maar u hebt de kooien gehouden?' zei Brunetti.

Fulgoni liet zijn blik over de stapels houten vogelkooien gaan en zei verwonderd: 'Ja, die hebben we gehouden, hè? Ik vraag me af waarom.'

Brunetti wist dat dit een vraag was die geen antwoord verlangde.

'Misschien houdt mijn vrouw van kooien,' zei Fulgoni met

een desolaat glimlachje. 'Zo had ik het nog nooit bekeken.' Hij liep naar de traliedeur van de berging en trok die dicht, en bleef zo even staan met zijn handen om twee van de verticale spijlen, kijkend naar de binnenplaats. Vervolgens draaide hij zich om naar Brunetti en vroeg: 'Maar welke kant is de kooi, denkt u, commissario? Hier binnen of daar buiten?'

Brunetti was een man met eindeloos geduld, dus hij bleef eenvoudig wachten tot Fulgoni verderging met praten. Hij had dit moment al vele malen gezien en was het gaan beschouwen als een soort breekpunt, een vorm van instorten, wanneer iemand besluit dat dingen duidelijk gemaakt moeten worden, al was het maar voor hemzelf.

Fulgoni legde de vingertoppen van zijn rechterhand tegen zijn lippen, als om te laten zien hoe diep hij in gedachten was. Toen hij zijn vingers weghaalde, waren zijn lippen en de huid eromheen donkerbruin gevlekt. Brunetti's blik vloog naar Fulgoni's handen, maar hij zag daar alleen maar roest van de tralies, niet Fontana's bloed.

Brunetti deed zijn ogen dicht, zich plotseling bewust van de hitte in deze kooi waarin ze met z'n tweeën gevangenzaten.

'Ik wil u graag iets laten zien, commissario,' zei Fulgoni op volstrekt normale toon. Toen Brunetti naar hem keek, zag hij dat de bankier bezig was zijn handen af te vegen met zijn pochet. Brunetti werd getroffen door het feit dat zijn handen schoner werden zonder dat het zakdoekje donkerder werd.

Fulgoni liep voor Brunetti langs naar de plek waar de kooien stonden opgestapeld. Hij bekeek ze even en boog zich toen voorover om er een in de onderste rij aan een nadere inspectie te onderwerpen. Hij bukte zich, pakte hem met twee handen beet en begon hem los te wrikken van de andere kooien waartussen hij klem zat.

Hij trok hem ertussenuit, waarop de kooien de dozen nadeden door naar beneden te zakken in het vrijgekomen gat, waarin ze scheef terechtkwamen.

Fulgoni droeg de kooi naar de tafel en zette hem naast de doos neer. 'Kijk maar eens, commissario,' zei hij, en hij stapte naar achteren om zijn schaduw, die op de kooi viel, te laten verdwijnen.

Brunetti boog wat naar voren om hem beter te bekijken: hij zag een houten vogelkooi, dunne ribben van bamboe, de klassieke 'Made in China'-constructie. Op de bodem lag in plaats van krantenpapier een stuk rode stof. Het leek gemaakt van lichte katoen, en aan de achterkant zag Brunetti nog een apart stuk: kon dat een mouw zijn? Ja, dat was het, een mouw, en daar was de hals, precies aan de achterkant. Een trui dus, een rode katoenen trui, een zomertrui. Fulgoni stond roerloos naast hem en zei niets, dus Brunetti richtte zijn aandacht weer op het stuk textiel en vroeg zich af waarom de ander wilde dat hij ernaar keek. Vlak onder de hals tekende zich iets af, in ieder geval een verandering van kleur. Het was donkerder dan de rest van de trui, iets vormeloos: een bloem, misschien? Zo'n groot ding zoals een pioenroos? Een anemoon?

Daar, boven op de mouw, zat nog een bloem, deze was kleiner en donkerder. Droger.

Brunetti wilde het deurtje van de kooi openmaken, maar voor hij de kans kreeg, legde Fulgoni een hand op zijn arm en zei: 'Niet aankomen, commissario. Ik denk niet dat u het bewijsmateriaal wilt besmetten.' Er lag geen spoor van sarcasme in zijn stem, alleen bezorgdheid.

Brunetti keek een hele tijd naar de trui, en vroeg toen: 'Hoe voorzichtig bent u geweest toen u hem hierin heeft gedaan?'

'Ik heb hem met mijn zakdoek opgeraapt toen ze weer

naar boven was gegaan. Ik wist niet wat er zou gaan gebeuren, maar ik wilde dat er een…'

'Een wat?' vroeg Brunetti.

'Dat er iets was dat duidelijk zou maken wat er gebeurd was.'

'Wilt u me vertellen wat dat was?'

Fulgoni ging dichter bij de deur staan, misschien op zoek naar koelere lucht. Ze zweetten allebei hevig, en de vogelkooien gaven een smerige, stoffige stank af sinds ze door Fulgoni in beweging waren gebracht.

'Araldo en ik maakten van elkaar gebruik. Zo kun je het denk ik wel noemen. Hij wilde graag dat het snel en anoniem ging, en ik had geen andere keus dan daar genoegen mee te nemen.' Fulgoni zuchtte, en moest ook wat van het vogelkooistof hebben binnengekregen, want hij begon te hoesten. Door de kracht ervan boog hij wat naar voren, en hij hield zijn hand voor zijn mond en smeerde daardoor de roestvlekken verder uit.

Toen hij uitgehoest was, rechtte hij zijn rug en vervolgde: 'We troffen elkaar altijd hier. Araldo noemde het,' zei hij bewust melodramatisch en met een gebaar naar het lage plafond en de stoffige balken, 'ons eigen liefdesnestje.' Hij haalde zijn zakdoek tevoorschijn en veegde zijn gezicht af, waardoor de roest, maar lichter nu, ook op zijn voorhoofd kwam. 'Mijn vrouw wist ervan, neem ik aan. Waar ik me in vergist heb, is dat ik dacht dat het haar niets kon schelen.'

Hij zei vervolgens zo lang niets meer dat Brunetti vroeg: 'En die avond?'

'Het was bijna zoals mijn vrouw u verteld heeft, behalve dat het haar trui was die we kwijt waren. Een rode katoenen trui. Ik zei dat ik hem zou gaan zoeken. Hij lag niet helemaal bij Santa Caterina, maar net voorbij de eerste brug. Toen ik de deur uit ging, zag ik dat het deurtje van Fontana's brievenbus openstond: dat was het teken dat we gebruikten. Als ik dat zag wanneer mijn vrouw en ik samen thuiskwamen, bedacht ik een of ander excuus om nog even naar buiten te kunnen gaan en dan belde ik beneden vanuit de *calle* bij hem aan, zodat hij een excuus had om naar beneden te komen. En als hij dan beneden was, trokken we ons terug in ons liefdesprieel.'

'Gebeurde dat die avond ook?'

'Ja. Ik hing de trui over de trapleuning, zodat hij niet vuil zou worden. En toen kwam Araldo naar beneden. Het duurde nooit lang. Araldo wilde geen tijd verspillen met praten of wat dan ook. Als we klaar waren, ging hij altijd als eerste naar buiten: daar waren we heel voorzichtig in.'

'Maar niet altijd?' vroeg Brunetti.

'Signor Marsano, bedoelt u?'

'Ja.'

Fulgoni schudde zijn hoofd bij de herinnering. 'We waren een keer op de binnenplaats, en toen deed hij de deur open. We deden op dat moment niets, maar het moet evengoed duidelijk zijn geweest voor hem.' Fulgoni haalde zijn schouders op. 'Dat was ook een reden waarom we voorzichtig waren. Nadien, bedoel ik.'

'En die avond?'

'Araldo ging als eerste weg en stak de binnenplaats over, en toen hoorde ik haar stem. Het licht hier binnen was uit, dus ik dacht dat het, als ik me gewoon stilhield, allemaal misschien wel in orde zou komen. En dan zou ik ermee ophouden. Ik wilde er altijd mee ophouden,' zei hij, en zijn stem klonk treurig. 'Maar ik wist dat dat niet zou gebeuren.'

Fulgoni veegde nogmaals zijn gezicht af, en Brunetti wilde net voorstellen om naar buiten te gaan, naar de binnenplaats, toen hij verderging. 'Dus ik bleef hier, gevangen, en hoorde hoe ze ruziemaakten. Ik had haar nog nooit op die manier horen praten, nog nooit haar zelfbeheersing horen verliezen.' Fulgoni draaide zich om en begon de scheefgezakte vogelkooien recht te zetten. Terwijl ze op hun plaats vielen of gleden, kwam er stof van af, en hij begon weer te hoesten.

Toen het hoesten over was, ging hij verder. 'Toen hoorde ik een geluid. Geen stem, maar een geluid, en toen nog meer geluiden en daarna een stem, maar heel kort, en toen nog meer geluiden. En daarna hoorde ik niets meer.'

Fulgoni wees naar de bank. 'Ik lag daar, met mijn broek om mijn enkels, dus het duurde even voor ik kon gaan kijken wat er gebeurd was.' Vervolgens sloeg hij een resolutere toon aan en zei: 'Nee, dat is niet de reden. Ik was bang voor wat ik zou aantreffen.

Ik hoorde voetstappen de trap op gaan, maar ik bleef wachten. Toen ik eindelijk bij de deur ging kijken... daar,' zei hij, en hij wees naar de traliedeur die hen nog steeds afsloot van de binnenplaats, 'was het licht aan en zag ik hem op de grond liggen. Maar het licht werkt op een timer en het ging weer uit. Dus ik moest naar de schakelaar lopen om het weer aan te doen. En daar liep ik dan door het donker, in de wetenschap dat hij daar lag, op de grond.' Hij zweeg, en het leek een hele tijd te duren voor hij verderging.

'Toen ik terugkwam zag ik wat ze gedaan had. Ze moet de trui over de trapleuning hebben zien hangen, dus ze wist dat ik hier was. En toen zag ze hem naar buiten komen, en het was...'

'En de trui?'

'Die lag naast hem. Die moet ze in haar handen hebben gehad toen ze...' Heel even leek het of Fulgoni zou gaan overgeven, maar dat ging voorbij en hij vertelde verder. 'Ik heb mijn zakdoek gepakt. Ik realiseerde me hoe het eruit zou zien, of kon zien. Ik wilde niet dat er iets met haar zou gebeuren.' Vervolgens, als een man die opeens eerlijkheid aan de dag legt, of moed, liet hij erop volgen: 'Of met mij.'

Hij haalde twee keer diep adem en zei toen: 'Dus ik heb met mijn hand in de zakdoek die trui gepakt en hier naartoe gebracht en in die kooi gedaan. Ik heb hem nog een beetje verschikt zodat hij goed plat lag.'

'En wat heeft u toen gedaan, signore?' vroeg Brunetti.

'Ik heb de berging afgesloten en ben naar boven en naar bed gegaan.'

30

Zonder ertoe gerechtigd te zijn door het bezit van een rijbewijs, maar zich veilig voelend omdat haar man commissario van politie was, reed Paola naar het station in Malles om Brunetti op te halen, een onderneming waarmee ze niet alleen haar eigen leven, maar ook dat van haar kinderen in gevaar bracht. Vervolgens gingen ze rechtstreeks naar La Posta in Glorenza, waar de kinderen lieten zien dat ze het grootste deel van de dag wandelend in de bergen hadden doorgebracht door een bord speck zo groot als een binnenband, tagliatelle met verse *finferli* en abrikozenstrudel met vanilleroom naar binnen te schrokken.

Raffi en Chiara sliepen allebei al half toen ze terugreden naar de boerderij en hadden aansporing nodig om de auto te verlaten en het huis in te gaan, waar ze meteen naar hun kamer verdwenen, al sloeg Chiara nog wel even haar armen om hem heen en mompelde ze dat ze blij was haar vader weer te zien.

Later zat Brunetti uitgestrekt voor de open haard aan een glaasje Marillenschnaps te nippen en verdween Paola om truien voor hen te halen. Toen ze terugkwam legde ze die van hem over zijn schouders, maar hij wilde hem per se aantrekken.

'Vertel,' zei ze, terwijl ze naast hem ging zitten.

Dat deed hij. Zijn glas bleef onaangeroerd terwijl hij de gebeurtenissen van die ochtend beschreef, de uitvaartmis van signorina Montini, bijgewoond door Vianello en hemzelf en dottor Rizzardi, en nog twee of drie mensen die met haar in het laboratorium hadden gewerkt.

Paola stelde geen vragen, en hoopte dat zijn verhaal hem vanzelf gaande zou houden.

'Ze hebben hem in de San Polo gehouden, hoewel ze naar de kerk ging in de Frari. De pastoor daar wilde de mis niet voor haar opdragen.' Hij ging verzitten en leunde tegen de armleuning van de bank om haar beter te zien. 'Het was armoedig. Wij hebben bloemen gestuurd, maar de rest van de kerk was kaal. De priester keek tot twee keer toe op zijn horloge, en daarna sprak hij steeds een beetje sneller.' En tijdens de mis moest Brunetti, die het warm had en uitgeput was van een nacht zonder slaap, steeds terugdenken aan die keer, nog geen twee weken eerder, dat hij op het *campo* niet ver van de kerk had staan wachten tot Vianello's tante tevoorschijn kwam uit het huis van deze vrouw.

Hij zag de eenvoudige kist, de drie kransen, rook de wierook. 'Maar het was in ieder geval kort,' zei hij tegen Paola. 'Daarna hebben ze haar naar San Michele gebracht.'

'En toen ben jij hierheen gekomen?' vroeg ze.

Brunetti aarzelde wat en zei toen: 'Ik heb eerst Vianello nog een plezier gedaan.'

'Wat dan?'

'Ik heb met zijn tante gepraat.'

Paola reageerde verbaasd. 'Maar ik dacht dat ze twee weken weg was, met haar zoon.'

Brunetti stond op en gooide een houtblok op het vuur, duwde het met het uiteinde van een ander blok op zijn plaats en liep terug naar de bank. 'Waarom houden we zo van vuur?' vroeg hij.

'Oerinstinct. Daar kunnen we niets aan doen. Grotten. Mammoeten. Vertel eens over die tante van Vianello,' zei Paola, het drankje vergeten in haar hand.

'Zijn neef had hem de avond ervoor gebeld en gezegd dat ze was teruggegaan naar Venetië, dus toen zijn we na de rouwdienst bij haar langsgegaan.'

‘Alsof die rouwdienst nog niet genoeg was, hè?’ zei ze, en ze klopte op zijn knie.

‘Het was echt beter. Lorenzo heeft het wel eens over me gehad, dus ze had wel een idee wie ik was. En ik geloof dat ze me vertrouwde. Hoe boos ze ook was op haar zoon of op hem, naar mij luisterde ze nog wel.’

‘Wat heb je haar verteld?’

‘Alles wat we over Gorini te weten zijn gekomen,’ zei Brunetti. ‘Ik heb de politierapporten meegenomen.’

‘En daarmee de wet op de privacy overtreden?’ vroeg ze.

‘Waarschijnlijk wel, ja.’

‘Mooi. Wat zei ze?’

‘Ze heeft ze allemaal gelezen. Ze heeft me er nog wat vragen over gesteld; wat de verschillende takken van de politie deden en of die documenten betrouwbaar waren.’

‘En dat heb je tegen haar gezegd?’

‘Ja.’

‘En waar was Vianello al die tijd?’

‘Die zat op een stoel, te doen alsof hij onzichtbaar was.’

‘En? Geloofde ze je?’

‘Uiteindelijk had ze geen keus,’ zei Brunetti. De sterke vrouw die hij nog maar zo kort geleden was gevolgd door de Via Garibaldi had tussen Vianello en hem in gezeten, met een betraand gezicht, zwijgend en gespannen; één gerimpelde hand om de papieren geklemd alsof ze daar op de een of andere manier de waarheid uit kon persen.

‘En hoe ging het verder?’

‘Ze had wel even wat tijd nodig, maar toen begon ze te vertellen,’ zei Brunetti, die niet beschreef hoe de oude vrouw de papieren op de grond had laten vallen terwijl ze een zakdoek zocht om haar gezicht en ogen af te vegen, ‘dat ze speciale *tisane* voor haar man had gekocht, nadat uit bloedonderzoek was gebleken dat hij beginnende suikerziekte had.’

Hij haalde de kurk van de fles en schonk zichzelf nog wat schnaps bij, waarna hij de kurk met de vlakke hand weer in de fles sloeg. 'En toen zei ze tegen Vianello dat ze gek was geweest,' zei hij, en zijn toon werd wat lichter bij dat woord, 'en ze wilde haar zoon bellen om zich te verontschuldigen.'

'Wat deed Vianello toen?'

'Die zei tegen haar dat ze niet zo mal moest doen en dat hij haar terug naar haar familie zou brengen zodat ze haar vakantie kon afmaken.'

'En jij?'

'Ik heb de trein hiernaartoe genomen,' zei hij, zonder gewag te maken van zijn irritatie over wat volgens hem komedie was geweest van Vianello's tante. In de loop van zijn carrière had Brunetti zo veel goed van pas komende tranen gezien en gehoord dat hij er niet meer zo gauw van overtuigd raakte dat ze oprecht waren.

'En Gorini?' vroeg Paola.

Hij haalde zijn schouders op. 'Wie zal het zeggen? Hij is weg. We zijn naar Montini's huis gegaan toen ze dood was, maar er was geen spoor van hem te bekennen. Niets.' Hij draaide de schnaps rond in zijn glas, maar dronk er niet van.

'Wat gaat er nu gebeuren?' vroeg Paola.

'Met hem? Niets, waarschijnlijk. Hij zal wel ergens anders naartoe verhuizen en weer een paar andere goedgelovige vrouwen weten te vinden, en daarna zal hij wéér andere goedgelovige mensen weten te vinden.'

'Zoals Vianello's tante?'

'Ik denk het wel, ja,' zei hij. 'Anderen zoals zij.'

Paola liet Vianello's tante en anderen zoals zij aan hun goedgelovigheid over en vroeg: 'En de Fulgoni's?'

Brunetti maakte een puffend geluid en nam een slokje van zijn schnaps. 'Zij zegt dat ze beneden kwam en Fontana dood op de grond zag liggen en dat ze toen haar trui heeft uitgetrokken om te proberen het bloed te stelpen. Vervolgens kwam haar man uit de berging, en toen begreep ze wat er aan de hand was geweest en wat er gebeurd was. Ze zegt dat ze weer naar boven is gerend, maar dat ze het niet kon opbrengen om de politie te bellen.'

'En dat verhaal van haar dat ze de kerkklokken had gehoord? Dat zou ze toch alleen maar zeggen als ze het wilde doen voorkomen alsof hij later die nacht was vermoord?'

'Ze zei dat het een idee van haar man was geweest om dat te zeggen, zodat het zou lijken alsof Fontana vermoord was nadat zij naar boven waren gegaan. Als er geen lijk lag toen ze thuiskwamen, en als het toen al na twaalven was, zou het voor de hand liggen om te denken dat Fontana was vermoord nadat zij naar boven waren gegaan.'

'Maar waarom is ze dan over die trui begonnen?'

Daar had Brunetti ook over nagedacht tijdens de lange treinreis vanuit Venetië. 'Wie zal het zeggen? Misschien dacht ze dat iemand haar man buiten had gezien, en leek het haar het beste om tegen de politie te zeggen dat hij de deur uit was gegaan. Op die manier zouden we de rest misschien ook geloven.'

'Denk je dat ze hem probeerde te beschermen?' vroeg ze.

'Misschien. In het begin,' zei Brunetti.

'Maar waarom zou ze dan liegen en zeggen dat hij zijn trui verloren was?'

Brunetti haalde zijn schouders op. 'Verrast, misschien? Of ze wilde zich instinctief van de moord distantiëren, of ze wilde dat de verdenking op hem zou vallen. Of misschien kan ze gewoon slecht liegen.'

'Hoe gaat het aflopen?' vroeg ze.

Brunetti boog zich naar voren en zette zijn lege glas op de tafel, leunde toen weer naar achteren en zakte nog dieper weg in de bank. 'Zolang een van hen niet bekent, wordt het allemaal niets.'

'En als ze geen van beiden bekennen?'

'Dan blijft de zaak zich eindeloos voortslepen, en worden ze kaalgeplukt door de advocaten,' zei Brunetti.

'Is er genoeg om een van de twee te veroordelen?' vroeg Paola. In haar stem streden onbegrip en ergernis om de voorrang.

Brunetti duwde zich overeind en liep weer naar het vuur, al was het maar om te voorkomen dat hij in slaap zou vallen. Dit keer wilde hij alleen de warmte ervan voelen. Het was vreemd en tegelijk ook heerlijk om de hitte tegen zijn benen te voelen. Hij keek naar buiten door het raam dat uitzag op het noorden en wees naar een streep wit die glinsterde in het maanlicht. Hij kon zich geen goed idee van de afstand vormen: het was ver weg, maar het leek heel dichtbij. 'Is dat de Ortler?' vroeg hij.

'Ja.'

Hij ging wat verder bij de hitte vandaan staan en kwam terug op haar vraag. 'Er is genoeg bewijs om een van de twee te kunnen veroordelen, maar het probleem is eigenlijk dat er ook genoeg bewijs is om hen allebei te veroordelen.' Hij dacht vol afkeer aan het mediaspektakel dat er zeker op zou volgen: bloed en dood en clandestiene seks tussen de vogelkooien. Het had alles, en meer, om een hongerig publiek tevreden te stellen. 'Maar dat ligt niet voor de hand.'

'Geloof je hem?' vroeg Paola.

Na een tijdje zei Brunetti: 'Dat zou ik wel graag willen.' En na een nog langere stilte voegde hij eraan toe: 'En daar ben ik bang voor.'

Paola wachtte tot ze zeker wist dat hij uitgesproken was, en zei toen: 'Laten we naar bed gaan.'

Later lag Brunetti, wakker nog, naar de Ortler te kijken,

die zichtbaar was vanuit hun bed: glanzend licht, stralend in de afwezigheid van mensen.

'Mijn talisman,' zei hij, en hij nam zijn vrouw in zijn armen en sliep.